200 大 名山

계곡. 섬. 바다

詩가 흐르는 山行記

200 大 名山
계곡. 섬. 바다

政遇 이창우 지음

좋은땅

정우 님의 책 발간을 축하드리며

만물이 생동하는 봄, 새싹들은 저마다 다투듯 돋아나고 화사한 꽃들의 향연 속에 피어나는 꽃향기 따라 우리들의 마음을 춤추게 하는 이 좋은 봄날에, 존경하는 정우 님이 그동안 산행하면서 써놓은 글들이 세상에 모습을 보인다는 소식에 옥동자를 낳은 것 같은 반가운 마음에 진심으로 축하와 응원의 메시지를 보냅니다.

정우 님과는 자연산악회에서 인연을 맺어 백운으로 이어 오면서 제게 많은 도움을 주시었고 그동안 산행후기로 산행기행문으로 사진과 함께 자세한 답사안내와 산의 역사와 전설 등을 소개하였고 아름다운 시까지도 곁들여져 우리 모두는 혼자 보기 아깝다며 책으로 내면 좋지 않겠냐고 권하기도 하였는데 어려움 속에서도 이번에 책으로 내시게 되었다니 내 일처럼 기쁜 마음에 축하 말씀을 드리게 되었습니다.

이번 발간하는 책은 산우님들에게는 산행가이드와 함께 답사한 후로도 산의 정취를 다시 한번 느껴 보는 시간도 되지 않을까 싶습니다. 다시 한번 정우 님의 책 발간을 축하드리며 산우님들의 많은 사랑이 이어지기를 기대합니다. 앞으로도 정우 님의 산사랑 발걸음이 오래도록 이어져서 좋은 산 이야기가 나오기를 희망하며 건강과 행운을 기원합니다.

2024. 4. 11. 김복자
전 자연산악회 회장
전 백운산악회 회장
전 국민생활체육 대전시연합회 부회장
전 국민생활체육 전국연합회 여성 부회장

추천사

200대 명산 책, 발간을 축하하며

대전백운산악회 창립자이시며 초대 자문위원장과 산악대장을 역임하신 정우 고문님께서 책을 출판하신다니 정말 감개무량하고 무엇보다 기쁘고 영광입니다.

오랜 기간 산악대장으로 백운산악회를 위해 물심양면으로 도와주시고 전국 명산을 손바닥 보듯이 산세와 거리, 산이 품은 이야기를 풀어내시는, 무척이나 산을 사랑하는 산사람입니다. 평소에도 산이라면 앞장서며 누구보다도 산에 대한 애착이 많으신 원로 산악인입니다.

오랜 기간에 걸쳐 준비하신 산행기(시)를 이제야 세상에 내어놓으신다니 정말 기쁜 일이 아닐 수 없습니다. 후배산악인을 위해 항상 건강하시고 많은 지도편달 해주시기를 바랍니다.

건강하세요.

2024. 4. 11.
대전백운산악회 회장 박영문

머리말

　일과 휴식 중에 어느 것 하나 중요하지 않은 것이 없다. 아마도 인간의 기본적인 욕구일 것이다. 잠시라도 복잡한 도시를 벗어나 휴식이 필요할 때는, 대게는 산과 바다 강을 따라 관광지나 유원지를 찾게 된다. 이토록 인간은 자연을 떠나서는 살 수가 없다.

　그러기에 인간은 자연에서 나서 자연으로 돌아간다는 말이 있는가 하면, 인간이 자연을 가까이하면 질병에서 멀어지고, 자연을 멀리하면 질병에 가까워진다고, 건강의 중요성을 강조하는 말도 있다.

　필자는 어릴 적부터 산과 인연이 깊어 지금도 산만 바라보면 달려가고 싶고, 산 어귀에만 있어도 등판본능이 살아나듯이, 오르고 싶은 충동을 주체할 수가 없다.

　아마도 내게는 산이 요람인 듯싶다.

　산은, 언제나 그 자리, 어머니의 품속 같은 포근함도, 때로는 겸손하라는 부모님과 같은 존재가 아닐까 싶다.

　이름 모를 풀, 꽃, 나무들에서 자연의 향기를 맡으며, 부드러운 흙산에서의 안정감과 평온함을, 험준한 암릉과 암벽을 마주 할 때는 한없는 경외감에 겸손함을 배우며, 먼 옛날 세월의 깊이를 느껴 보기도 한다.

울창한 숲을 마주할 때나 소와 담 폭포를 마주할 때는 시원한 청량감에 순간이 행복해지고, 정상에 오르면 발아래 펼쳐지는 풍광에 성취감과 호연지기를, 오르고 내리는 산행 속에는 결코 인생사와 무엇이 다를까라는, 물음까지도 사랑하는, 진정 산을 사랑하는 산 예찬론자가 되었다.

여기 그런 마음을 담아 한 땀 한 땀 한 줄로 엮어 오랜 산고 끝에 필자의 마음을 전하고자 한다.

2024년 4월 5일

정우(政遇) 이창우(李昌祐)

목차

명산

계곡

섬, 바다

기타

단상

명산

가리산(加里山)에 올라 강원도를 품다

진달래 피는 산골에
삶에 지친 이에게는 휴식과 활력을 주고
정상을 오르면 천지가 내 세상인 것 같은
일망무제의 조망이 기다리는 그곳
자연휴양림이 있는
강원도 홍천 가리산을 찾아가자

휴양림 앞마당에
백운이 사랑하는 애마(愛馬)를 두고
햇살 가득한 봄을 지고 그림 같은 숲길을 간다

오르는 산님들의 표정에는
춘풍에 모두가 춘색이 가득하고
샛노란 개나리 줄지어 반기는 길 위에
춘 객도 노란춘심으로 얼룩지는데,
하늘이 모자란 듯
길길이 솟아있는 낙엽송 그늘에 앉은 펜션의 아늑함이
이내 머물고 싶은 충동이 일지만 어쩌랴

다정도 병이련가
등짐을 줄이고 오르라는 충고에

돌아온 메아리는 스트레스,
토라진 여정으로 동석인은 변했으니
오호, 이것도 통제라

소월님의 시 한 수가 발길을 잡는다
"그런대로 한세상 지내시구려
사노라면 잊힐 날 있으리라"
그래, 한 걸음 한 걸음 또 한 걸음
이 내 마음 사뿐히 삭이고 걷자꾸나
등로에는 화사한 꽃 대궐
분홍빛 진달래꽃이 웃어주고
노란 생강나무는 향기로 기(氣)를 넣어주고
가리산 연리 목은 나보란 듯 반긴다

오, 참나무와 소나무의 사랑
누가 먼저랄 것도
누가 뿌리가 좋고 나쁨도
누가 잘남도 못남도 초연하게
비바람 눈보라 이겨 내며
처연히 서로를 부둥켜안은 채
천 년을 살 것처럼 거기 그 자리에 선 채로 말한다
사랑은 이렇게 하는 거라고

낙엽송 그늘에 샛노란 야생화
보랏빛 꽃잎의 속삭임이 지고
참나무의 행진에 암벽이 가로막는다

손에는 철 난간
발은 철판 철 고리를 딛고 오르는 행렬
배가 나와도 곤란 엉덩이가 무거워도 곤란
아마도 그들에게는 지옥 훈련이 아니겠는지
게가 바위를 거슬러 오르는 풍경은 단연 압권이지만
노송 사이로 보이는 암반 위에 첫 조망
가리산 강우레이더의 풍경은 한 폭의 그림이 된다

또다시 게딱지처럼 지그재그
암벽을 오른 후에야 정상에 선다
아, 팔 벌려 사방을 둘러보아도 과연 일망무제로다

여기가 홍천강의 발원지 소양호의 수원을 이루는 곳
휴양림 들머리가 발밑이고 멀리 춘천시내가 가물가물
북으로 설악 남으로 치악산은 어드메뇨,
저 아래 소양호 쪽배에 내 마음 싣고
나는야 말을 매어둔 들머리를 향해 하산을 한다

                    2017. 4. 16. 강원 홍천, 가리산(1,051m)

가야산에 가을 왔네

조선 8경 12대 명산
가야산에 가을 왔네

운해에 휩싸인 우두봉(牛頭峰) 칠불봉(七佛峰)엔
영혼의 세계 환상으로 흐르더니
가야산 정상 바위 위에 우비정(牛鼻井) 만들었네
장쾌한 고봉들의 행렬은 빼어남을 자랑하고
만물상 능선은 저마다 제멋에 취했구나

부드러운 흑백 군상(群像)은
아가의 볼이더냐 큰 애기의 엉덩이더냐
동자승을 닮았더냐
모두가 미륵불을 닮았구나
볼수록 아름다운 자태
빛을 먹고 비바람에 씻겨
세월은 저리도 출중한 모습으로
불심(佛心)의 산
만불상(萬佛像)을 만들었네

칼날 같은 기암괴석 비경 속에
오색단풍 불 질러놓고

미인 송 천년 송은 신선이 되어
가을 속 선경의 세계로 달리는데
그 이름도 많을세라
우두산 설산 상왕산
더하여 중향산 지달산이라 했다네

아!
하늘도 물들고 마는
만추(晩秋)의 가야산
감탄사 모자라 할 말을 잊었도다

10리길 홍류동(紅流洞) 계곡 단풍은
눈부시어 차라리 보지나 말자
여름엔 금강산 옥류천 닮아서 옥류동(玉流洞)
가을엔 단풍 물 흘러 홍류동이라 하네

가슴 터지도록 그리움에 물든 계절
또 그렇게 켜켜이 쌓여만 가고
나는 진정 이 가을을 사랑하고 싶다네

오늘도 법보사찰 해인사는
수많은 국보와 보물 지켜내며
세계문화유산 팔만대장경 품에 안고
14개 암자 75개 말사 거느리고
명산대찰 대가람 자랑할 제,

"산은 산이요 물은 물이로다"
성철 큰스님 깨달음 한마디
백련암 낡은 의자만은 알리라
님은, 가셨는데 중생만 남아
그 뜻 몰라 오늘도 허공을 파닥이고 있다네

가야산 정상
아직도 떠날 줄 모르는 구름 한 점
석양에 비친 가야산을 가슴에 담고
땅거미 짙어가는 차창 밖 성주 땅
빨간 사과향도 주렁주렁 흘러가니
가로수 은행잎도 노랗게
나도 흘러간다

2011. 10. 30. 경남 합천, 경북 성주, 가야산(1,430m)에서

가야산 만물상 진달래가 더 아름다운 것은

지천으로 무리지어 피는 꽃도 황홀하지만
외딴곳 외롭게 하늘대는 슬픈 꽃도 좋지만
바위 틈바귀 비집고 피어나는 고귀한 네가
더 우아하고 화사하고 아름답거든
그런 네 향기가 훨씬 더 진하거든
난 네가 보고파서 죽는 줄 알았다

아니야, 넌
너무 고고하게 피었어
나쯤은 본체만체 거들떠보지도 않을 거야
요술공주의 왕자님이면 모를까
아니면 저 산 너머 호랑나비를 목 빼고 기다리는 줄도 몰라
그런 네 마음을 난 모르거든
그래도 난 네가 그리워서 죽는 줄 알았다

만물상 가는 길 빼어난 절경에
속눈썹 내리고 수줍게 앉은 네 모습
나 보란 듯 피어 춤을 추는데
난 그냥 넋을 잃고 바라보았지

정상 우두봉 칠불봉 만물상 계곡에

더욱 화려하고 아름답게 천상의 화원으로 만든 네 모습에
난 그만 왈칵 울음이 나올 뻔했었거든
10리길 옥류동 계곡에도
해인사 백련암 뜰에도 봄이 지천이겠지

명산대찰 차가운 이슬은 다르거든
그 이슬 먹고 자란 네 고운 자태
난 네 해맑은 미소에 녹아들어
그만 죽는 줄 알았다
만약 네가 눈밭 위에 앉아 흰 모자를 눌러 썼다면
난 벌써 엉엉 울며 졸도 했을걸

백운동 들머리 날머리에 진달래야
너 하나만 피어있구나
내가 너를 보지 못했다면
하루 종일 섭섭한 마음으로 우울했을지도 몰라

하산주 한 모금에
다음 일요일 창원 천주산을 떠올리며
정우는 간다

2012. 4. 8. 경남 합천, 경북 성주, 가야산(1,430m)에서

애국충절의 산, 가야산(伽倻山)을 가다

눈뜨면
고향도 타향처럼 뛰다가
눈 감으면
타향도 고향처럼 잠들려나

좌충우돌 동분서주
걷다가 뛰다가 주저앉아
부르던 매화타령 접고
저무는 한 해를 돌아보며
가야산 등정에 나선다

효심인가 욕심인가
이대천자지지라 믿었던
흥선 대원군 이하응의 아버지 남연군(이구) 묘를 만난다
이대에 걸쳐 임금이 날 자리
그래서 고종 순종 임금님 나셨는가

가야봉을 향해 옥양봉 석문봉을 오른다
기암괴석 암릉길 로프길 칼날능선 기어오르고 내리니
가야봉 정상은 일찌감치 통신시설이 버티고 앉아
손사래 치며 돌아가라 한다

오, 막힘없는 시야에
기름진 내포평야 한눈에 들어오고
동으로 올라온 예산 덕산 길이 구름에 젖고
서로는 서산 앞바다 풍요의 바람 불고
남으로 홍성 북으로 당진의 미래를 여는
도청이전 마치고
내포신도시 서해안 시대를 여는
새로운 충남의 역사를 여는
고동소리가 들려온다

다사다난했던 임진년
이제 흑룡은
지는 해 물고 서산(西山)을 넘어간다

흑룡아 부탁하노니
삼 일 후의 또 하나의 역사를
대한민국의 국운이 걸린 대선(大選)에서
희망찬 장래를 지켜보고 가거라

혼돈과 무질서
악이 선인 척 포장하고
선을 악이라 말하는 저 못되고 어리석은 군상들
진실이 아닌 거짓으로
정도(正道)가 아닌 꼼수로
세상을 바꾸려 하는 허상들의 몸부림
하늘도 땅도 가야산도 알지니,

백제 부흥운동의 거점

동학농민혁명의 본고장

수많은 순교자와 성인을 배출한 내포의 진산

애국지사 윤봉길 의사가 만고에 빛을 발하고

백야 김좌진 장군

만해 한용운 선생의 그림자가 영원한 곳에서

성삼문 최영장군의 기개가 넘치는 애국충절의 고장에서

수많은 불교유적 얼이 녹아 흐르는 불국토(佛國土) 가야산에서

통분(痛忿)을 토하노니

선지자 가신님의 길을 따라

경천애인(敬天愛人) 애국애족(愛國愛族)의 길

탄탄대로 만들어 갈지어다

해질녘 타는 노을에 인생을 그리는 낭만도

집 떠난 나그네 고향의 집 그리는 애틋함도

나라 잃은 아픔은 모두를 잃어버린 슬픔이라고

선각자를 품은 가야산은 말한다

오늘도 서산에 해가 지면

내일은 동산에 해가 뜨고

임진년 한 해가 가면

계사년 새해가 밝아 올지니

너와 나

벅찬 감동으로 정의롭고 밝은 세상

풍요롭고 아름다운 세상을 만나러 가자

2012. 12. 16. 충남 예산, 서산. 가야산(678m)에서

갈기산에 오르면 금수강산이 보인다

모두가 적벽
암릉길에 암봉 만나
밧줄타고 올랐는데 밧줄 타고 가라 하고
칼날능선 기어가니 열두 번은 올랐는가
말갈기 휘날리는 능선 길에
계백장군 후예 되어 강 건너 신라를 굽어보며
호쾌하게 올라보니 장관이로다

아! 일망무제
강 건너 영동 땅엔 천태산이 코앞이고
동으로 민주지산 삼도봉(三道峰)이
남으로 덕유산 품이 넉넉하고
서로는 대둔산이 한눈이로다

장수 뜬 봉 샘 발원한 물
마이산 돌아 덕유산을 적시고 무주를 떠나니
아름다운 금산(錦山)고을 또 몇 구비나 돌았더냐

흘러흘러 천내강(川內江)에
산자수려 명경지수 쪽빛인데
바라보니 금수강산(錦繡江山)이요

멎은 듯 고요하고 굽이치듯 흐르는 듯,
수태극(水太極)을 이루며 영동 옥천 돌아돌아
대청호에서 자는 듯 숨 고르며
공주 부여 서해로 흐르니
찬란한 백제의 혼 문명의 꽃 피워내고
바다 건너 일본에 뿌렸으니
아름다운 금강(錦江)물길 천릿길
전북 충청의 젖줄 되어 오늘도 내일도 영원히 흘러가리니
오, 금강의 축복이어라

여기 금수강산 보려거든 갈기봉에 올라보고
달맞이를 하려거든 월영봉에 오르고
성인군자 보려거든 자사봉 성인봉에 오르려무나

나 이제 말고삐 가선교에 매고
하산주(下山酒) 한 잔에 여독을 풀자 하니
강물에 하동(夏童)의 물장구소리에
오락가락 소나기에 긴 여름이 가려 하나
나는야 가선교의 가는 여름 붙들고 취했다네

내친김에
저기, 원골 주막에서 인삼 어죽을 시켜놓고
오븐 위에 자작자작 눌어붙은
피라미 도리뱅뱅의 맛에 또 취해 보면 아니 되겠는가

행여 날 버리고 애마(愛馬)가 떠난다 해도

밤하늘 별을 보며 걷는다 해도
이젠 난 걱정이 없다네

아무렴
짚신 한 켤레면 족한 것을

2012. 8. 12. 충북 영동, 갈기산(595m)에서

파주 감악산(紺岳山)에서 평화를 노래하자

무심토록 무디게 살아온 시간
분주한 서울 모습 뒤로하고
의정부를 들어서니 군용트럭 행렬이 지나간다
무장한 미군병사의 앳된 모습에
양주를 거치면서 가슴은 뛴다

오래된 기억을 끄집어내는 또 다른 풍경에서
대전차 장벽에서 군사시설에서
마음은 조여 오고
가벼운 흥분과 긴장을 한다
총성이 울린 지 60년이 지난 후에도 말이다

아직도 끝나지 않은 전쟁
평화 같지 않은 평화를 누리며
전쟁을 잊고 살아가는 현실에
때로는 잠 못 이루는 이가 얼마나 되려나

범륜사 휴게소 들머리
운계폭포를 지나 가파른 범륜사 경내에는
평화통일 기원비가 또다시 가슴을 후빈다
숯 가마터 만남의 숲 지나 장군봉에 오르니 임진강이 보인다

아기자기한 암릉에 암벽 노송에 반하고
발아래 풍경에 가슴을 적시고
감악산 정상에 선다

아! 가슴이 시원하구나
사방이 터진 시야는 묵은 체증 단번에 날리기에 충분하고
무언가 알 수 없는 고비(古碑)는
더욱 의구심을 불러내고
거대한 송신탑과 초소 헬기장
아래에는 팔각정에 여유도 있구나

서울과 개성의 중간이면서
건너뛰면 강 건너 장단이요 엎어지면 송악산인 것을
왜 못 가나 왜 못 가나 말이다

발아래 임진강은 말이 없고
어둠에 북녘 땅 구름만 흘러가는데
경의선 가던 길 그 누가 끊어놓고
기차는 가던 길 멈추고 주저앉아 탄식을 하고
임진강 황포돛배는 먼 강은 잊은 채
앞강만 오락가락 하느냐 말이다

분단의 아픔 임진각에서 자유의 다리 망배 단에서 절규하고
DMZ 제3 땅굴에서 도라산 전망대에서
판문점에서 결의를 다지며
다시는 이 땅에서 아픔은 가라고 외치자꾸나

경기의 5악 중의 명산

여기도 군사용 철책과 철망

곳곳에 벙커와 참호 속에는 아직도 긴장이 흐르고

여기 6.25의 격전지

저 아래 감악산 결사대의 충혼탑에는 38위의 충혼이 서려있고

설마리 전투에서 전사한 800위의 영국군의 영혼은

태극기 유엔기 영국 국기 아래 고이 잠들었으니

의적 임꺽정 머물던 굴에서 애민을 배우고

저 하늘 저 들판 기름진 황금벌판에서

이 땅에 흙 한 줌 풀 한 포기까지

가신님들의 피 흘려 지킨 땅에서 애국을 배우노라

눈 아래 개성의 송악산이 잡힐 듯하고

북한산 도봉산 소요산이 지척인데

춤을 추는 소나무는 아마도 진혼굿을 위한 춤사위인 듯하구나

산우여,

하산 후 임진강 나루에 황포돛배 띄우고

매운탕에 서러움도 풀고

참게 맛에 게 눈 감추듯 황복의 시원한맛에 빠져 보고

불타는 노을에 누워 아름다운 꿈 평화의 꿈을 꾸어 보자꾸나

2012. 9. 23. 경기 파주, 연천, 감악산(675m)에서

경인년 새 아침에

밤하늘 둥근달
기축년에 흘러갈 제,

식장산 너머 여명
구름 한 점 바람 한 잎 없는데
빈 하늘 고요한 어둠 뚫고
저, 힘차게 떠오르는 태양은
희망의 새해
이 상서로운 아침을 열었도다

벅찬 환희와 감동
대자연의 아름다움이여, 신비로움이여
영겁의 세월 속에
온 세상 밝히시고
삼라만상 생명 주시기에
이 아침의 나라 대한민국
국운융성하게 해 주시고
조국 평화 통일 이루게 하옵소서

부유한 자 베풀어 나눔 있게 하시고
가난한 자 소망 이뤄 넉넉함을 주시고

병든 자 어루만져 일어나게 하시고
세상 모든 이에 희망과 용기를 주시어
세상 모든 이에 몸과 마음 영혼까지도
사랑과 평화 자비를 주시옵소서

삼가
두 손 모아 기원하오니
받아 주시옵소서

2010년(경인년) 대전 유성, 갑하산 우산봉(573m)에서

강천산(剛泉山)에 가을이 왔다기에

높지도
웅장하지도 않아 겸손하고
아기자기 작아서 정겹고 더 아름다운 곳

기암 괴봉 숲으로 치장하고
청정계곡 시린 물 내어놓고
아기단풍 불러내어 단풍터널 엮어놓고
사랑의 조각돌 빚어놓고
삼나무는 도열하여
이방인을 반기누나

강천산 정상이 저기라며
병풍바위 폭포에 마음을 씻고
천 년 고찰 강천사에 합장하라더니
구장군(九將軍) 폭포에 손을 씻고
암벽아래 팔각정에 누워 시인묵객 되어보고
출렁이는 구름다리 위에서
이 산 저 산
발아래 세상도 보란다

오, 강천사 계곡 단풍은 만추가경

징검다리 위에도
푸른 계곡물 속에도
온통 가을이 앉아있는데
가을이 가고 나면 나는 어찌하나

금성 산성 돌고 돌아 운대봉 올라서니
담양호 추월산이 한눈이요
산중에 호수도 만산홍엽
절경에 질리고도
어찌하여 산도 하늘도 물속에 두고 있는지 내 모르것네

단풍 좋고 풍광 좋아 장맛도 좋을시고
음식 맛은 장맛이라
순창순대 아니 먹고 가면
섭하지라

2012. 11. 4. 전북 순창, 전남 담양, 강천산(584m)에서

바다 위에 계룡산(鷄龍山)을 가다

쪽빛 물에 잠겨
꿈꾸듯 누우면
하늘도 쪽빛 나도 쪽물 들려나

쪽빛 바다 위에 떠 있는 거제,
산자수려 청정하니 휴양에서 관광에서
어느 것 하나 부족함이 없을 터

하늘에서 쏟아부었는가
땅에서 솟았는가
누가 저리도 기암을 박고 괴석을 꽂아놓았는가

수탉인지 암탉인지
내 알 수는 없지만
정수리는 닭 벼슬을 닮아서
몸은 용을 닮아서 계룡이라
팔 벌려 거제를 안고
쏟아부은 돌무더기는
바닷바람에 깎이고 구름에 녹더니
기암도 괴석도 되었으려니
여기가 아름다운 거제도

바다 위에 계룡산이라 하네

북으로 눈을 돌려보자
대금산 너머 거가대교의 위용이 가물거리고
옥포조선소와 삼성중공업의 해머소리에 풍요가 밀려오고
내일이면 진해만에 물든 벚꽃 사이로
경화역 기적소리가 들려올 꿈을 다시 꾸어보리니

서로는 산방산 너머 충무 미륵도의 캐빈에 앉은 사랑 이야기가
남으로 북병산 너머 외도의 추억을 그려보면,
해금강도 매물도의 그리움도 밀려오고
바람의 언덕길 따라가다 보면
내가 수채화 속 물감에 젖는 줄을
신선대에 앉아 보면 내가 신선인 것을 그 누가 아는가

종합운동장 들머리로 계룡산을 올라보자
가파른 오름길에 나목 사이로 보이는 풍경
전망대에서 보이는 시가지 전경이 아름답고
기암을 돌아 괴석을 밟고 올라온 계룡산은 가히 일품이로다

닭의 벼슬을 밟고 오르고 내리고
피지 않은 진달래능선을 따라 부드러운 억새꽃 평원에 누워도 보고
낙엽송 군락지에서 팔각정에서의 여유도 부려 보고
유엔군 포로수용소 잔해에서 전쟁의 아픔도 느껴 보고
평화 같지 않은 평화의 의미에 심사가 뒤틀릴 때
하산 길 위에서 야생화의 미소에

난, 그만 주저앉고 만다

가랑잎 사이로 고개든 수줍은 처녀,
오, 여린 노루귀를 잡고 입맞춤을 하고 나니
묵은 겨울이 서럽다 발목을 잡는다

그랬거나 말았거나 미안하다 겨울아
내친김에 눈으로 가슴으로 봄을 안고
나는 돌아가네

하지만
대구탕 한 그릇 비우고도
도다리쑥국을 넘겨다보는
난 별수 없는 먹보
수염이 석 자라도 먹어야 양반이 되는
별수 없는 신선이 또 여기 있었네

2014. 2. 23. 경남 거제, 계룡산(566m)에서

계룡산 갑사(甲寺)에 가면

아이야 가자, 벗님네야
계룡산 삼불봉(三佛峯) 서편 기슭에 서방정토 어드메뇨

봄이 오면 황매화 꽃향기에 여심이 춤을 추고
여름이면 폭포수 물보라에 동심이 살아나고
가을이면 추갑사 단풍물에 시심이 흘러가고
겨울이면 눈 덮인 도량 안에 불심이 가득할 제,
잃어버린 나를 찾아 화엄의 세계로 가리니

아이야 가자, 벗님네야
계룡산 수정봉 서편기슭에 천진보탑 어드메뇨

그곳엔 아도화상 엎드려 세운 도량
천 년을 품고도 육백 년에 화엄세상 지켜온 곳
천지인 절 중에 으뜸이니 계룡갑사가 아니더냐

국보와 보물이 처처에 가득하고
의상대사 화엄의 성지가 여기에
영규대사 호국의 정신이 여기에 있기에
그곳엔 안락과 치유
진리의 등불이 빛나는 곳

오늘도 나는
아름다운 갑사구곡 천 년의 숲 사이로 피안의 세계를 향해 간다

2020. 11. 10. 충남 공주, 계룡산 갑사에서

계룡산 도덕봉(흑룡산)에서 흑룡을 맞이하다

반갑다 흑룡아,
선경의 잿빛 하늘에
함박눈 날리며
이 상서러운 아침에
너는 흑룡산에 다시 왔구나

솔가지 위에도 하얀 마음
나뭇가지마다 하얀 축복 속에
일그러진 어제의 모습 덮으려
너는 흑룡산에 다시 왔구나

용맹과 지혜로운 마음으로
어지러운 어제의 모습 털어내고
이, 사회의 모든 갈등을 풀어주려고

반갑다 흑룡아,
이제 너는
정치와 이념갈등
빈부와 지역갈등
계층 간 세대 간의 갈등을 풀어주어
소통하고 화합하여

협력과 상생의 길로 인도하여
아름다운 세상 공정한 사회를 만들어 주려무나

그리하여 모두가 원하는
너의 꿈
용꿈을 꾸게 해다오
질병과 가난에서 건강과 풍요를
절망과 좌절에서 희망과 용기를 다오

밝아오는 태양 희망찬 새해에는
너의 꿈
용꿈을 꾸게 해다오

2012. 1. 1. 임진년(壬辰年) 서설(瑞雪)
충남 공주, 계룡산 도덕봉(534m)에서

계룡산 연가(戀歌)

계룡,
너의 키는 845m 몸집은 64㎢
부드러우면서 험준하고
우람하면서 아름다운 자태로
충절의 땅 공주 논산 계룡,
그리고 한밭의 대전을 아우르며
금남정맥 끝자락에 태어났으니

천황봉에 올라
쌀개봉 관음봉에서 구름을 잡고
서로는 문필봉 연천봉으로 꿈틀거리고
북으로 삼불봉 장군봉으로 용트림하였더니
계룡산 줄기로 산 태극
금강 물줄기로 수 태극 이루었나니

신라 5악 중 서악(西岳)이요
조선 3악 중 중악(中岳)이라
조선의 도읍지로 떠올랐던 명당이라
수려한 경관에 역사와 문화유적 즐비하고
토속신앙 풍수지리 이야기가 있는 산으로

자연생태계의 보고이니
그 누가 계룡산을 민족의 영산(靈山) 명산이라 했는가

천황봉 일출(日出)에 희망을 안고
삼불봉 설화(雪花)에 환호하고
연천봉 낙조(落朝)에 내일을 꿈꾸고
관음봉 한운(閑雲)에 누워 명상에 들고
동학사 계곡에서 이끼 도롱뇽의 숨소리를 듣고
갑사 계곡 단풍잎에 물들고 나면
은선 폭포 물보라에 마음을 씻어내고
오누이탑 명월(明月)에 취해
곤한 잠에 빠진다 해서
계룡팔경을 다 보았다 하지 말지어다

봄이면 동학사 벚꽃 길 위에서 꽃비를 맞아보고
가을이면 갑사 오리숲 단풍잎에 내 마음 그려보고
여름이면 동학사계곡 신록에 묻혀
신원사 용추에서 한기를 느껴보고
겨울이면 자연성능 금수봉 수통골의 설국을 만나보아야
비로소 계룡을 안다고 할 것이니

나,
계룡산 자락에만 오면 편안해지고
계룡산 속으로만 오면 어머니 품속 같으니
오,

계룡산은 내 님이여

내 사랑이여

2014. 1. 12. 충남 공주, 논산. 계룡, 대전,

국립공원계룡산(845m) 삼불봉에서

아름다운 불꽃이 되어

불꽃을
불꽃을 닮은 산우여,
산으로 가자

인류문명의 근원 생명의 원천인 불꽃
그 아름다운 불꽃 정신으로
어둠은 밝히는 빛이 되고
꿈을 잃은 자에 희망의 빛이 되게 하고
길을 잃은 자에 등불이 되게 하자

배움의 등잔불이 되게 하고
사랑의 촛불이 되게 하고
우정의 모닥불이 되게 하고
마을을 지키는 봉화의 횃불이 되어
내 마음에 영원한 혼(魂) 불 지펴
내 강산 내 조국 지키는 구국의 횃불이 되게 하자

밤하늘에 쏘아올린 축제의 불꽃처럼
희망의 불꽃 열정의 눈빛으로
자연을 사랑하고
너와 나를 사랑하고

우리 불꽃 산우회를 사랑하자

산을
산을 닮은 산우여,
내 안에 산심을 기르고
아름다운 불꽃처럼 살자

오,
대전 불꽃 산우회여,
너의 요람은 계룡산 삼불봉
오늘처럼 청마(靑馬)의 기상(氣像)으로 영원하자

2014. 1. 12. 충남 공주, 논산, 계룡, 대전, 계룡산 삼불봉에서

계룡산도 비에 젖고 산새도 젖고

아침 8:15,
오지 않는 님이여
그래, 오늘은 우중의 남자
빗 사이로 걸어 오르자

비 내리는 천장골 들머리
연일 내린 장맛비 모여 흐르고
내리는 비 보태서 흐르니 장관일세
계곡마다 골짜기마다 온통 폭포수 되어 흐른다

상원암 남매 탑이 보인다
12마리 거북이는 저마다 등 내밀어 쉬어가라 하고
비구름 안개에 쌓인 삼불봉 아래
비 내리는 상원암의 고요는
나를 무아지경으로 빠지게 한다

다시 삼불봉 구름 위를 걷는다
구름에 가려 산 아래 풍광을 볼 수가 없다
아니다 오늘만큼은
저 아래 분주한 일상의 모습을 보고 싶지 않구나
눈 덮인 삼불봉을 그리면서

관음봉 육각정에서 또 다른 구름을 즐긴다

하산하는 돌계단 탐방로가 수로 되고
계곡은 한껏 보란 듯 물줄기 토해내고
우윳빛 하얀 포말 이루고 생명수 되어
여기저기 다투듯 흐른다
아! 아름다운 진경산수
그 한가운데에 내가 있다

저, 은선 폭포 위용을 보라
아마도 폭포생성 이래 처음인 듯
한 줄기 아닌 두 줄기 쌍 폭포 되어 시원하게 떨어진다

가슴이 시원하다
폭포 옆 산장의 여인은 어디로 갔는가
산새들 불러 모아 놀던 자리는 추억이 되고
고목만이 비를 맞고 지키고 있구나
세월의 무상함이냐 무심함이냐

동학사 도량에 다다르니 우중에 불사가 있음에
일상이 시작인걸, 꿈에서 깬다
사진작가들은 계곡을 향해 연신 셔터를 누른다
나는 눈으로 가슴으로 그리고 영혼으로 셔터를 누른다
무풍교를 삼킬 듯 거센 물결 휘몰아 흐르는 시간을 뒤로하고
비 맞은 산새는 이제야 날개를 접고 깃털을 고른다

지금 계룡산은 아마도 빗물 먹어 한 뼘은 낮아졌으리

이렇게 비가 오는 날이면 기름 냄새가 생각난다

비 맞은 산새 한 마리

파전 한입 막걸리 한잔하고 나니

나, 정우, 다시 나로 돌아온다

2011. 7. 10. 충남 공주, 논산, 대전, 비에 젖은 계룡산(845m)에서

계명산(鷄鳴山)에 오르니 중원(中原)의 향기(香氣)가

한반도의 중심
충청의 얼과 기상 살아 숨 쉬는 곳,
청풍명월 산수에 풍요의 소리는
예나 지금이나 변함이 없을 터,
어질고 반듯한 성품 지녔으니
충효의 고장이라 하더이다

고구려의 기상이 서려있고
백제의 향기가 살아있는 여기에
남한강 굽이굽이 흐르고 모여
아름다운 충주호수 중원의 관광지가 되었나니
여기가 수려강산 충주라 하더이다

아직 추석 음복주에 취기가 남아있는데
빨갛게 익어가는 충주사과향이 진한 산길을 달려
충주호수가 아름다운 중원의 향기에 취해보려
안림동 마즈막재 들머리로 계명산을 오르자

오르는 길목 위에 우뚝 선 대몽항쟁전승기념탑
몽골제국에 맞서 싸운 충주민의 위대한 승리의 탑
고개 숙이고 돌아서니,

바로 코가 닿을 듯한 가파른 등로가 기다리고
등로마다 떨어진 상수리가 지천으로 밟히더니
이내 전망대에 올라보니 충주호수가 빼꼼히 얼굴을 내민다

정상에서 바라보는 풍광
정상 노송의 운치도 좋거니와
하얀 포말을 일으키며 물살을 가르는 관광 유람선
호수를 바라보며 심항산을 끼고 걷는 종댕이길,
충주호수 위에 낭만과 여유 평화스런 풍광이 더없이 아름답구나

비가 그친 뒤의 산수는 더욱 아름다워
안개와 구름에 신비감을 더해주는 한 폭의 산수화
구름 속에 마루 금이 건반 위를 흐르듯
선율을 타고 달리는데
저 아래 중앙 탑에서
한반도의 평화를 기원하는 소리에
고구려비 앞에서 잃어버린 고토를 찾는 꿈을
탄금대에 앉아 청명주 앞에 두고
악성 우륵의 탄주소리를 듣는 꿈을 이루는 날,
산우여, 듣는가
이것이 진정한 한반도의 태평성대가 아니겠는가

2016. 9. 18. 충북 충주, 계명산(774m)에서

계방산(桂芳山)에서 그리움을 품다

고무신 탄내 나듯
숨 가쁘게 달려온 애마(愛馬)
지친 듯 산님을 운두령(雲頭嶺)에 쏟아낸다

살기 위해 넘어야 했던 고개
만남과 이별 그리움이 녹아있던 자리에도
계방산 정상에도
멀리 북으로 설악산 점봉산
동으로 대관령 서로는 태기산에도
가슴 시리도록 차가운 이 원시림에도
하얀 눈 고향에 온 듯 겨울이 앉아 있다

가지마다 매달린 눈꽃
햇살에 비친 상고대의 영롱함에 탄성이 절로
거침없는 조망에 또 한 번의 탄성
내 눈은 순백의 겨울 산 속살에 젖고서야
내 팔은 거대한 신목(神木)을 끌어안고서야
이제야 영혼의 소리 듣는가

보아라,
저, 노동계곡 흐르는 운무 속에

아홉 살 이 승복 소년의 절규가 들리지 않는가
나는 공산당이 싫어요
울부짖던 그 소리가,
피지도 못한 채 꽃망울 떨어지던 날
이 계방산도 하늘도 산새도 울었으리라

재 너머 두메마을 눈에 묻혀
시간은 멈춰 있는데
하얀 감자꽃 피는 날
소쩍새 슬피 우는 소리가
하얀 메밀꽃 날리던 날에
기러기 달빛 스치는 소리가
어스름 차창 밖 동화의 나라
두메산골 가로등 불빛에 묻히더니
샛별처럼 흘러가는가

희고 고운 눈꽃송이
사라지는 날
봉황은 모든 것 비우고
저, 빈들에 시리고 허한 마음까지도
노란 봄 품으며 희망의 을미년 새해
빨간 그리움을 품는다

2015. 2. 1. 강원 평창, 홍천, 계방산(1,577m)에서

계족산 황톳길을 아시나요

이슬비도 가랑비도 아닌 것이
내리면 마르고 마르면 젖을세라
간단없이 내리는 비는
안개비인가 가루비인가
그냥 맞아도 좋을 4월의 끝자락
초록 비를 맞으며 황토의 산 계족산을 오른다

산새들 지줄지줄 합창을 하면
영락없이 장끼 놈은 꿩꿩 하며 맞장구를 친다
이렇게 토큰 하나면 만날 수 있는 것을
늘 가까이 있다고 언제나 볼 수 있다고
결코 무심해서가 아니니 너무 서러워는 말지어다

그래도
싱그러운 초록의 아침 푸른 공기 내어 주고
코끝에 풀잎 향기 내게 주고 반겨주니
내가 변한 것이지 산이 변한 것은 아닐 터
나는 행복한 사람

부드러운 낙엽
발밑에 와닿는 감촉이 좋다

밤새 내린 도둑비에 대지는 촉촉한 입술처럼 젖고
콩자반 임도에도 황톳길 녹색길 위에도 생기가 되살아난다

남도약수터를 지나
임도로 나선 길 절벽엔
사면마다 넝쿨나무의 푸른 잎이 돋보이고
독경소리에 발길 닿은 곳은
부처님 오신 날을 준비하는 비래사,
입성 고운 보살님의 기원도 연등의 나부낌도 고울세라
옥류각 계류의 물소리 청정을 더하니
비래사의 단아함이 더없이 평온함을 준다

비래사 해우소에서 명상의 음악을 듣는다
근심 걱정 두 배로 털어내 보내니
귀도 즐겁고 이내 마음 두 배로 즐거운데
암벽 아래 제단 앞에 선 보살님의 염원이 궁금하구나

따뜻한 황토색 속살을 밟고
맨발로 걷는 감촉이 부드러워서 좋다
발가락 사이로 삐져 올라오는 흙살의 교태
부드러운 곡선미가 이어지는 황톳길
야릇한 쾌감에 간지러움까지
이야기가 있는 이 길은
구부러진 곡선이라서 더 좋다
그래야 언젠가는 만날 수 있기 때문이 아니겠는가

봉황정에 올라 한밭의 기상을 본다
발밑에 대전관문도 경부고속도로의 분주함도 보인다
왼손을 들면 부산이요 오른손을 들면 서울이라
사통팔달 오고 가는 길 한가운데 있으니
아침에 떠나면 저녁에 돌아올 수 있는 이곳
여기가 살기 좋은 대전이라네

참새가 어찌 방앗간을 그냥 지나칠 수 있으랴
봉황정 아래 잔 술의 유혹에 끌려
2000냥의 행복을 마시고 흘러간 노래에 취하고 보니
아, 오늘도 하루가 즐겁구나

계족산성을 만난다
백제와 신라의 울부짖는 이야기 그대로 두고
이름도 예쁜 장동 산디마을로 향한다
들어가면 갈 곳이 없어 도로 나온다는 길
삼태기안의 작은 마을에
산신제 탑신제의 전통이 살아 숨 쉬는 마을
그 정겨움이 사라질 때
장동고개마루엔 안개가 내리고 이슬비가 내린다

2014. 4. 27. 대전, 계족산(423m)에서

고려산(高麗山) 진달래 꽃방망이로 사랑을 찾아

하늘이 열리고
땅이 솟아오른 개벽의 땅 여기에
백두에서 한라에 중간
한반도의 중심에서
단군성조 제천의식 봉행하시니
민족의 정기 원천이 되고
생기 발원처가 바로 여기
인천 강화도라 하더이다

동토의 땅 숨죽이며 흘러온 강
임진강도 예성강물도 서러워라
참았던 눈물 토해내며
한강의 품에 안겨 강화도를 품고
서해로 가는 길목도 여기에
하늘 길 바닷길 열리는 서울의 길목도 지척에
오, 대한민국의 관문이 여기가 아니더냐

고구려 장수 연개소문이 태어나고
인도 천축조사 고려산에 올라
오련지(五蓮池)에 오색의 연꽃 불심에 날려
떨어진 곳 따라 가람을 두고

청련사 적석사 백련사 황련사 흑련사
이름하여 오련사라 부르고 오련산이라 불렀으나
고려의 천도에 따라 고려산이 되었다는 전설 있었으니
처연한 역사가 깃들어 있는 민족의 영산
그 역사의 현장이
이제는 진달래축제의 명산이 되었으니
오호라, 임도 보고 꽃도 보는 시간여행
행낭을 꾸려 여정의 길 나서 보자

국화리 저수지에 눈을 씻고
천 년 고찰 청련사 700년 노거수에
한없는 경외감에 내 마음을 씻어내고
상춘객 인파에 묻혀 고려산을 오른다
오를수록 붉어지는 산
오, 정상에서 북사면 양안의 황홀경에
그만 하염없이 눈물만이 돈다
저, 진홍빛 꽃밭의 장관은 어이하고
저, 원색의 상춘객 행렬의 끝은 어드메뇨
이 찬란한 봄
위대한 봄의 서사시

저 진달래 가지로 꽃방망이 만들어
앞서가는 여인의 등을 치면 사랑에 빠지고
남성의 머리를 치면 장원급제를 한다는데
나는 오늘 앞서가는 여인의 등을 치고
돌아서 머리를 내밀 때

그대는 내 볼에 어떤 사랑의 흔적을 남기려나

내 사랑하는 임이여
만일 그대와 낙조봉에 앉아
진달래 꽃바구니에 사랑을 담아
두견화전 내어놓고
두견주 백일주에 취하고
저 석양의 물든 바다 붉은 노을에 취한다면
내 마음에 타는 진홍빛 불은 누가 꺼줄거나

낙조봉 가는 길,
고인돌 무덤의 세월 앞에 선다
진달래 피고 지는 세월의 무게보다도 더
고인돌 무게보다도 더 무거운 세월 앞에
사랑이야기 인생이야기에 젖으려 한다면
웃어라, 그리고 찰나의 의미에 젖어보라 하려나

억새의 그늘 진달래 꽃밭에서 펼쳐지는 봄의 향연에 산상만찬에
초대받은 왕자의 기분은 이런 기분일까
아, 아직도 진분홍빛 물감에 젖은 몸
뻐꾸기가 울면 마르려나

2014. 4. 13. 인천, 강화, 고려산(436m)에서

구봉대산(九峯臺山)에서 인생을

그토록 사랑했던 애마
왜 아니 잊을 수가 있으리오
때가 되어 헤어짐은 필연인 것을 어쩌랴

이제 오늘 다시 태어난 대국(대국관광버스)에 환호하며
튼튼하고 믿음직스러운 마상에 올라
인생의 산,
강원도 영월수주 땅
사자산 법흥사가 있는 구봉대산을 향해 간다

법흥사 들머리로
송림을 헤치고 계곡을 건너
숲으로 가파른 언덕으로 제1 봉 양이봉에 오르고
제9 봉을 향해 인생길 길을 향해 떠난다

산,
산이 여기에
내가 여기에
오르는 봉우리마다
내려가는 구비마다
산심은 그대로인데 인심은 예나 지금이나 그대로가 아니니

기암괴석 사이로 낙락장송 푸른 저 세월 속에
뒤틀린 고목의 세월만 속절없이 가는구나

생자필멸(生者必滅) 회자정리(會者定離)
생명이 있는 것은 반드시 죽는다는
만남이 있으면 반드시 헤어짐이 있다는
인생사 여기 구봉대산을 두고 한 말이 아니던가

1봉 양이 봉
어머니 배 속에서 잉태되어
2봉 아이 봉에서 아기로 태어나
3봉 장생 봉에서 유년, 청년기를 보내고
4봉 관대 봉에서 청운의 뜻을 두고 벼슬길에 올라
5봉 대왕 봉에서 인생의 황금기를 보내고
6봉 관망 봉에서 인생을 음미하며 보내다가
7봉 쇠 봉에서 병들고 늙어가다
8봉 북망 봉에서 이승을 떠나고자 하는데
9봉 윤회 봉에서 마침내
산을 사랑한 자 덕을 베푼 자는
또다시 태어난다는 윤회설을
여기 구봉대산에서 배우고 가노니

부처님 오신 날이 1560년 전 어제인데
나는 이제야 돌아서 보는 법흥사 계곡에 앉아
또다시 선인선과(善因善果)요 악인악과(惡因惡果)를 되뇌고 있도다

2016. 5. 15. 강원 영월, 구봉대산(870m)에서

지금 구봉산(九峰山)에 진달래가 지천이네

하루에도 몇 번
갈 수 있고 오를 수 있는 곳
가깝다고 더 무디어지고
먼산바라기처럼
곁에 두고 무심했네

신선도 놀고 갔다는
빼어난 아홉 개 봉우리
기암괴석 바위 벼랑길을 타고
좌안(左眼)을 돌리면 청록의 전원풍경
보리밭에 바람 소리 눈에 들어오고
가끔은 개 짖는 소리 목가적 향수에
시간은 더디게만 흘러가기도 하련만
우안(右眼)을 돌리면 도시의 풍경
회색빛 사이로 자동차 소음
거대한 도시 분주한 표정이 넘치누나

한밭 속에 지나는 국토의 대동맥
사통팔달 교통의 중심지
경부와 호남 순환선 핏줄이 흐르는
저기,

내 눈은 붉은 핏줄을 보며
내 귀는 지금 폭포수 앞에 있다네

계룡산 발원한 물 계룡을 적시고
흑석을 머무르며 노루벌을 맴도나니
여기가 한밭의 정맥이요
보아도 보아도 질리지 않는 곳
저 아름다운 갑천(甲川)이 흘러
비단 강 금강(錦江)으로 흘러가리니
소리 없는 푸른 줄기
국토의 대정맥이 아니겠는가

처음처럼 끝나는 어디에나
암릉길 모두가 전망대인데
오르고 내리고 한 번으로 섭섭하니
가던 길 되돌려 다시 걸으니
오늘은 18봉이로구나

저기 흑석동 노루벌
노루는 벌써
대전 둘래산길은 돌아본 지 오래라며
계룡산을 둘러보고
대둔산을 돌아 서대산을 향해
저리 엉덩이를 내밀고 뛰고 있지를 않는가

화사한 진달래꽃

진홍빛 유혹이 지나면
산 벚꽃 하얀 향기에 젖는 날도 오리니
계룡산 낙조에 익어가는
가을단풍에 숨어
구봉정(九峰亭)의 사랑은
언제,
언제 오려나

2013. 4. 7. 대전, 구봉산(264m)에서

극락으로 가는 길, 금산(錦山)으로 가자

까만 장막
어두운 장막 뒤에 화려한 무대가 열리듯,

남쪽 하늘 빈 하늘에 여명이 밝아오고
바다는 태양을 밀어 올려 마침내 그 장엄한 일출은
남해의 명승, 금산(錦山)을 열어놓는다

운해 속에 빛 내림
빛의 움직임에 무대는 변화무쌍
나는 시시각각으로 변해가는 황홀경을 쫓아
태양을 지고 선경의 세계로 간다

정상 망대를 중심으로
대장봉과 형리암 장군봉과 화엄봉 향로봉 일월봉과 제석봉
부소대와 부소암 상사암 좌선대 쌍홍문 등,
기암괴석 기암의 행렬들이 파노라마처럼
금산 38경에 서불 부소 원효대사의 이야기가 있고
태조 이성계의 기도로 천하를 얻은 보답으로
비단금자를 내려 금산이라 했다는,
여기는 한려해상국립공원 속에 유일한 산
삼남제일의 명산 남해의 금강산이라 하더이다

이제 두모 계곡을 따라
설화가 있고 봉마다 이야기가 있는 금산을 오른다
중국 진시황 시절에 불로초를 캐러 온 서불이
이곳으로 지나갔다는 전설을 거북이에게 듣고는
수줍은 얼레지 뽐내는 진달래를 달래고
처음으로 능선에 올라 봄이 오는 다도해의 풍경에 환호하고
진시황의 아들 부소가 유배되어 놀았다는 부소대로 간다

넓은 암반지대 위에 우뚝 선 바위
우글쭈글 호두알을 닮은 바위가 부소대라
절경 아래 숨은 비경이 여기 부소암 암자가
바위를 등지고 사뿐히 내려앉아있는데
바위에 새겨진 마애불상
두광에는 태극문양이 선명한 채로 호랑이 등 위에 올라앉아 있으니
아마도 문수보살이려나

아, 상사암에서 보는 대장봉과 형리암의 위용
그 아래 보리암과 해수관음보살상의 풍광은
천하의 절경 명승이요 비경이로되
여기가 3대 관음성지 가운데 한 기도처라 하더이다

단군성전에서 합장을 하고 정상 망대에 올라
남해 상주은모래비치 해안의 절경에 눈을 비비고
보리암에 들어 잠시 명상에 잠긴다

속세의 질긴 인연 허공에 날려 보내고

물소리 새소리 바람소리에 귀를 씻고
시리도록 아름다운 비경에 눈을 씻고
이제 선방에 들어 머나먼 시공 속으로 간다

죽비소리 어깨 위에 스치는 날
일심참회 관음정진 마음까지 씻어내고 나면
불국정토로 가는 길이 한 걸음 더
깨달음 보리심의 세계로 가는 길이
여기 금산의 제15경 쌍홍문에서부터 시작일터,
쌍홍문은 금산의 관문이요 자연 그대로 보리암의 일주문이로되
아, 쌍홍문 안에서 보는 장군봉과 송악의 비경에 또다시 취해
나는 그만, 나를 잊고 비몽사몽으로 하산을 한다

오늘의 화려한 무대를 두고 떠나는
남해의 봄바람 향기를 품고 떠나는 여기는,
여기는 비단처럼 아름다운 남해의 금산(錦山)입니다

2017. 3. 19. 경남 남해, 금산(705m)에서

금수봉(錦繡峯) 가는 길 1

부드러운 미소가 너울대는
화산천 갈대숲은,
어제도 이방인 오늘도 山客을 맞이한다,

듬성듬성 우두커니 서있는 버드나무 위로
진객 백로는 날아들어 어릴 적 향수를 불러오게 하는데,
수통골 아담한 작은 호수엔
또 하나의 청산이 잔잔하고
물은 절로 녹수인 것을,
저, 하늘 닿은 백운대는 깃대종 호반새 불러오고
저, 물에 비친 금수봉은 버들치 참종개 요람인데,
이 내 마음 작은 평화 어이 안식이 아니리오

화산계곡 들어서니
예가 바로 심산유곡일세,
안개비 산허리 감돌아 계곡을 적시고
흐르는 물소리 청량하게 느껴지는데,
여기저기 산봉우리 하늘에 매달리면
깎아지른 병풍바위 둘러치고
걸터앉은 청솔의 자태를 보노라면,
홀연히 난, 신선이 되네,

밤새 내린 봄비에
생강나무 노란 꽃잎에도
진달래 붉은 꽃망울에도
은구슬 맺혀 구르니
시원한 물소리 흐르고 모여
수통골 폭포로 쏟아내는구나,

계절은 바뀌어
청산은 오색단풍으로
순백의 설국으로 변한다 해도
이, 화산계곡을 지키는
저, 청솔의 기개는 더욱 진한 향기로 흩어질 것이니
저, 속 어딘가 亭子 한 채 있었으면 좋으련만,
하지만 내 마음속 亭子가 더 좋은 것을 잠시 잊었으니
괜한 욕심을 부렸나,

안개비 걷힌 금수봉 당도하니
저기 한밭이 품 안에 들어오고
빈계산 발아래 학하지구 신도시가 꿈틀거리고 있네,

그 누가 이곳을,
아름다운 국립공원 계룡산이 품은 도시
천하제일 풍수명당 길지라 했는가,

산 태극 수 태극 어우러진 곳,
용호는 오수부동 속에

군계일학은 추성낙지에 노니는가,

예로부터 계룡산 동쪽은 풍수해 兵火가 들어오지 못한다는
최고의 피난지, 무보천석지기요
48姓이 창성하고 세계제일의 부자가 난다고 했던가,
일찍이 탄허 스님은 고려 도읍지인 개성보다
한 수 위라 극찬하지 않았던가,

아, 가슴이 시원하다,
내일은 별빛산행을 하리라,
거기, 옛 성전리(星田里)
별 밭 전설이 있는 그곳으로

2009. 3. 22. 봄의 길목, 대전, 금수봉(532m)에서

금수봉 하얀 눈밭에서 봄비를 맞으며

온 세상 어지러운 먼지 속
껄끄러운 북데기 풀풀 날고
부스스한 얼굴 꾀죄죄한 모습으로
때로는 꿈길마저 추웠던
길고도 시린 대지 위에
생명의 소리
첫 비 오는 소리에 화들짝 잠을 깬다

바위 아래 나무 밑에 이끼 피어나고
물먹은 나무 발등에 게거품 쌓이고
납작 엎드린 하얀 겨울은
대지를 움켜쥐고 마지막 기를 쓰는데
흘러내린 빗물은 빙설(氷雪) 위에 흔적을 남기고
저, 빙벽폭포 속으로 파고들어
기어이 부빙(浮氷)을 만드는구나

하루도 아닌 밤이면 없어질 것들,
겨울이 녹아 흐르는 이 화산계곡에서
세월의 흐름도 인생의 무상함도 본다

안개비 자욱한 옥계청류(玉溪淸流)

암벽마다 매달린 청솔의 자태는

한 폭의 진경산수(眞景山水)

무아지경 속 나는 한 마리 학(鶴)이 되네

금수봉(錦繡峰) 아래 정우대(政遇臺)

하얀 눈밭에서 봄비를 맞으며

설중매(雪中梅) 님의 모습 그리려니

막걸리 잔 속에 빗방울 떨어져

나를 유혹하는구나

아!

가는 겨울 붙잡고 오는 봄 향기에 취했으니

가잔 말도 있잔 말도 못 할지니 어찌하란 말이냐

2011. 2. 27. 충남 공주, 계룡산 금수봉(532m)에서

금수산 선녀탕에 나무꾼 되어

월악산 국립공원 품속이 좋아
북단 끝자락에 매달려
남한강 옥순봉 그리워 머문 곳
퇴계 선생 눈에 비친 백운산이 금수산 되었으니
어화, 좋고 어화 좋다

안개 속 용담폭포 쏟아지는 물줄기 물보라에
승천하는 용의 모습 그릴 적에
"이리 오너라
선녀탕에 선녀는 어디 가고 나무꾼만 보이느냐"
호통소리에 뒤를 보니 거기도 영락없는 나무꾼일세

정상에 올라 보니
동남으로 소백의 위용이 다가오고
발아래 충주호가 쉬어 가라 하는데
단양팔경 풍류 싣고
떠나가는 떼 뱃사공 어디 가고
어이타 유람선만 흐르는가

능강계곡 짙푸른 이끼 속에
태고의 시간 멈춰있고

물소리 새소리는 더욱더 청량하니

만산홍엽 춤추는 계절은 어이할 꺼나

이, 아름다운 산을

먼 옛날 옛적

독수리 한 마리가 이 계곡 지키다가

바위로 환생하여 금수산 수호신 되었으리

나, 얼음골에 물 한 모금에

세상 시름 다 잊고 나는 가네

   2013. 6. 23. 충북 제천. 단양, 월악산 국립공원 금수산(1,015m)에서

금수산(錦繡山)에 나무꾼 되어

월악나루 물속 어디에
남한강 세월의 그리움도
지나간 서러움도 모두가 잠기었으려니,

이제라도 장회나루에 멈추어
두향이의 세월을 물어보고
물속 강선대의 세월에 젖어보고
천천히 떠나려 하는데 갈 길이 멀다 하는구나

비 개인 산천,
알싸한 밤꽃향기에 코끝이 축축하고
골짜기마다엔 구름이 피어나는데
하늘 금 흑백 너울에
또 다른 월악의 신비에 나그네는 한없이 젖는다네

저 아래 충주호는 어찌 할까나
두고 가는 나그네 발길이 무겁지만
하진리 들머리로 말 목산을 찍고
금수산 미인을 만나자 하니 밉지도 않거니와
더는 곱지도 않을세라

풀냄새 진동하고
이름 모를 야생화 싸리 꽃 산나리 나와 반기는데
말 목산 정상 아래 충주호는
무시로 안개 속을 흘러가는구나

관음능선 너덜 길 돌고 돌아
네발로 칼등을 타고 밧줄에 내리고 오르니
구름을 벗고 앉은 여인이
버선발로 일어나 반갑다 하네

아!
금수의 미녀는
월악 영봉 그리다 지쳐
그만 월악산 북단 여기에 누워있는가 보다

빼어난 미모에 아름다운 미인 송 곁에 두고
용담폭포 선녀탕이 꾀나 잘나서
베일에 가리고도 구름 속에 숨은 모습
구담봉 옥순봉을 발치에 두고
남한강 바라보던 기억을 묻어 둔 채,
충주호수 마냥 바라보다
호수에 비친 제 모습에
짐짓 제풀에 취했더냐

퇴계 선생을 감복해하여
백암산도 백운산도 좋을 터에

금수산이라 아름다운 이름 얻어
정녕 단양기생 두향을 닮으려 하느냐

상학리 하산 길,
남근석 공원의 의미를 붙들고
월악 영봉을 향한 그리움의 공간에 서서
부드러운 여인을 빼닮은
여인의 산이라는 것을
이제야 알 것 같다는 나그네
아마도 그도 영락없는 나무꾼일러라

상학리에서 보는 하늘
하늘이 분명 다르더이다

2013. 6. 16. 충북 제천. 단양. 월악산 금수산(1,016m)에서

금오산(金烏山) 기슭에서

"오백 년 도읍지를 필마로 돌아드니
산천은 의구하되 인걸은 간데없다
어즈버 태평연월이 꿈이런가 하노라"

고려 사직 안타까워
야은 길재 충신(忠臣)은
다시 조선의 군왕(君王)을 모실 수 없다며
금오산 기슭에 낙향하여 도학(道學)에 전념하니
그 충절 학덕을 후세에 기리니 여기 채미정에 남아있도다

칼다봉에 올라서니
찬바람은 상고대를 만들고
바람은 나뭇가지 흔들어 대패 밥 눈을 떨군다

아! 아름다운 산수(山水)
대혜 폭포 옆 굴에는
도선 국사 머물러 득도(得道)하니
도선 굴이 되고
현월봉 정상에 오르니
초승달은 또 언제 걸렸었느냐

저기 기암절벽 아래 한 떨기 연꽃무리를 보자
약사암의 자태는 천상의 극락일진대
정상 위에 범종은 천지만물 중생을 깨우려나 보다

해운사 영흥정 샘터에서
마른 목 축이자니
삭도 줄 케빈에 앉은 이방인은 구름 속을 날아간다

먼 어느 날,
금오산 하늘에 황금 까마귀 날더니
저 멀리 금오지(金烏池) 고요한 평화 속에
이 땅의 꿈과 희망
풍요의 씨앗을 뿌리고 떠났나 보다

그 씨앗 흐르고 넘쳐
현대문명의 꽃
전자공업의 요람을 만들고
자연보호운동의 정신과 얼을 심었고
농업 근대화의 초석을 다졌으리라

일찍이 이성계의 앞날을 보았던 무학 대사는
이 산 아래 군왕 거인이 날 것이라는 예언도
오백 년을 흐른 후에
저 상모동에서 예언이 현실로 되었으니
한 치 앞 세상을 모르는 어리석은 자
어찌 말로서 말이 많다더냐

오,

암울하고 서러웠던 지난날의 세월

낙동강은 그 역사의 부침(浮沈)을 지켜보고

전자공업의 발상지

낙동강의 기적을 이루며

오늘도 영남의 젖줄 되어 말없이 흘러만 가는데,

산우여,

저 아래 상모동에

박정희 대통령의 생가(生家)도 보고

야은 길재 선생 숨결도 느껴보면 안 되겠는가

오형(烏亨)돌탑에 쌓인 모든 염원들이여,

우리의 염원도

함께 보태면 안 되겠는가

2012. 3. 4. 경북 구미, 김천, 칠곡, 금오산(976m)에서

현성산에서 놀았으니 금원산 품 안으로 가자

안개이던 하늘
파란 하늘에 흰 구름 넘어가고
덕유산 품 안을 넘고
서상 월성 심동을 눈으로 밟으며
아름다운 수승대를 스쳐지나간다

거창이라 심산유곡에
하얀 비단 깔아놓고
모진 세월에 빚은 보석 뿌려놓고는
청순한 위천(渭川)을 앞세워 유혹한다

하얀 속살 드러내고
부드럽더니 솔향 피워 햇살에 요염을 더하니
저리도 아름다운 위천(渭川)이 되었는가

가녀린 물줄기 한 줄로 흐르니
오늘은 실 폭이라 해두고
미폭(米瀑) 들머리로 현성산을 오르자

거친 한숨에 거대한 암반이 코끝에 와 닿는데
하얀 암반 하늘빛이 더욱 고울세라

미끈하고 화려한 암벽
빼어난 암릉미에 기암괴석 미인 송 괴송 어울리니
여기가 바로 하늘정원이로다

바위전망대에 오르니
절로 가슴이 터지고
거침없는 시야에 위천 들녘은 비단결이로되
바둑판처럼 아름다운 융단 위에
하늘빛 그대로인 상천지(池) 서덕지(池)에
생명수 평화를 담아놓았으니
산 아래 풍광이 이보다 더 좋을 수가,
저리도 아름다울 수가 있으랴
오, 바라만 보아도 배가 부를 풍광이여

이름을 지어보자
배 바위 형상에 잠수함 바위
걸상바위에 병풍바위 둥글더니 수직 벽 이루고
금원산 가는 길에 이런 미인을 만난 것도
떠나지 않으면 못 볼 것을,
현성산이 이리도 아름다울 수가 있으랴

더 취하기 전에 떠나자
만나면 이별이란 걸 내 모를까 보냐
이어지는 흙산을 밟고
낙엽 부서져 솜털 같은 길을 나선다

현성산에서 놀았다면
이제는 금원산 품 안으로
어머니 품 안으로 가는 어린아이의 표정을 닮았을까나

오르고 또 오르고
숲속을 헤치고 산죽 밭 헤치고
산정에 오른다

우로는 수망령에 월봉산 엊그제 보았는데
좌로는 기백산이 어서 오라 하지만
동봉을 만나보고 유안청폭포로 향해 가자

여정에 지친 산꾼의 마음은 사막에 오아시스
아래에서 들려오는 물소리에 환호성을 지르고
유안청 폭포에 매달려
세족에 세안 물맛에 생기를 찾고
아름다운 유안청계곡
자운폭포 물소리에 세심을 하였더니
한 쌍의 금 원숭이가 반긴다

만나자 이별 서러워라
나, 선녀 담에 마음을 내려놓고 금원산 품 안을 나선다

    2013. 6. 30. 경남 거창, 함양, 현성산(965m), 금원산(1,352m)에서

금전산(金錢山) 신선(神仙), 순천만 갈대숲에 눕다

불재 들머리로 낙안의 진산
바위가 아름다운 금전산을 오르자

밤사이 내린 비는 가을을 떨게 하고
우수수 떨어지는 낙엽 비는
메마른 내 마음을 슬프게 하는데
발밑에 낙엽은 촉촉하고 부드러워서 좋더라

처음부터 된비알에 고행도 잠시
첫 봉우리에서 조금씩 풍경이 열리고
능선 좌우로 펼쳐지는 조망에 더욱 가슴을 열게 하더니
어느 누구의 정성이련가
돌탑에 정상석이 반기고 눈 아래 펼쳐지는 풍광은
오, 일망무제
시원한 낙안 벌판위에 400년 낙안읍성의 세월이 보인다

끝 모르게 펼쳐지는 조망 속에
성(城)과 초가마을이 다가오고
기암괴석 절벽의 아름다움에 탄성이 절로
금강암 석불에 두 손 모으고
의상대에 앉으면 신선이 될까 보냐

금강문 해탈 문을 나서려니
파란하늘에 백운(白雲) 한 점 위에
어느새 내가 앉아있더라

여기 금전산도 아름답고
산 아래 평촌지(池)도 아름다워
그래 낙안의 미인이 많다고 하던데
그 누가 평촌지(池)를 옥녀의 거울이라 했는가

순천의 자랑
순천만 생태숲 공원으로 가자

동천이 서천을 만나 이사천에 합류하여 갯벌에 호수를 이루니
여기가 천혜의 습지
자연의 보고 순천만 생태 숲 공원이 아니더냐

섬과 산 바다 호수가 어우러진 광활한 갯벌
갯바람에 갈대꽃 물 억새 일렁이는 그곳으로 떠나자

청둥오리 기러기가 축하 비행을 하고
재두루미 황새 저어새가 노니는
바닷물 떠난 고요한 갯벌 속에 하늘 높게 자란 갈대숲에는
순광에 잿빛물결 금빛물결 일렁이고
역광에 은빛물결 출렁이는 장관에
지금 내가 떨고 있는가

오, 용산전망대 아래 천지는
무심 무시로 흐르는 무아지경 세상인데
바다를 향한 그리움에 머문 자리는 방울방울 섬이 되고
석양의 비친 갯벌과 붉은 칠면초의 아롱대는 물결에
끝없는 황홀경에 빠지고
민물과 바닷물 밀고 당기고 간 자리에
아득한 세월의 흔적에 또다시 전율을 느낀다

아!
저, 대자연의 드라마
차라리
오랫동안 눈을 감고 떠나자

2013. 11. 17. 전남 순천, 금전산(668m), 순천만 갈대숲에서

금정산(金井山)에 올라 무술년(戊戌年)을 부른다

한반도 동남쪽 끝
백두대간 등줄기에서 낙동정맥 흐르다
힘차게 솟아오른 산, 그 정기 어디로 가나

이 땅을 지키고 이 바다를 지켜온
의상대사 서산대사 만해 한용운의 호국 정신이 살아있는 곳,
6.25 참화 속
칠흑 같은 어둠에 한 줄기의 빛
한 많은 피난살이에서 꽃피운 희망의 향기는
낙동강 강바람을 타고 동해의 해풍에 실려
부산 천지로 한반도로 퍼져나가니
여기가 바로 항도 부산을 지키는 호국의 산
부산의 진산 금정산

금빛 나는 물고기가 하늘에서 내려와
우물에서 놀았다 하여 금정산이라,
그곳에 절을 지어 어(漁) 자로 이름 짓노니
여기가 화엄종찰 범어사(梵漁寺)라,
보물도 문화재도 가득 고색이 넘쳐나고
강이 가까워 바다가 앞마당일터
고기가 지천이니 고기 어(漁) 자가 어울릴 법도 하제

구불구불 숲길을 따라
범어사 주차장 들머리로 금정산을 오르자
무술년 한해에도 백운(白雲)의 산우님들
모두의 안전과 안녕을 기원하는 시산제를 마치고
첫눈에 마주친 낙락장송 사형제
금정산을 찾는 범어사를 찾는 이에게
어쩌면 저리도 공손한 자세로
허리 굽혀 인사를 건네니 내 마음이 어찌 아니 좋을 손가

고승대덕의 안식처 부도전을 지나 일주문 앞에 선다
오, 두 아름 둘레의 돌기둥
네 개의 돌기둥 위에 세워진 일주문
중앙 문에 조계문 편액을 중심으로 우측 문에 선찰대본산
좌측 문에 금정산범어사 편액과 웅장한 일주문의 위용에
이 몸은 장승처럼 서서 손을 모으고
여기가 성 속의 경계라는 것을 알고는 다시금 머리를 조아리고
천황문에 읍소를 하고 불이문에 들어 금강계단을 거쳐
비로소 대웅전을 알현하고 범어천을 따라 돌 바다 길을 걷는다

지천으로 깔린 돌길의 연속,
금정산 골짜기를 메운 끝 모를 돌 바다의 향연에 취했음인가
북문에 이르러 산성의 여유로움에 숨을 고른다

넓고 아늑한 주변의 풍광,
바로 여기가 승병장들의 무예를 겨루던 곳이 아니겠는지
세심정(洗心井)에서 마음을 씻고 고당봉 정상에 선다

고당봉을 오르는 하늘 길 아래
멀리 지나온 북문이 산 아래,
원효봉을 향해 뻗어있는 산성의 위용
여기저기 기암괴석의 웅성거림
모두가 장수들의 외침이 하늘을 찌르는 듯
부산을 지키고 금정산을 지키는 장수들의 고향이 바로 여기

부산의 젖줄 낙동강이 눈 아래 부산 시내가 한눈이지만
연무에 가려 광한루대교를 찾지 못하는 아쉬움에
금샘으로 달려간다

밧줄을 잡고 오르는 미지의 세계는 바로 금샘 금정(金井)의 세계
오, 기다렸던 금정산의 전설을 만난다

얼음이 언 채로 보여주는 돌기둥 위에 물, 물, 물,
생명의 원천이 이 거대한 돌기둥 위에
천 년이고 만 년이고
영원히 마르지 않을 것처럼 고여 있는 물
영원하라고, 영원하라고,
금정산 하늘에 무술년(戊戌年)을 불러본다

2018. 1. 21. 부산, 금정산(801m)에서

6.25 전쟁의 격전지 금학산, 고대산을 가다

궁예의 태봉국 옛 도읍지엔 노루와 사슴이 뛰어놀고
생태계의 보고 비무장지대엔 독수리 두루미가 넘나드니
여기가 DMZ의 고장 안보 관광지로다

아직도 포연(砲煙)은 골짜기를 맴돌고
분단의 아픔과 한을 삼키고 있는 곳,
6.25 전쟁의 격전지 그 아픈 역사 속으로 간다

아름다운 협곡 고석정 순담을 돌아
주상절리 한탄강 비경을 건너면
한반도의 중심 허리
넓은들 통일의 길목에 금학산이 반긴다

가자 그곳으로,
오르자 금학산 보개산 고대산전투 그 격전지로,
그리고 고지의 주인이 24차례나 바뀐 전투
백마고지 아래 위령비를 찾아가자

아! 얼마나 처절했음인가
고지는 아이스크림 녹아내리듯
저 아이스크림고지의 전투가 또 있지 않은가

매를 닮은 바위는 이 땅의 영원한 수호신이고
마애불상의 온화한 미소는 평화의 화신으로 남으려는가
정상을 오르니
한눈에 철원 동송읍이 다가오고 잠시 상념에 젖는다

멀리 동남으로 왕건과 궁예의 대결장 명성산이 가물거리고
넓은들 철원평야도 가물댄다
그 옛날 기름진 하얀 이밥을 먹던 세월에
전쟁의 포화는 어머니 손목을 잡고 피난행렬로 내 몰리고
수복(收復)을 맞아 다시 돌아오니
폐허속 산 아래 교정에는 풀냄새 뗏장담 교실이 되고
가마니 멍석 짚풀 냄새가 나는 천막교실에서
바둑이와 철수와 영희를 그리던 유년 시절이 떠오른다

주경야독의 시절
삼부연 폭포 직탕 폭포 아래에서
한탄강 고석정 순담에서 자연을 배우고
담터 계곡에서 심신을 위로하던 곳,
책보는 내던지고 강으로 논둑으로 봇도랑으로
뛰놀던 어린 시절의 아이는
강산이 여섯 번이나 바뀐 노인이 되었으니
어이타 세월은 갔는가

아! 감회가 새롭구나
오르는 길마다 전쟁의 상흔을 말해주듯 참호와 초소들
이 땅에 평화와 통일이여 오라

행복의 샘은 저 샘통처럼 영원히 흘러넘치어라

서울을 떠난 철길
신탄역에서 월정역에서 경원선(京元線)은 끊기었고
저 아름다운 금강산을 향해가는 철길은 표지판만 쓸쓸해 보이고
여기 녹슨 철길 위에 누운 객차는
철마(鐵馬)는 달리고 싶다고 울부짖듯 외친다

아! 원한의 세월이여
철모르는 아이처럼
아직도 조국을 망각하는 자
아직도 꿈속을 헤매는 이 땅의 무모한 자들이여
백마고지 전투 위령비에서 고대산 보개산 전투 그 현장에서
노동당사의 잔해에서 제2의 땅굴에서 보아라

정녕코 금학산은 알고 있으려니
오늘도 이어지는 젊음의 강
한탄강을 날으는 번지점프 아래에는
구비치는 물결을 즐기는 래프팅의 전사들
저, 바둑판같은 평야,
미래의 땅 내 고향에서
호국의 달 제57회 현충일을 가슴에 담고
신탄리역을 굽어보며 오늘의 여정을 내린다

　　2012. 6. 9. 강원 철원, 금학산(947m), 경기 연천, 고대산(833m)에서

기백산(箕白山) 산정 누룩더미의 의미를

함양고을 들자 하니
여름날 거연정 농월정의 추억이 새롭기만 한데
오늘은 지우천을 거슬러 용추사에 눈길 주고
도수골 돌 밭길로 노란 가을을 밟고 가보자

하늘도 노랗고 땅도 노랗고
천지가 노랗게 물든 단풍 숲을 걷자 하니
어느새 내 마음도 노랗게 물들었는가

쌀알에 뉘처럼
어쩌다 붉은 단풍은 군계일학처럼
더욱 아름다움으로 다가오니
오, 참으로 도수골이 이상도 하여라

산정에 올라
정상석에 입맞춤을 하고
굽어보니 형형색색 절색 가인인 걸
말은 더해 무엇하리요

지금 발아래 세상은 만추가경에
내 한 눈 붉어지고

또 한 눈은 바위능선을 쫓아가다
켜켜이 쌓아올린 누룩더미에 머물고 또다시 누룩덤에 머문다

금방이라도 술 빚어내어 놓을 듯
저리 쌓아 놓고 누구를 기다리는지
누룩더미 기대고 넓은 바위에 주저앉고 보니
탁배기 술 한 잔 없다 해도 누룩에 취해보고
먼 산 구름에 취하고 앞산에 대취하니
산정성찬 이보다 더 좋을 수가 있을까나

아! 세상을 다 얻은 기분이니
지금 황석산 아래
백두대간 능선 아래의 여인은
오색영롱한 주름치마 걸치고
기백의 마음도 산꾼의 마음도 빼앗으려 하니
어찌하면 좋을까나

단풍에 혼절하고
누룩덤에 취한 내가
저 멀리 하늘금도 아름다운 산과 산들의 너울 속에
운무는 더욱 장관이라
선계가 아니면 또 어떤 세상일까
겹겹이 쌓인 산군(山群)이 천천히 다가온다

지금 기백은
술 빚어 도수골 시흥골에 흘려

지우천이 주천(酒泉)되면
물레방아도 돌고
거연정 농월정에 뜬 달도 돌고
풍류객도 돌겠지

이제야 아느냐
도수골이 기흥골이 여전히 노란 것이
누룩 물에 얼룩진 것이 아니라면
골골마다 술 부어 적신 탓은 아니겠는지

용추의 계곡물처럼 마르지 않는 술이 있고
빚어도 빚어도 줄지 않는 누룩더미 있으니
얼씨구절씨구 함양고을에
정자 많고 선비 많아
고을마다 물레방아 도는 세월에
오늘도 풍류는 흘렀는가

이제야 아느냐
기백산 산정 누룩더미의 의미를

2013. 11. 3. 경남 함양, 기백산(1.331m)에서

경주남산에서 신라 천 년의 미소(微笑)를 만나다

서라벌의 진산
작으면서 큰 산
발길마다 눈길마다 기암괴석 만물상에
숨어있는 부처를 찾아
불상을 만들고 탑을 세우니,
불국토 신라의 정신으로 삼국통일 이뤄 내고
찬란한 불교문화 꽃피워
아름다운 미소 천 년의 향기로 퍼져나가니
오, 경주의 남산은
신령스런 성산(聖山)이로다

남산을 아니 보고
어찌 경주를 보았다 할 것이며
한두 번 오르고
어찌 남산을 안다고 할 것인가

용장계곡 들머리에 매월당이 반기고
황금색 토질에 두루뭉실 검푸른 바위들은
모두가 부처의 상이로되
삼륜대좌불 삼층석탑에서 마침내 천 년으로 간다

왕릉과 산성은 몇이며
사지(寺址)와 석불 석탑은
손가락 모자라 헤아리기 어려워라
스치는 곳 보물이요 사적이요
머무는 곳 문화유적 즐비할 세
오, 경주의 남산은 보물 산이로다

포석정 수로(水路)에 달빛 채운 술잔도
시 한 수 장단에 별들이 명멸할 제,
화랑도의 기상이 하늘을 달리고
왕들의 주연(酒宴)이 익어갈 제
후백제 견훤은 마침내 경애왕의 최후를 보았는가

신라 시조 박혁거세 나정(羅井)의 요람에서
망국의 한이 서린 포석정을 지켜보며
흥망성쇠 함께한
오, 경주의 남산은 역사의 산
세계 문화유산이로다

토함산에 올라 떠오르는 태양을 끌어안고
석굴암 천 년의 미소에 영혼을 깨우고
불국사 석가탑 다보탑에서 불심에 귀를 열고
첨성대에 올라 우주에 눈을 뜨고
보문단지에 앉아있으니

호숫가 백조가 더욱 아름다운데

이래 좋고 저래 좋다

인간 만사 새옹지마

그토록 지엄하신 군주의 위엄 어디 가고

하고 많은 영웅호걸 지금 어디에도

천관녀의 사랑은 영원하다더냐

찬란한 문화유산 빛나는 고도(古都)에서

혼(魂)만은 보았으니

산우여,

올해도 안전하고 즐거운 산행을 위하여!

남산 신령님께 엎드려 조아리고

계사년 첫 여정을 시작하자꾸나

그리고

벅찬 감동으로

새로운 세상 열었으니

또 천 년을 위하여!

얼씨구절씨구

동지섣달 꽃 본 듯이 신명나게 놀아보자꾸나

해물파전 동동주야

경주 법주 앞세우고

주모(酒母)는 퍼뜩 들라

2013. 1. 13. 경북 경주, 남산(금오산 468m)에서

남산제일봉에 천불(千佛)도 매화도 있네

합천 가야 땅 밟아드니
가야산 동마다 골마다 불심이 가득가득
오늘은 소리골 접어두고
돼지골 들머리로 남산제일봉을 향해 꿀꿀거리며 올라보자

유서 깊은 명산,
유네스코 지정 문화유산이 있는
팔만사천대장경을 품은 산,
법보종찰 해인사 자리한 명찰 명산이라
소리만 들어도 어느새 엄숙함에 빠져들고
보기만 해도 저절로 고개가 숙여지는 청정심에
불가에 귀의하고픈 마음이 솟아나는 아름다운 산일러라

자연이 곧 불이요 불이 곧 자연이라
자연 어느 것 하나 불이 아닌 것이 없으니
자연을 사랑하는 것이 불심을 만나는 길이 아니던가

꿀꿀대며 오르려니 갑자기 가파른 철 계단이 앞을 가린다
하늘은 기기 묘묘 기암괴석의 파노라마
돌부처처럼 도열하여 돼지들을 굽어보고
천상의 석불을 펼쳐 놓는다

여기는 천상의 화원,
매화의 전시장 기암의 전시장
하늘 아래 천불이요 설원에 매화가 핀 격이라
누군가는 천불산 누군가는 매화산
또 누군가는 가야산 아래 남산 제일가는 봉이라 하지 않더냐

오, 장관이로다
천불 앞에 매화꽃 향연에 비몽사몽으로
오르고 내린 계단은 세어보지도 말자
가을이면 불타는 천불산을 겨울이면 매화를 보러오자
잠시 건너편 가야산을 올려보며
홍류동 계곡 아래 천불산 청량사를 향해 간다

천불이 병풍처럼 드리워진 기슭에
아름다운 고찰 청량사,
멀리 겹겹으로 보이는 산과 산들의 춤사위가 곱고
운해를 머금은 산그리매가 너무도 아름다운 원경이니
여기가 극락, 나는 신선이 다름 아니니
코스모스가 하늘거리는 언덕 길섶에도
붓꽃이 잔잔한 경내에도 벌써 가을빛이 한 자락 머물러
내 발길이 떨어지지 않으니
가을이 겨울이 지나도록 나 여기 있고 싶으니
산우여, 날 버리고 그냥 돌아가시오

청량사 경내는 물을 뿌린 듯
오가는 수행자 스님의 그림자는 보이지 않고

삼층석탑 위에 석등 위로 구름만 지나갈 뿐,
이따금 대웅전을 찾아 산님들이 참배하는 모습에서
옷깃을 스치는 소리만이 시간은 이미 멈춰진 듯하지만
우물가 돌 위에 설치한
바람개비만 시간과 공간을 돌리고 있구나

법당 안 석가여래 석불 앞에 앉아 기도하는 여인
여인의 모습 사라진 공간 너머 절간은 텅 빈 자리
난, 비로소 그 빈 공간을 두고 돌아서 나온다

난, 이후로 나는 모른다
아니 난 안다
누군가는 반드시
그 빈자리 빈 공간을 채우고
또 비울 것이라는 것을

2017. 9. 3. 경남 합천, 남산제일봉(1,010m)에서

굴욕의 현장, 남한산성을 가다

바다 건너 왜 나라의 침략(임진왜란)으로
찢기고 뜯긴 세월이 7년여
압박과 설움에 지친 몸
땅을 치고 울부짖던 모진 풍상에
무엇이 남고 무엇이 온전할 수 있으랴

설상가상,
오만한 청나라 침략(병자호란)에 또 밟히고 차이는 수모에
인조는 끝내 무릎을 꿇고
머리를 땅에 치고 항복을 해야만 했던 조선,
이것이 삼전도의 굴욕이라 하는데
여기 치욕의 역사 굴욕의 현장을 찾아
세계문화유산 남한산성의 길을 따라
380년 전의 시간을 되돌려 길을 간다

돌이켜보면
내 어릴 적 6.25전쟁을 겪으며
피난생활 속에서도 학교를 다니던 곳이
여기 경기도 광주 땅이니
어찌 감회가 남다르지 않겠는가

애마를 두고 내리는 순간
산속에 묻힌 초가와 기와지붕은
지난날의 어둠은 잊은 듯
산속에 궁궐 천국을 보는 듯
포근함과 평화로움이 성안에 가득하니
영원불멸 오래오래 두고두고 보고 싶구나

동문을 지나 장경사에 목례를 하고
성벽으로 동장대터 돌문으로
쓸쓸한 성벽을 따라 벌 봉으로 간다

푸르고 화려함 뒤에 오는 쓸쓸함이련가
단풍이 지고 난 무채색 겨울의 스산함처럼
저 앙상한 나뭇가지 위에도 이끼 낀 성벽에도
진한 서러움과 오래된 고단함이 묻어나온다

서문에서 행궁을 바라본다
청나라에 쫓기던 인조는
여기 남한산성 서문을 나와 삼전도로 끌려가
무릎을 꿇고 항복을 비는 모습이 영화처럼 떠오른다

아, 대한민국
수많은 외침과 전쟁을 겪으며 살아온 이 나라
이제 더는 대립과 갈등은 없게 하자
이제 더는 아픔도 고통도 없게 하자
저 광화문 광장에 출렁이는 촛불행렬이

이제 더 이상 이 땅 위에서 사라지게 하자

저 불은
저물어가는 한 해를 장식하고
다가오는 정유년 새해를 밝히는 촛불이 되어
동방의 해 돋는 나라
한강의 기적을 이룬 기상과 염원을 담은 촛불이 되어
자손만대 평화가 이어지는 등불이 되기를
저물어 가는 병신년 산마루
여기 남한산 남한산성 수어장대(守禦將臺)에서 빌어본다

2016. 12. 18. 경기 광주, 남한산(522m)에서

내변산에 가면 세월이 보인다

호남정맥 끝자락에
남은 정기(精氣) 쏟아내고
격포리 채석강 적벽강 보석 깔아 둘러치고
안으로 천 년 고찰 내소사 개암사 보물 안고
의상봉 옥녀봉 관음봉 선인봉
직소폭포에 선녀탕 분옥담 와룡소 절경에
서해바다를 만나니 변산반도라

변산 8경 접어두고
내변 12경 외변 12경 해변 12경에 36경이니
두고두고 마실 가듯 떠나 보자고요

물고기 소금 땔나무 어염시초(漁鹽柴草) 풍부하고
서해 갯벌 바다가 풍요로우니
살기 좋아 생거부안(生居扶安)이요
이매창 황진이 시 한 수 거문고 소리에
시인묵객 끊일 날 없어 풍류의 고장이라
부안은 좋은 곳이여!

남여치 들머리로 관음봉을 향해 오르자
눈 아래 펼쳐지는 아름다운 풍광에 녹아들었는가,

월명암의 자태는 저리도 고운데
휘영청 달이라도 뜨는 날에는 얼마나 고울까나

경내를 거니는 털북숭이 견공 한 마리
마음을 비웠는지
불심을 아는지 모르는지
스님보다 더 느리게 움직이며
보아도 아니 본 듯 무심하기 이를 데 없구나

빼어난 풍광 속으로 빠져들어
봉래계곡 선녀탕 분옥담을 훔쳐보려는데
한 줄기 시원한 직소폭포가 반긴다

세상 걱정 근심 모두 날리고 몸도 마음도 씻고
잠시 머물라 하건만
관음봉 성화에 절경도 비경도 잠시러니
아!
석양에 비친 호숫가 풍경은 그림이요
거울에 비친 풍광은 몽환적 선계(仙界)로다

관음봉 정상을 향하는 암봉 길 모두에는
바다에 묻힌 세월 하늘을 향해 솟아오르고
솟아난 세월 억겁으로 흐르고 날리어
세월만큼 책으로 쌓은 듯하니
나는 아주 오래된 세월의 책 위를 걷고 있도다

칼날 능선 암반 능선 지나
관음봉 정상 아래의 풍광은
아! 일망무제로다

발아래 내소사가 고요하고
보이는 봉마다 넘치는 정기에
하늘과 바다 그 속에 점점이 떠있는 섬들
망망대해 산해절승이로다

불어오는 바람에 짭조롬 바다향이 좋다
의상봉 아래 부안호가 고요한 평화를 주고
직소폭포와 중계계곡의 선경에 할 말을 잃었으니
예가 바로 내변산이로다

산우(山友)여,
바다향이 그립거든 맛조개 백합죽을 부르고
젓갈이 그립거든 곰소만으로 가고
황홀한 노을이 그립거든 월명암 낙조대로 가고
먼 옛날이 그립거든 채석강으로 가자

그리고 웅대한 꿈을 꾸려거든
새만금 방조제로 가자꾸나

2012. 12. 2. 전북 부안, 변산반도 국립공원 관음봉(425m)에서

내연산 청하골에 여름을 두고 가을에 찾으러 가자

백두(白頭)는 동해(東海)를 바라보며
태백준령 넘어 넘어갈 제,
남으로 천령산 서로는 향로봉을 품에 넣고
앉으니 내연산이라네

육산에 낙엽이 먹은 물
암반에 녹아 내려 흐르니 청하 골이요
골도 깊어 기암절벽 입석바위
학을 기다리는 학소대의 미인 송(松)에
폭포는 12폭이라 하네

홀로는 외롭다며 상생폭 쌍폭이라 다정히 반기고
수줍어 꼬리만 보여주는 보현 폭이요
물길이 세 갈래라 삼보 폭이요
바람이 고요해 무풍 폭이요
용이 물에 숨어 잠룡 폭이니
이제 물에서 나와 관음폭포로 가자

오, 기암절벽 층암단애의 극치
관음 폭 쌍폭에 관음굴 쌍굴이라
폭포 위에 걸린 구름다리 절경 비경이로되

관음에 득도하고
연산 폭에서 오늘의 시름을 털고
은밀한 곳 음폭에서 은폭으로 숨어드니
엎드린 호랑이 나 좀 보자 하니
복호(伏虎) 1폭 2폭이라는데
혼비백산 놀란 가슴 실처럼 가늘어 실폭
시명폭 폭포의 향연에 빠지고 나니
12폭포에 여름을 두고 가네

염천하에 보경사,
더위에 지친 듯 고요하고
송림에 풀벌레 소리만 더위를 쫓는데
경내를 흐르는 물살은 세월만큼이나 빠른데
홍련 백련 연잎에 내 마음 내려놓고 가네

한 팔 홍두깨로 밀국수 밀어내시는 할머니
가벼운 입성이 곱기만 하고
왠지 모를 또 다른 모습에
콧등이 시큰거린다

산우여,
내친김에 재 너머 월포 칠포로 죽도로 가자꾸나
하얀 속살 부드러워 혀에 감기는 푸른 동해(東海)
영덕대게가 게거품 물고 너울너울 손짓을 하는데
어데 그냥 갈 용기가 있으면 말해 보래이

에루와, 내연산

청하 골에 여름을 두고 가을에 찾으러 가자

2012. 7. 22. 경북 포항, 내연산(710m), 천령산(775m)에서

내장산으로 단풍구경 가세

단풍고개 추령을 넘어
호남의 금강,
조선 8경 중 하나라는
내장산이 그려주는 단풍 든 세월 속으로
내장산이 감춰 둔 보물
내장사의 저 천 년의 세월 속으로 가보자

장군봉에서 장군의 기(氣)를 받고
연지봉에 쏟아지는 단풍햇살 맞으며
신선봉 오르니 발아래 내장은 만산홍엽으로 달리는데
지금 내 눈은,
온통 붉은색만 보이는 색맹으로 변해가고
내 몸은 울긋불긋 출렁이는 오색 단풍 속으로
한없이 함몰되어간다

까치봉에 견지봉을 오르고
망해봉에 올라서니 서해가 어렴풋한데
불출봉 조망은 또 어찌하고
힘겨운 철계단에 서래봉 오르니
백암에 기암절벽이라
저 금선계곡의 아름다움이 가슴으로 다가와

돌아서 내장호(內藏湖)에 눈을 씻었어도
벽련암과 서래봉의 풍경에
더는 눈이 시려 그만 주저앉고 만다

이것이
한 폭의 동양화 진경산수화요
숨겨진 보물이려니
또다시 보물을 향해
내장사 경내로 빨려 들어간다

아!
감탄사 모자라 어이할 꺼나
푸르던 잎 감물 들더니
황금빛 노을에 젖고
능금 빛에 태우더니 이젠 황국에 질렸나

글이 있어도
입이 있어도
달리 표현할 방법이 없는데
무슨 말로 어이 표현을 하리오

가도 가도 단풍 터널,
보아도 보이느니 핏빛 단풍
가슴이 터지도록 뭉클하고
눈이 짓무르도록 현란하니
산경에 반하고 단풍에 취하노니

온 길이 어디이고 갈 길은 어드메뇨
간단없는 이내 마음에
오, 속절없이 단풍 들고 마네

하지만 이제 진정하자
저 신선제(神仙堤) 물 위에 뜬 우화정(羽化亭)은
아마도 마음을 내려놓고 가라는
또 다른 이름
세심정(洗心亭)이 아니겠는가

봄에는 백양 가을엔 내장이라
내장 9봉 자루 속 내장사의 가을은
유별나고 유난스러워서 미치것다

　2013. 10. 27. 전북 정읍, 순창, 전남 장성 국립공원 내장산(763m)에서

노추산(魯鄒山)에서 정선 아라리를 만나자

"눈이 올라나 비가 올라나 억수장마 질라나
만수산 검은 구름이 막 모여든다
아리랑 아리랑 아라리요
아리랑 고개로 나를 넘겨주소

아우라지 뱃사공아 배 좀 건너 주게
싸리 골 올 동백이 다 떨어진다
떨어진 동박은 낙엽에나 쌓이지
사시장철 임 그리워 나는 못 살겠네"

지난날의 세월,
고향과 가족을 그리며
낙향 선비들의 고단한 삶을 달래는 소리

싸리 골에서 만나자는 여량의 처녀와 유천리 총각이
아우라지 강을 두고 억수장마에 애타는 심정과
끝내 이루지 못한 사랑을
여인의 한숨처럼
자연과 인생을 비유하며
구성지고도 구슬프게 토해내니
정선 아라리 정선 아리랑의 발원지라네

하늘이 한 뼘이면 산은 한 길

이 산 돌아 저 산 보고

물 따라가는 길은 심심산골

산 첩첩 물도 첩첩이라

바람도 구름도 숨어들고

시간도 머물러 세월도 더딘 곳

내 마음이 머물면 영혼도 머물 것 같은 그곳에서

멈춰진 세월을 만날 수 있다네

올 때는 적막강산에 서러워 울고

갈 때는 후한 인심에 헤어지기 섭섭해 두 번 울었다는데

그곳엔,

산에 기대어 사는 산사람들의 순박한 인심

소처럼 우직한 마음을 읽을 수 있다네

호젓함을 느껴보고

정선 아리리와 아우라지 강

구절양장(九折羊腸) 꼬부랑길을 걸어보고

올챙이국수에 옥수수 술 맛을 보려거든

절리 절리 구절리로 가세나

관광객을 태우고 가는 풍경열차,

오지의 역 구절역을 떠나 여량역을 향해 달리고

철로 위로 페달을 밟으며 레일 바이크를 타고 가는 관광객은

세상 시름 다 잊은 듯 보이니

이야기가 있는 정선

아름다운 정선
석탄열차 통근열차 추억으로 보내고
이제는 레일 바이크 관광열차 만이 시간을 싣고 달린다네

그래
정선의 삼대 명산 중 노추산 정상을 향해 오르자
다음엔 가리왕산 민둥산을 그리며
절골 들머리로 샘터에서 목을 축이고
핏빛으로 물들은 단풍잎 부는 바람에 실려
이성대(二聖臺)에 오른다

아!
이 어찌 말로 표현하리요
하늘 아래 산들의 행렬
앞산에서 저 하늘 끝 산까지
끝 모르게 쌓이니 구절 구곡
저 속으로 또 한 번 빠지고 싶네

설총과 율곡 선생도 이 풍광을 즐기면서
노(魯)나라 공자(孔子)와 추(鄒)나라 맹자(孟子)
두 성인을 흠모하며 수도 정진하니
산은 노추산(魯鄒山)이요
후학은 이곳에 이성대(二聖臺)를 지었다네

원시의 숲 인적이 드문 등로에는 금강송이 장관이고
종량동 날머리 송천계곡에 발을 넣고

오장폭포의 위용을 보고 여정을 마치니
어둠이 내려앉고 시장기도 돈다
가자, 곤드레 밥을 아니 먹고 갈 수야 있나
산은 거기 그대로인데 나만 가는가

2012. 10. 7. 강원 정선, 강릉 노추산(1,322m)에서

땅 끝에 솟은 산, 달마산(達磨山)을 가다

더는 못 가네
더는 못 가네
바다가 가로막혀
더는 못 가네
가려거든 새가 되고
가려거든 거북이 되고
서러워도 되돌아가고
서러워도 별수 없다네

천리 길 멀다 않고
달려온 땅 끝 마을
한반도 최남단에
달마,
너를 보기 위해
불원천리 찾았지만
땅 끝이 여기라니
끝이라니 웬 말이요
서러워도 되돌아가고
서러워도 별수 없다네

동백꽃 숲속에 미황사,

기암괴석 병풍 아래
바다에 녹아 선경에 녹아
의조화상 설법에
천 년을 이고지고 고이고이 흘러왔다네

높지 않아 쉽다고는 말지어다
오르고 나면
기암괴석 돌 숲으로 빨려들어
암벽 길 로프에 몸을 던지고
개구멍 문바위 굴에는
네발로 더듬이가 되고
칼날 같은 암릉길이 한나절이라는 것을,

오, 남해의 작은 금강산
여기를 두고 하는 말이로다
빼어난 암릉미는
사나운 공룡의 머리 뿔
용의 이빨을 닮아가는 듯
공룡능선 용아장성을 닮았으랴
공용과 용의 혈투
아!
돌들의 아우성을 보는 듯하구나

어디에서 보나
일출이 아름답고 일몰이 경이로운 것은
일찍이 아는 터이지만

어디 도솔암에서 느끼는 풍광
절경만이야 하겠는가

발아래 미황사가 고요하고
멀리 월출산 두륜산이 아른거리고
동으로 어제 본 완도의 숙승봉 상황봉이 손에 잡힐 듯
바다 건너 보길도의 모습은 해무에 가려 볼 수가 없구나

내리는 하산 길,
굽이진 임도가 정겹고
토말비에 눈길 주고 섭섭하다 했는데
한 뼘 자란 청보리밭에서
올려다보는 달마산 미모에 또 반하니
달마도 달래고 하산주 한 잔에 나도 달래어 본다

2013. 3. 24. 전남 해남, 달마산(489m)에서

대둔산(大屯山) 만추(晚秋)

보고프면 아무 때나 그리우면 언제라도
원경(遠景)에 마음만 주고 믿거라 곁에 두고
오마하고 지나친 날 세어보면 무엇 하리오

길이 멀어서도 길을 몰라서도
노자 없어 못 간 것도 아니련만
무심타 무심한 님이로다

엎어지면 코 닿는 곳,
주변에서 맴돌고 다리만 긁다가
갑자기 너의 모습
너의 아름다운 속살 보고파서
가을비 찬비에 배티재에 섰는데
얼굴은커녕 발가락도 내어주기 싫다며
구름 속으로 숨는다

처음부터 화가 났을까
가파른 오름에 비바람 보태서 쌀쌀맞더니만
울퉁불퉁 바위능선 올라서니
그제야 시린 손 붙들고
동지섣달 꽃 본 듯이 반겨주노니

그러면 그렇지
내 그럴 줄 알았소이다
반갑습니다

오, 내 사랑
지리산 천왕봉 덕유산 마이산 금오산 변산 서해바다는 두었다 보고
장군 약수 먹고 장군 되어 나부터 보라며
천천히 얼굴을 들고 구름을 벗는다

아! 참으로 곱구나
이토록 아름답다니
이런 미인을 내 미쳐 몰라보고
이제야 왔으니 어찌 하면 좋소이까
실컷 두들겨 패도 할 말이 없소이다

기암괴석 솟구쳐 알 박아 놓고
암릉 곳곳 병풍을 둘러치고
천 길 낭떠러지기 협곡
오, 구름에 쌓인 너는 천상(天上)의 선녀
암벽에 매달린 일송(一松) 불러놓고
못난 나를 기다렸다고,
고맙소이다

태고사 낙조대 마천대를 향해
외길로 가는 철계단으로 하늘을 날아
구름다리 위에서 너의 아름다움과 정열을 보았고

그 정기(精氣) 흘러 흘러,
대전의 심장 둔산(屯山)에 멈추고
둔산동 시대를 열고
한밭 문화를 꽃피웠는지도 모른다

저 아래,
캐빈에 앉은 이방인의 웃음소리가 정겹더니
동심바위 장군바위에 숱한 전설과 애환에서
동학혁명군 위령탑에서
이치대첩 전적비에서
주먹을 불끈 쥐어보기도 했소이다

하산 길 발목에
가을을 붙들고 달래는
눈 내리면 다시 오라는 너,
수줍은 단풍잎에 손을 흔드는 너를 두고
헤어지기 섭섭해
몇 번이고 뒤를 돌아보나
산정(山頂)의 모습은 역시나 아름답소이다

2012. 11. 11. 전북 완주, 충남 금산, 논산 벌곡면 대둔산(878m)에서

청마(靑馬)야, 남해 대방산으로 가자

애마(愛馬)
청마야,
남해 대방산으로 가자

덕유산 설산은 내일 보자 하고
지리산 설국도 모레 보자 하고
어서 7백리 멀다 말고
푸른 바다 넘실대는 남해 창선도 대방산으로 가자

비릿한 바다 향기에 코끝이 무디어도
파릇한 해초 너울에 눈 밑이 짓물러도
갈매기 나는 삼천포구 주막에 기대어
남쪽 하늘 바라보고 추억을 마시던 기억 저편
창선도 대방산 그리워 뱃길을 물어보던 시절을
청마 너는 아느냐

남해로 가는 길은 언제나 가슴 설레고
남해에 닿으면 언제나 마음 푸근하고
가는 곳마다 향토유적에
가는 곳마다 비경에 절경에
아름다움에 더하여 보물섬이니

남해 창선도 대방산 8경이라고 들어나 보았느냐

망경암지 칠성암 삼선암 대장암 벼락재
좌선대 참선대 좌선굴이 8경이요
삼자 삼치 삼무라는 것
유자 치자 비자가 많아 삼자요
멸치 갈치 참치가 많아 삼치요
인심 좋고 살기 좋아
거지 도둑 문맹인이 없어 삼무라 하지 않더냐

산우여,
해가 바뀌어 첫 산행이라
어서 대방산 신령님을 뵙고 가자
향불 피우고 촛불 밝히노니
하늘 우러러 땅에 입맞춤하고
자연에 감사하고 국태민안 가정화목을 위해
우리들의 안전산행 아름다운 동행을 위해서 기도하고
산두곡재 들머리로 대방산을 오르자

부드러운 오솔길에 내리는 햇살도 감미롭더니
정상에서 보는 풍광 다르고 봉수대에서 보는 풍광 다를세라
한려해상국립공원 모두가 그림이고
산정호수에 비친 운대암의 고요가 아름답고
건너온 삼천포대교 초양교 늑도교 창선교 단항교는
자연에 묻혀 자연을 닮아 가려는데,
육지를 떠난 섬 절해고도(絕海孤島)가 아니어도

이제는 섬이 아닌 육지가 된 것이
저 징검다리 섬을 이어주는 다리가 있어
저리 아름다운 그림을 그릴 수 있으니
오,
남해의 명물이로다

남쪽으로 가면 금산 보리암이 반겨주고
동쪽으로 가면 통영 거제도가 안아주고
서쪽으로 가면 여수 오동도가 쉬어 가라 할지라도
건너온 삼천포의 사랑은
아직도 그대는 내 사랑인 것을

하지만
파릇한 풋마늘에 남해를 버무리고
상큼한 회 무침 한입 없이 곡차 한 모금 없이
어찌 시름도 겨울도 그냥 넘길 수 있으랴

그냥 가면 섭하제

2014. 1. 19. 경남 남해, 대방산(468m)에서

덕룡산(德龍山) 암등에 봄바람 부는데

천리 먼 길 버선발로
강진 땅 도암 골에 허겁지겁
내 여기
남도의 봄이 오는 소리 듣고 져
다산이 가던 길 찾아
다산의 숨소리를 듣고 져
영랑의 시향을 맡고 져
내 예까지 왔노메라

주작(朱雀)은 하늘에 걸린 듯 하늘을 나는 듯
하늘에 닿은 주작의 아름다움에 흥분이 절로
소석문 덕룡의 기암에 또 한 번 흥분이 이는데
오작교 정자에 마음 하나 던져놓고
산 동백 숲으로 빠지려 하니
덕룡은,
어서 꼬리 내리고 네발로 기어서 오라 한다

깎이고 패이고 솟구치는 기암
때론 주물러 놓은 듯 꿈틀대며 승천하는 용이 되는
오, 덕룡이여
바위 숲을 빠져나와 암등을 올라보니

앞은 험산준령의 파노라마
좌로는 검푸른 산해(山海)요
우로는 푸른 빛 산수(山水)라
봉황지 꽃물에 내 눈을 씻고
눈부신 태양 아래 시원한 바닷바람
봄바람 꽃바람에 내 마음 녹아내리니
산우여, 어디 여기서 더 무엇을

저 산우의 표정을 보라
어디 하나같이 즐겁지 않은
어디 하나같이 신나지 않은 산우가 있을까 보냐

밧줄이 고맙고 철고리가 고마워라
동봉(東峰)에 올라 서봉(西峰)을 딛고
오르락내리락 얼마를 기었더냐
엉덩이는 바짓가랑이는 저리 지저분해도
몸도 마음도 하나같이 창공을 난다

그리고 나,
서봉을 등지고
철썩 주저앉아 귀를 세우고
억새 숲 사이로 서걱대며
봄을 부르는 소리를
봄이 오는 소리를 듣는다

울긋불긋 원색의 산우 앞에

저마다 이야기를 풀어놓고
자연을 먹고 행복을 마시고
돌아보는 서봉의 아름다움에
이제는 눈이 물렀음인가 행복에 질렸음이냐
아, 부드러운 억새능선에서 바라보는 주작산
꼬리치는 임도의 아름다움까지도 사랑하고 싶다

수양리 골짜기에 목련화 터지는 소리
흔들바위 아래 홍매소식 내게 전해 올 때
다산의 유배지 길 위에는
동백 춘백이 난분분하고
오리목 강아지 새살이 피어나는데

임이여,
아마도 나는 그대와 함께 있다면
나는야 숨이,
숨이 쪼카 멎을지도 몰라야

2015. 3. 8. 전남 강진, 덕룡산(433m)에서

덕유산, 그 넓은 품 안에 안기다

안성매표소 들머리로
칠연계곡 만나 향적봉을 물어보고
동엽령 고개에 앉아
가는 구름 붙들고
백암봉 중봉에 향적봉을 향해 날아간다

염천하의 칠연계곡
하동(夏童)의 세월 어제였는데
저토록 세월이 무상이면
내심사도 무념이라
서풍에 뿌린 눈에
아름다운 설화(雪花) 빙화(氷花)에 시린 눈 후비고
나는야 차가운 삭풍 등에 지고
세월을 매고 날아간다

동엽령 고갯마루 올라서니
왼발은 전북 무주 장수요
오른발은 경북 거창 함양이라
거산준령 장쾌한 능선에
저 넓은 산자락의 넉넉함에
한없이 작아지는 내 모습에

오늘도 나는 산을 배운다

중봉 넘어 만난 주목
온갖 풍상 서러움에 질려
속은 허공에 내주고 가죽과 뼈만 남아
잎은 한사코 살아있음에 시위를 하듯
삶에 지친 너는
누운 채로 천 년 휴식으로
뿌리만 남은 너는 어느새 바위를 닮아
세월도 잊은 듯 처연하고
구상나무 푸른 잎은 언제나 사철이고
덕유평전 철쭉은 천상의 화원을 꿈꾸듯
하얀 겨울을 덮고 6월을 향해 달리누나

향적봉에 앉아 바라보니
운해에 쌓인 산들은 신의 영역이듯 고요하고
마루금에 하늘금의 모습은
오, 천상의 선계로다

발아래 설천봉 적상산이 선명하고
대둔산 계룡산 서대산이 지척인데
지리산 천왕봉 가야산 황매산이 아득하기만 하고
설천지구 눈밭에는
원색의 스키어 흩날리고
거미줄 슬로프엔 꿈이 매달릴 제,
백련사 구천동 계곡 소금쟁이는

파랑새를 꿈꾸겠지

하얀 연꽃 피어나는 백련사,
백련선사 은거하던 곳이기에
이름도 풍광도 아름답거니와
이속대 백련담 명경담 비파담
청류동을 흐르는 구천동 33경의 물소리는
이곳이 바로 이속(離俗)의 계곡이더라

오, 오라는 산 없어도
안길 곳 많은 산 있어 행복하나니
오늘도 나는 또 다른 님을 향해
덕유산 품을 떠난다

2013. 2. 11. 전북 무주, 장수, 경남 거창, 함양, 덕유산 향적봉(1,614m)에서

칼바람 눈보라에 덕유산이 얼어붙던 날

바람아
바람아
간밤을 깨우던 바람아
너는 어찌 이곳
덕유산 들머리 삼공리까지 따라나섰느냐

내, 구천동 계곡을 즐기려 했으나
너의 심술에 굴복
백련사에서 등로에서
향적봉에서 잠시라도 멈추기를 바랐으나
대명천지 영하 7도는 견딜 만하건만
너의 칼바람에 도려내는 아픔에
산죽이 떨듯 나도 같이 떤다

손과 얼굴이 얼어 홍당무가 된 지도 오래
입마개도 얼어 동태가 될지라도
입이 얼어 말이 안 나와도
앞서가던 발자국 아무 일 없었다는 듯
내 눈앞에서 사라지는 설원의 모습에서
너의 위력에
너의 가르침에

인간은 한낱 자연 앞에선 초로 같은 것이라는 것을
새삼 자연 앞에서 겸손을 배운다

저 질풍처럼 몰아치는 북풍한설에
산새는 어찌 미물은 또 어찌
거대한 몸집의 주목은
가냘픈 나뭇가지는 또 어찌
눈 속에 묻혀 얼굴만 내놓고
떨고 있는 저 산죽의 마음도
지금의 내 마음이려나

믿노니 산심(山心)이요
의지하노니 산우(山友)이니
움직여야 산다

저 아래
안성매표소에 매어놓은 움직이는 궁전
사랑과 우정이 있는 궁전을 찾아
눈보라를 헤치고 가자

거기에는 주안상 차려놓고
살아 돌아온 우정을 기다리는 산우들
덕유의 이야기가 듣고 싶은 또 다른 산우가 있기에
어서 눈보라를 헤치고 가자

주목의 경이로움이야 열 번을 보아도

설화의 아름다움이야 천 번을 보아도 좋다지만
덕유의 마음을 이제야 알 것 같은
오늘의 이야기는
삶이 주는 이야기
자연이 주는 진정한 이야기가 있다

언 손을 녹여주는 산우의 이야기가 끝날 쯤
멀리 설천봉에 불빛이
오늘따라 유난히도 빛난다

덕(德)이 있어
넓고 깊고도 넉넉한 마음
그것이 덕유(德裕)
덕유산의 마음일러라

2015. 2. 8. 전북 무주, 장수, 경남 거창, 함양,
국립공원 덕유산 향적봉(1,614m)에서

도락산에서 도락(道樂)을 묻다

도락산아,
제봉 형봉 신선봉 거느리고
채운봉 검봉으로 서 있더니
소백산이 품자 하나
월악산에 안겼구나

바위에 따개비 매달리듯
바위 잡고 천지를 보아도 바위와 소나무뿐
백년 송 천년 송은 바위가 고향이듯 뿌리를 내리고
바위마다 암릉마다 푸른 솔에 내어주니
송암(松巖)의 극치요 절경이로세

신선봉 넓은 바위 올라서니
펼쳐지는 전망은 황홀경인데
우암 선생 발자취 한걸음에 취해
내가 바로 신선이 되었는가
절경에 눈이 매워 흘린 눈물
비경에 가슴 벅차 흘린 눈물 떨어져
발아래 웅덩이가 되었느냐

문수봉 황장산은 서남이고

황정산 수리봉은 코앞의 동남이라
산을 끼고 북으로 사인암에 낙락장송 의연하고
서로는 상선암 중선암 하선암 절벽강에 아홉 구비로다
이곳이 단양팔경 속에 4경이라 하니
가히 청풍명월 시인묵객의 고장이어라

묵향기 그윽한 남한강 산수 아래
단원 선생 겸재 선생 풍류소리 어디 가고
소선암 야영캠프 누린내 소리에 계절이 타는데
오늘 도락산 푸르름에 물들고
내일 단풍잎처럼 곱게 물들은 날에
단풍미인 명월을 노래하리라

여정 마친 이방인은 하산주 한 잔 술에
상선암 옥계수에 발을 담그려니
이제야 도락(道樂)을 알 듯 말 듯 하여라

2011. 8. 14. 충북 단양, 도락산(965m)에서

도봉산이 부른다

다람쥐가 꿈꾸는 도봉산에
꽃 따라 님 따라 도봉산에 왔네

고향의 뒷동산처럼 포근하고
오르면 더욱 황홀한 풍광에 젖는
서울시민의 쉼터 안식처
가는 곳마다 신비요 보는 곳마다 절경인데
도봉산을 품에 넣은 북한산
명산(名山)이요 영산(靈山)이로다

여성봉을 오르자
하늘을 향한 여인의 성,
하얀 속살 드러내고
미끄러지듯 부드러운 곡선미
그 한가운데 소나무의 절묘한 정체는,
가히 걸작이로다
어느 조각가의 미완성 작품처럼
섬세하면서도 추상의 세계로 빠지게 한다
아니 용맹한 장수를 닮은 오봉을 향한 그리움일지도 모른다

짓궂은 산꾼,

나무꾼을 어찌 막겠다고
금줄은 또 무슨 애교인가
저 건너 오봉을 언제 가려고
마냥 화인다 속으로 훔쳐보는 나무꾼들
때로는 입이 귀에 걸리도록
저토록 넋을 잃고
떠날 줄을 모르는가

저, 오봉(五峯)의 위용을 보라
육중하면서도 기골은 장대하고 늠름하니
용맹스런 장수를 보는 듯하고
저마다 바위들은 책장에 꽂은 듯 얹은 듯
도봉의 연봉은 암봉의 진수로다

초록의 기지개
연분홍 진달래의 유혹을 달래며
오봉마다 매달린 젊은이의 숨소리를
깨어나는 봄의 소리를 듣자

오, 자운봉 선인봉 신선대야
너의 자리는 거기 그 자리
만장봉의 암봉
비를 맞으면 금방이라도 터질 듯
꽃봉오리를 빼닮았구나

다락능선에서의 망월사의 모습은

자는 듯 꿈꾸듯 고요하고
마음은 그곳에 머물고 싶지만
포대능선에서의 암봉의 행렬은 끝날 줄을 모르는구나

사패산 정상 위에 선바위,
꽃망울 떨어져 굳어진 것은 아닐진대
저 멀리 갓바위는
갓도 닮고자 하나 햄버거도 닮았구나

능선마다 계곡마다 원색의 물결
산사랑 물 사랑 자연사랑에 빠진 산님들
아! 오늘도 푸른 하늘
화려한 봄 속으로
송추의 봄날도 가고
또 나도 간다

2012. 4. 15. 서울, 경기 의정부, 양주, 도봉산(740m)에서

동대산에서 동해(東海)를 보다

동해의 푸른 바다
떠오르는 태양을 품었음인가

바데산 머리에 이고 발아래 내연산 두르더니
서로는 마실 골을
서북으로 경방골 물침이골 비경을 낳고
기암괴석 태고의 원시 숲 청정의 아름다움으로 키워냈으니
바로 동대산이라 하네

옥계계곡 들머리에 유원지 시원하게 다가오고
침수정 옥녀교 풍경이 근사하고
산속에 정자는 쉬어가라 하는데
와폭(臥瀑)의 여유는 산꾼을 더욱 더디게 하는구나

기암에 걸린 소나무
오, 한 폭의 동양화로다
그림 속으로 나비 떼 날아가고
바위 위에 물까마귀 물끄러미 물속을 응시하는데
이게 바로 살아있는 진경산수화로다

호박 소(沼)에 눈을 씻고

암봉 아래 비룡폭포 볼라 하니
보란 듯이 육단폭포 내어놓고
담과 소 암반 폭포의 어울림에
세월의 이끼만큼이나 청정을 더해만 가는데
여기 지천으로 핀 빨간 며느리밥풀 꽃이 흩뿌린 밥풀 같구나

정상을 오르니 일망무제 대해(大海)로다
눈으로 동해의 바다가 몰려오고
바람의 언덕엔 풍차가 꼬리를 물고
아 시원함이여!
머릿속까지 맑아지는 이 벅찬 희열

자 이제 하산을 준비하자
심심해서 마실 가는 그 마실 골로 가자
징검다리 건너갈 때
어릴 적 생각은 왜 나는가

                        2012. 8. 경북 포항, 영덕, 동대산(791m)에서

진도 동석산은 웬 암봉인고
오르고 넘고 오르니 눈물이 난다

"아~리 아리랑 쓰~리 쓰리랑 아라리가 났네~
아~리랑 응응응 아라리가 났네~"

오르고 넘고 앞으로
또 얼마를 기어야 한다더냐
꼬리는 떨어진 지 오래이고
숨소리는 바위를 뚫고
고무신은 탄내가 나고
밧줄로 쇠고리로 네발로 더듬이까지
영락없는 개미의 행렬이로세

밧줄 잡고 매달리니 거미가 되고
쇠고리 잡고 매달리니 원숭이 같고
칼날능선 암능에선 장수풍뎅이 되고
자연과 나는 하나가 되네
아! 나는 자연인이다

동으로 봉암 남으로 심동 저수지에 눈을 씻고
기암절벽 아래 천종사 모습에
암릉과 암벽의 절경에

점점이 흩어진 다도해의 비경에 젖고
동백꽃 유혹에 내 마음이 타는데
오, 할 말을 모르것네

다도해 바라보며 떨군 눈물에 바다는 멍이 들고
하늘 향해 뿌린 한(恨)에 하늘은 파랗게 질리고
그 옛날 한 많은 유배지 역사의 고장에서
그림과 노래 민속이 살아 숨 쉬는 보배로운 섬
이제는 풍요로운 관광지가 되었다네

진도대교 앉은 진돗개야
육지가 그리운 것이냐
집 떠난 주인을 기다리는 것이냐
대전으로 팔려갔다 산 넘고 물 건너
고향 바다 옛 주인 찾아
7개월 만에 돌아온 백구의 동상에서
너의 용맹과 충성심 귀소본능에 찬사를 보내노라

세방 낙조(落照)의 황홀경은 꿈길로 가자는데
우리 님 홍주 한 잔에
진도아리랑 한 자락을 펼치는데
나도 몰래 덩실덩실 어깨춤이 절로
산우여, 능청능청 강강술래 부르면서
한바탕 두 바탕 놀아나 보세

"아~리 아리랑 쓰~리 쓰리랑 아~라리가 났네~

아~리랑 응응응 아라리가~ 났~네~"

2012. 3. 18. 전남 진도, 동석산(240m)에서

천상의 노래에 동악산(動樂山)은 춤을 추고

천상의 노래에
동악은 춤을 추고
도림사의 효종(曉鐘)소리에
동악의 천 년을 깨우는데
흐르는 청류동 암반의 세월은
풍류객 그칠 날이 없어라

울퉁불퉁 암봉은 하늘에 걸리고
도림사(道林寺)에 도인(道人)은 숲을 이루고
아홉 구비 반석 위에 시인묵객 넘치더니
넓은 계곡 반석에는 물도 아이도 구르고
여름도 흘러 시인도 흘러가는구나

험산 암봉에 소나무야
봄에는 매화를 부르고 여름엔 난(蘭)을
가을엔 국화에 빠지고 겨울엔 죽(竹)을 사랑한다 해도
너의 모습은 언제나 고귀한 귀족

신선바위 올라서니
여기 한 그루 소나무가 신선이로되
대장봉 형제봉 바라보고 부채바위 손에 쥐었으니

신선이 부채를 들었는가
아기자기 공룡능선 눈으로 넘고
하산 길 도림사 청류에 몸을 담그니
이제야 비로소
내가 신선이 되었구나

산우여,
저 섬진강 따라
기차마을에서 추억을 울리고
목화밭의 달큰한 추억을 먹어 보고
만고의 효녀 심청이를 만나 보면 안 되겠는가

2012. 7. 8. 전남 곡성, 동악산(735m)에서

땅 끝 두륜산엔 지금

한반도 땅 끝,
두륜산을 보자 뜨니
쇠노재 들머리 산죽(山竹)밭 헤치고
로프 철고리 믿거라 사지(四肢)로 기어
해남의 영봉 가련봉에 올랐네

8개 암봉은 아름다운 연꽃으로 피어
오늘도 망망대해 바라보며
다도해 바다공원 한반도를 지키고 있구나

아! 연무(煙霧)는 야속 터라
가슴은 시원하니
완도 창(唱) 한마디에 아름다운 보길도에 숨어보고
진도 아리랑에 취해보자

구름다리 건너가고 단풍터널 걷노라니
고산 윤선도 오우가(五友歌)가 절로 나네
"내 벗이 몇이나 하니 수석(水石)과 송죽(松竹)이라
동산에 달(月) 오르니 또 더하여 무엇 하리~"

꽃소식은 첫 장이요 단풍잎은 끝장이라

봄이면 춘백 여름엔 녹음 가을이면 단풍 겨울엔 동백꽃 자랑으로
오는 님 가는 님 가슴 설레게 하더니
천년대가람 대흥사 오리숲길 가는 길
극락으로 가는 길 위에서
또 한 번 꿈을 꾸다 동백꽃에 눈을 뜨네

북 미륵암 마애여래불 미소는
영원한 안식의 미소(微笑)
여기 땅 끝에서부터 한반도에 퍼질지니
암자 터 지키는 백구(白狗)의 얼굴에도 숨어있네

저 하늘 아래 산의 모습을 보자
부처님의 얼굴이고 손과 발인 것을,
그리고 천년수(千年樹)가 심장이라는 것을

여기 서산대사 발자취 영혼이 깃든 곳,
표충사(表忠祠)에 기렸는데
유자향 꽃피는 유선관(館) 세월에
노래하던 시인묵객 풍류는 간곳없고
동동주 파전 한입 넣어주던 시절은 또 어디로 가고
흐르는 음악에 세월 따라 장독대 장맛도 익으려니
그리움은 더하더라

산우(山友)여,
선술집 해남 주모 그리워 말고
동백(冬栢) 춘백(春栢) 그리워지는 날

행여 봄 바다 꽃향기가 그립거든
삶의 무게 세상번뇌 쌓이거든
그때 다시 오자꾸나

붉게 타는 단풍잎
하산주(下山酒) 술잔에 떨어지니
진도 홍주(紅酒) 아른거려
굴 국밥 한 바가지 내려놓고
단풍주(丹楓酒) 한 잔으로
두륜산 품에 안고
땅 끝에서 돌아서네

2011. 11. 13. 전남 해남, 두륜산(703m)에서

두위봉 가드래요

박달재 추억을 돌아도
첩첩산중 정선고을 굽이굽이 돌아도
산세는 언제나 수려하고
풍광은 여전히 그림인데
푸른 물감 뚝뚝
떨어지는 단곡계곡 들머리엔
까만 탄광의 역사가 멈춘 지 오래로구나

푸르러 풀 향기 배어나고
야생화 절로 나와 반기는데
초록에 물든 산님들 표정엔
산정 철쭉을 향한 그리움이
흐르는 땀방울에 묻어나고
마음은 흰 구름처럼 부풀어 오른다

감로수 샘터에서 생기를 마시고
더덕 향에 쿵쿵대고
곰취향에 콧노래로 철쭉 밭 올라서니
엊그제 철쭉제에 아마도 지쳤으려니
왜 이제야 왔느냐 눈 흘기고
모두가 고개를 떨어뜨리고 풀이 죽어 있구나

철쭉기념비에서 다투듯 얼굴을 내밀고
두어 평 정상석에서 또 얼굴을 비비고
인산인해 무리를 벗어나
산 아래 풍경에 젖는다

두툼하고 두루뭉실 생겼다고 두위 봉이라면
투박한 인심도 덤으로 닮았을 것이리라
어쩌다 철모르고 피어난 철쭉은
이제야 제철이라
푸름에 겨워 연분홍을 노래하나
화무는 십일홍 권불은 십 년이련가

이름 모를 야생화 지천이고
풀솜대 흰 꽃무리
하얀 구절초를 닮은 마가렛이 흐드러지게 피어나고
청록 위에 하얀 순결의 함박꽃은
볼수록 향기 나는 선녀인데
초원 위에 웬 연못이 여기에 있다더냐
아마도 산짐승들을 위한
두위 봉이 내어놓은 선물일 것이리라

산우여,
하산 길에 샘골 척산골 중턱에 서서
탄광 유품 뒹구는 그곳에서
한 많은 검은 진주를 캐어보고
자뭇골에 앉아 참나물 곰취에 하산주 한잔에 쉬었다가

마커(모두) 정선으로 가드래요

이제 예까지 왔으니,
땟거리(양식)가 없어 각재(가재) 잡아먹고
등거지(그루터기) 한 짐 낭구(나무) 한 짐 지고 오면
부자가 되었던 그때 그 시절
보릿고개 넘던 장떡이랑 곤드래 나물밥 먹어보고
콧등치기 국시(올챙이국수) 한 그릇의 추억을 먹어볼 냥이면
없는 것 빼고 다 있다는 아리랑시장에서
떡메치기 아리랑 공연도 보고
맛과 멋 풍류도 즐겨보고
할머니 주름도 펴줄 냥이면
재 넘어 정선 읍내
난전 시골장터로 마실(놀러) 가듯
마커(모두) 정선 가드래요

2013. 6. 9. 강원 정선, 두위봉(1,470m)에서

마니산에서 기(氣)를 받자

여기가
동방의 해 돋는 나라,
얼과 빛 서린 생기의 원천
그 생기 충만한 기(氣)의 발원지가 바로 여기

백두산 정기(精氣)와 한라산 정기 만나는 곳
한반도의 중앙이요 배꼽 자리 인천 강화도에서
한강 임진강 예성강 수기(水氣)도 합류하는 곳에서
단군성조 제단을 쌓고 천제를 올리시니
그 상서러운 기운으로
하늘이 열리고 땅이 상통하였나니
오, 이 땅 위에 축복
오, 위대한 대한민국이어라

그 서기(瑞氣) 하늘로 뻗쳐
온 누리 채우고도 흘러넘치는 생기는
여기 마니산에서부터 발원하노니
지리적으로 역사적으로 풍수를 말한다 해도
이곳이 진정 민족의 영산 민족의 성지로다

칠 선녀 내려와

나비 춤 성무(聖舞)에 성화를 채화하고
전국체전 성화대에 혼 불 지피고
개천절 대제에 두 손 모아 홍익인간을 외치고
국태민안 국운융성 통일을 기원하는 곳 여기에,
역사와 문화 유적지가 많은 곳 여기에
나 이제부터 옷깃 여미고 경건함을 안고
함허동천을 따라 오천 년 시간여행을 떠난다

함허대사 머문 곳 계곡로에서
능선에 올라 암릉 구간에서
거대한 돌산 위에 포개놓은 암석들
기대어 선 채로 절경이요
누운 채 있는 그대로가 절색이니
가는 능선에 환호하고 돌아보는 능선에 또 취하고
둥글둥글 기암괴석 돌무더기의 행렬을 밟으며
기어오르다 선 자리가 황홀경이요
내리다 선 자리가 비경이니 파도 타는 신선인가

발아래 펼쳐진 행복
황해는 해무에 서린 신비를 벗고
벅찬 감동으로 파노라마처럼 다가온다
보고 있으니 가슴엔 행복
듣고 있으니 바람소리를
걷고 있으니 땀의 대가를
살아있음에 진정 생의 찬가를 노래하나니
내 언제 오늘처럼 행복해했던 기억이 있었을까나

아, 저 아래
세계를 향한 대한민국의 관문
인천국제공항 하늘 위를 나는 여객기가 내 가슴을 뛰게 하고
지금 45억 아시아인의 축제
인천 아시안게임이 열리는 여기에
자유와 평화 환희와 감동의 드라마가 펼쳐지는 여기에
광활한 갯벌 풍요의 황금벌판
아름다운 간척지를 스치는 바람에
내 몸에 이는 가을바람을 타고 가을 속으로 간다

북으로 연평도가 있을 터
바다 건너 북녘 땅은 오늘도 갈 수 없는 황해도 개풍
개성의 송악산은 어디에 숨었다더냐
서로는 발아래 석모도의 아름다운 풍경이 동검도의 황금갯벌이 누워있
는데
산우여, 동검도의 일몰 장관을 아니 보려거든
그냥 나를 놓고 가거라

이제 나는
옷깃 여미고 무릎 꿇고 앉아
참성단 하늘을 우러러 합장하고
하늘의 기(氣) 땅의 기(氣)를 받고서야 일어서련다
이 지구상에서 가장 기(氣)가 세다는 이곳 참성단에서

2014. 9. 21. 인천 강화, 마니산(472m)에서

막장봉 아래의 세월은

제수리재 올라
괴산 땅 밟고 서니,
어제 내린 가을비에 만추가 퇴색이라
떨어진 가을을 밟고 가는 산님의 마음도 이내 마음도
하얀 설산 겨울 산을 그리며 오르고 또 오른다

봄인 듯 여름인 듯 아직은 가을인데
겨울도 오기 전에 봄이 오려는가,
물먹은 진달래꽃 봉오리에 생기가 돈다

이빨바위 앞에서 무력한 내 이빨에 기(氣)를 듬뿍 주고
안개 낀 암벽 송 천년 송에 주문을
뻗어 내린 솔뿌리에 잔인한 세월을
화마를 잊은 노인송 미인송에 의연함을 배우고 나서야
투구봉에서 코끼리 바위에서 바위댐에서
놀다 보니 막장, 막장봉이라네

초라한 정상석 뒤에 누워있는 또 다른 정상석,
새로운 정상석이 기다리고 있는데
어느새 자랐는지 착오인지 몰라도
19m 더 자란 887m 키

이제야 제 키를 찾았으니 막장봉이 으쓱도 할 만하겠구나

구름을 밀고
정상을 비켜 앉아 나누는 성찬
정상주 한잔에 화기도 만당
이제 시묘살이 계곡을 향해
암벽을 타는 훈련부터 하자꾸나

믿느니 밧줄
오직 줄 하나 잡고
꽁지에 힘을 주고 세 발로 네 발로
오체를 모두 모아 오르고 내리니
불어난 계곡물 소리 마냥 좋기는 하건만
징검다리 돌덩이도 물에 찰랑 찰랑이니
돌아서 가고 피해서 건너가고
계곡물 얼마를 넘나들었을까

쥐가 나서 주저앉고
부딪치고 절룩이는 산우가 있어도 좋은 하루
인생 2장의 서막을 열며
속리산 자락 막장봉 여정의 하루가
또 하루가 가누나

2015. 11. 15. 충북 보은, 괴산, 속리산 국립공원, 막장봉(887m)에서

화랑을 품은 산, 만뢰산을 가다

화랑정 들머리로
만뢰산 정상을 밟고
보련산 보탑사 3층 목탑에서 통일을 기원하고
연곡계곡에 숨어 하루를 또 하루를 숨는다 해서
여름이 아니 가고
통일이 아니 올까 보냐

화랑정 가는 길,
고도를 높이며 오르고 올라 보니
화랑정이 눈앞인데
활시위를 당기는 무사는
아마도 화랑의 후예가 아니겠는지

여기 만뢰산 정기로 김유신 장군 태어날 제
태령산에 태를 묻고 화랑이 되어
구국의 횃불 높이 들고
마침내 삼국통일의 대과업을 이루었나니
오, 꺼지지 않는 등불
영웅 김유신 장군이어라
그 업적 너무나 커 흥무대왕에 추봉되었는가

삼복더위 등에 메고
천근다습 가슴 안고 태령산에 올라
만뢰산이 어디냐고 이정표를 붙잡고
천둥소리 빗소리에 폭우를 직감하고
햇살 매미소리에 폭염을 예감하건만
여름날은 믿지 말라는 듯 또다시 후드득거린다

등골에서 빗물 흐르고
가슴골에서 땀방울 흐르더니
어느새 만뢰산 정상을 오르니
자그마한 정상석에 커다란 안내판이 반기지만
안개에 묻힌 산 아래 풍경은 보이지가 않는구나

이제 보련산을 가자
거기에는 3층 목탑의 가람
보탑사가 있지를 아니한가

연꽃을 피운 듯
아홉 개 봉우리 병풍 둘러치고
연꽃 속에 앉은 대가람
빛나는 보석 아름다운 보탑사가
어서 오라 하지를 아니한가

커다란 목탑을 중심으로 앉은 가람
온갖 것 꽃들로 가득한
꽃밭에 세운 가람처럼 아름답고 정갈한 경내

묻지를 않아도 비구니 절이라는 것쯤은 알 만도 한데
벌 나비 꿀을 찾아 꽃잎에 날아들고
나그네 이방인도 목탑 안을 찾아들어
법당문 밖에서 홀로 점심공양을 즐기는 여인
와불 앞에 고개 숙인 여인
오, 뒤태가 저리 고우니
마음인들 아니 곱겠는가

가던 길
연지(蓮池)에 발을 묶고 마음을 적시니
아,
아마도 여기가 낙원 아니면 천상의 세계려니
연곡리 계곡엔 지상의 세계
변덕스런 여름날처럼
물 반 사람 반 어지러운 풍경이 너울대니
두어라 탓해서 무얼 하겠는가

인간사 세상사 다 그런 거지 뭐

2013. 8. 4. 충북 진천, 만뢰산(612m)에서

명성산 울어 산정(山井)이 호수 되고

산정리 들머리에
쏟아내는 원색의 산님은 끝을 모르고
시원한 비선폭포 등용폭포 계곡엔
단풍이 끝을 모르고 탄다

울퉁불퉁 암봉은 암릉을 거느리고
12봉 능선은 남북으로 달린다
솟구치는 힘은 장쾌하고 산세는 수려하니
오호라, 호쾌한 장수의 기개를 닮았도다

지축을 흔드는 용호상박
왕건에 쫓긴 궁예는 망국의 한(恨) 떨구며
마침내 여기 궁예봉에 묻혔는가

그날의 울부짖음은
저, 은빛 물결 억새 우는 소리로
그날의 눈물은
천년수(千年水) 샘물 되어
저, 계류(溪流) 속에 호수가 되었으리

"아! 으악새 슬피 우니 가을인가요"

짝사랑 노래에 목 놓아 우는 님이여
이 청명한 팔각정 하늘 아래
억새밭 산상 작은 음악회에서
색소폰소리 하늘에 띄우고
단풍잎에 그리움 새겨
여기 빨간 우체통에 부칠까 보냐
저 아래
호수에 비친 물그림자도
물속에 하늘도 물이요 산도 물이라고

억새꽃 일렁이는 산정호수 끌어안고
추색(秋色)에 물든 자인사(慈仁寺)
왕건의 기도소리 아직도 흐르는데
나는야 호반 산책로 주저앉아
불타는 가을을 달랜다
더는 붉지 말라고

유황온천에 피로를 풀고
이동 막걸리 한 잔 술에
이동 갈비 한 대 물고 나니
천지가 내 안에 있구나
아! 오늘 하루 더는 부러울 것 없어라

석양에 비친 암벽
황금빛 비단호수
산수(山水)는 절경인데

나, 그냥 두고 가려니
발길 무거워 어찌하면 좋으리오

행복에 겨운 산꾼은
오던 길 돌아보며 애마(愛馬) 타고 뿌우우웅,
내 고향
가을 속으로 간다

2011. 10. 16. 경기 포천, 강원 철원, 명성산(923m)에서

묘봉이 묘(妙)하게 생겼구나

소백산맥 줄기
속리산 연봉에 서북능선,
빼어난 암봉에 기암괴석 끼워 넣고
노송을 벗하고 구름에 기대어
저리 비경에 겨운 채 유유자적 앉아있으니
그래 산이 묘하게 생겼다고 묘봉이라 한다는데

오,
저 산 너울
현란한 하늘 금
운흥리 두부마을 하늘 아래 걸린 산수화
꿈속이 아닌 꿈속 같은 산경에 흥분이 절로 나와
몸은 이내 장승처럼 굳어진다

가벼운 흥분을 삭이고
가파른 계곡을 오르려니
내 마음 하얀 여백에 진경산수를 그려 넣고
운흥리 마을이 멀어질수록
마음은 벌써 토끼봉에 상학봉 묘봉에 있지만
산마루 마당바위에 올라 걸어온 길을 되돌아본다

가을벌판에 앉은 두부마을에선
가마솥 두부가 엉키는 소리 들려오는데
나는야 토끼봉에 앉아 건너편 첨탑바위에 취하고
상학봉을 바라보며 비경에 젖고 절경에 젖은 채
한없는 자연의 아름다움에 마냥 눈물이 고인다네

풀뿌리 나무뿌리 부여잡고 기어오르고
토끼굴을 나오니 여우굴이 기다리고
골목을 지나니 절벽이 가로막고
로프에 매달리니 하늘이 없고
석문을 지나니 노송이 반겨주노니
오, 지루할 틈이 없구나

하지만 산꾼의 엉덩이는 모두가 지저분할지라도
얼굴엔 행복한 땀으로 얼룩져 있으니
속리산 묘봉은 좋은 곳이여

상학봉에 철사다리를 타고 오르니
메주를 닮은 바위 위에는
장기 한 판 두고 엉덩이를 돌릴 수 있는 공간이 전부,

묘봉에 당도하니
넓은 너럭바위의 여유와 공간이 있어 좋다
정상석 하나에 인증샷 때문에 지쳤는가
2도는 기운 듯하니 그도 묘한 것인가

동으로 문장대 천왕봉이 하늘에 닿고
서로는 매봉 미남봉이 손에 잡히고
남으로 속리산 연봉이 하늘에 걸렸으니
오늘에 이 풍경 신선도 울고 갈 풍광이로다

깎이고 패인 부드러운 암반
바위를 갈라놓을 듯 뿌리내린 노송의 위엄
세월의 무게에 눌러붙은 흔적
오, 탄성이 절로 나온다

아침에 말고삐 북쪽 두부마을에 두었으니
북가치 갈림길에서 북쪽을 향해 내려서자
우람한 반석 밑을 고인 가느다란 버팀목 애교에 웃고
계류에 몸을 담고 탁족에 하루가 가니
나 이렇게 행복해도 되나

2014. 9. 28. 충북 보은, 경북 상주, 속리산국립공원 묘봉(874m)에서

무등산(無等山)에 서리꽃 피던 날

무등,
수박처럼 둥근
흙산에 돌기둥 깎아 세우고
주상절리 기암괴석 석벽 두르고
하늘지붕 덮었으니
빛인들 오죽이야 잘 들어
무등 별 빛고을이라 했을까나

산야(山野)는 빛으로 충만하니
어머니 품속처럼 포근하고
숨 막힐 듯
눈 속에 피어난 당신은
오,
부드러운 달빛 먹은 무등산이어라

둥근 산에 돌기둥 세워 어쩌려고
에메랄드 빛 천상(天上)에 서리꽃 피어 어쩌려고
아니 무등에 석전(石殿) 올려
천상의 설국(雪國)을 세우려 했는가

그 옛날

무등산 산정(山頂)에
천상의 무등 석전(無等石殿) 세우려고
돌기둥 다듬어 쌓아놓던 석수(石手) 장인들은
지금은 모두 다 어디로 갔는가

꽃보다 아름다운 서리꽃 터널 속에
은빛 설상에 묻힌 돌기둥 석벽들
환상의 세계 천상의 세계로 가자는데
꽃이 향기가 있다면 너는 영원한 빛의 향기를 지녔도다

아가의 홍조 띤 볼처럼
여인의 부드러운 살결처럼
붉다가 만 뽀얀 길 위에는
수박 줄처럼 휘어진 길 위에서
화려했던 가을빛 밀어내고
짧고 먼 햇살 한 줌 잡고
처연하게 앉은 겨울을 만난다

무채색 능선에
원색의 산객이 꽃이려니 했는데
눈꽃세상 하얀 겨울을 서둘러 보이는데
언제 우리가 겨울을 초대했더냐

중봉을 향해 백마능선을 간다
백마의 갈기처럼
휘날리는 억새의 양양함은 사라지고

눈밭에 어린아이 되어
발을 구르며 떨고 있는데
철모르고 피어난 들국화는
눈도 싫다 바람도 싫다 하나
무심한 겨울은 무언이더라

장불재의 넉넉한 가슴에서
중봉과 백마능선 억새 평전에서의
입석대(立石臺)의 위용
서석대(瑞石臺)의 웅자
아!
너는 정녕
등급을 매길 수 없는 무등(無等)
무등산이어라

2012. 12. 9. 광주, 전남 화순, 담양. 무등산(1,187m)에서

무이산 문수암에 을미년(乙未年)을 부탁하노니

을미년 태양을 향해
오늘을 열고
내일을 향해 나서자

그 화려한 꿈을 향해
아름다운 바다
희망의 바다 위를 날아가자

하늘엔 양떼구름
양털처럼 부드럽기만 하고
바다는 비단 위에 섬섬옥수로 수를 놓은 듯
은빛 물결에 일렁이는 섬들을 품고
도란도란 모두가 유유자적하나니
눈으로 한 바퀴 돌아본 산들은
문수암 여기저기 앉아 보는 조망은
내 눈이 모자라 더는 절경을 다 볼 수가 없나니
저리 시리도록 아름다울 수가
오, 고승도 신선도 울고 갈지어다

천지가 봄날

감미로운 햇살에 한려수도가 녹고 녹아나는데
산우(山友)의 마음이야 어찌 안 녹을 수가
보나 마나 두고 봐도
올 한 해가 무사하고 만사가 형통할 것이로다

산우여,
문수암 자락에 무릎 대고 머리 조아려
너와 나 우리 모두의 건강과 안녕
나라의 국운융성을 빌고 가자

그리고
문수암에 들어 청담선사를 친견하고
발아래 한려수도 자란만의 풍경에 취하고
사량도 욕지도의 추억은 또 어쩌란 말이냐

이제부터 문수암을 등지고
무이산에 올라 호연지기를 외치고
수태산에 올라 남해를 품에 넣고
약사암에 들어 겸손을 배우고 가자

돌아가는 길에
삼천포 맛에 추억을 한 아름
사랑도 한 아름
희망도 한 아름 안고
을미년 해를 따라
아침 먹은 그곳

계룡산 둥지로 날아가자

2015. 1. 18. 경남 고성, 무이산(549m), 수태산(579m)에서

민둥산 억새에게 묻다

산이 좋아 물이 좋아
걸어 걸어 달려온 길
구름도 유정하고
산천도 유정하나
세월만은 무정 터라

일 년에 하루라도
한 번쯤은 나무가 없는 산
한 번쯤은 억새가 있는 산
은빛파도 일렁이는 하얀 세상을 만나보자

산정(山頂)을 올라
한 번쯤은 텅 빈 마음 하얀 마음으로 세상을 보자
한 번쯤은 비워야 채울 수 있음을 비로소 알자

"청산(靑山)은 나를 보고 말없이 살라 하고
창공(蒼空)은 나를 보고 티 없이 살라 하네
탐욕도 벗어놓고 성냄도 벗어놓고
물같이 바람같이 살다가 가라 하네"

억새는 속삭이듯 나옹선사를 부르고

억새는 수줍어 법정(法頂)의 무소유(無所有)의 의미를
춤으로 보이려 한다

억새야 너는 이제
산정의 가을빛 내려와
너의 몸은 부드럽고 따뜻한 솜털이 되고
너의 마음은 순박하고 가냘프고
너의 얼굴은 곱고 하얀 피부로
너의 입가엔 화사한 미소로
방황하는 이 가을에
나를 붙잡을 수 있겠니
네가 가고 흰 눈이 쌓이면
또다시 푸른 초원의 꿈을 꾸어도 되겠니

아! 으악새 슬피 우니 가을인가요

억새야
너마저 왜 우느냐

정선 하늘 아래 아우라지 강가에서
그토록 애타게 울었건만
어쩌자고 또다시 나를 울리느냐

억새는 억수로 만발하여 산님도 억수려니
그래 보고팠던 산정에 올라보자
산중 주막 민둥산 막걸리에

세상 시름 목 안으로 넘겨놓고
구수한 막 장에 찍어먹는 배춧잎은 달고도 고소하니
이 맛이 고향 맛
혀끝이 놀라 입안에서 잘도 논다

산그늘 길어지는 산허리 빈 밭에는
메밀더미에 가을이 숨어 향수를 부르고
석양의 산 정상 노란 단풍 군락지엔
지나가는 바람 한 점에 금빛물결 출렁이더니 이내 멈춘다

아! 저 가을
석양 길 지나가는 가을에 발길 멈추고
나는 시인이 되어
한 편의 오케스트라 연주를 듣는다

오, 청산은 푸를 때 같이 푸르더니
단풍 물 고울 때는 다르더라
또다시 계류에 흐르는 오색의 물결에 취하고
구슬동 화암약수골 풍광을 끼고 도는 한량은
돌고 도는 길 위에서 또 취하노니
가을아 가을아 쉬엄쉬엄 가거라

가을이 떨어지는 소리
내게는
사랑이 가는 소리

2012. 10. 21. 강원 정선, 민둥산(1,119m)에서

원시의 숲, 민주지산에 눕다

충청 전라 경상도
삼도의 지붕 아래,
고을은 헤아리기 어려우니
북으로 각호산 남으로 석기봉을 두고
부드럽더니 장엄하고
울창하더니 너그러워
태고의 신비로 가득한 산중의 산이 틀림은 없구나

휴양림 들머리로
임도 따라 치유의 숲길
바람길 따라 희망의 숲
마냥 숲으로 산속으로 빠져들어간다

하늘을 가린 숲
야생화에 눈길 주고
이끼 낀 계곡 흐르는 물소리에
마음을 빼앗기고 오르니
여기가 바로 용화천발원지라 하네
아마도 1000고지는 될 듯싶구나

물속을 헤엄치다 머리를 내밀 듯

숲속에 빠졌다가 이제야 머리를 내밀고
민주지산 정상을 밟는다

파란 하늘에 짙푸른 석기봉 삼도봉이
어서 오라 손을 내밀지만
저 아래 조동리 계곡에서
주연(酒宴)을 베풀고 기다리는
박첨지 김 첨지의 손짓이 있지만
주모(酒母)의 얼굴이 더 그리운 것은 어쩌랴
그보다도 더
식객을 나르는 애마가 울고 있지를 아니한가

그래 각호산을 향하여 갈림길에서 하산을 서두르자
매미 울음소리 카메라에 주워 담고
능이방 포도방 주마간산 눈 흘기고
성큼성큼 내려오니 벌써 조동리 계곡엔
주연이 한창이로구나

산골 벼이삭은 알알이 속을 채워 가고
고개를 떨어뜨리고 있는데
계곡 산하는 여름에 젖고 술에 젖어
우리내 가슴도 비틀거리더니
떠난 자리 얼마이더냐
아뿔싸,
한 사람을 두고 떠나왔구나
권 대감을 빠뜨리고 갈 뻔했구나

돌아서 가는 애마가 히죽히죽

맞이하는 식객들 표정엔 변화무쌍 야단법석

사랑의 안도감을 싣고

돌아서

우리도 가니

여름도 가누나

2013. 8. 11. 충북 영동, 전북 무주. 민주지산(1,242m)에서

박달산(朴達山)에서 행복산행을 위하여

얼굴이 예쁘지도 않아 수수하고
몸매가 멋지지도 않아 수탈하고
표정이 험하지도 않아 온화하고
마음이 독하지도 않아 유순하고
살결이 거칠지도 않아 부드럽고
그래서 보고싶은 너의 하얀속살
감춰진 너의모습 너무 보고파서
한걸음 잰걸음에 박달 산에왔네

원시숲 청정수림 누구 보일세라
수줍어 두손꼬는 붉은 얼굴에는
새색시 부끄러운 마음 가득한데
오늘도 이방인은 네가 보고파서
박달산 맑은영혼 함께 누리고자
산사람 순박함을 함께 나누고자
한걸음 잰걸음에 여기 산에왔네

임진년 한해에도 박달 너를닮은
임진년 한해에도 박달 영혼담아
오늘도 희망싣고 어서 가자꾸나
간곡리 산촌마을 동골 자락에서

가야곡 임금주에 떡국 한그릇에
임진년 행복산행 소망 빌어보자

산우여 행복하자 내내 행복하자

2012. 1. 8. 충북 괴산, 임진년 새해, 박달산(825m)에서

방태산에 임을 두고

빼어난 미인은 미인대로
수수한 미인은 언제 어느 때나
때 묻지 않은 미인은
순수의 마음 그대로 설레임으로 다가서니
여기 방태산을 두고 하는 말이니라

산이 높아 골이 깊어 물이 길어 산고수장(山高水長)
미산계곡 한니동계곡 개인동계곡
방태골 골안골 대골 지당골 적가리골 사태골 어두원골 약수골
물은 골을 적시고 계곡으로 흘러
하늘이 내린, 내린천
지나온 내린천으로 흘러간다네

한니동 계곡을 거슬러
하늘 없는 울창한 숲으로 자꾸만 들어간다
처음부터 설렘은 흥분으로 바뀌어
원시림 처녀 숲에 빠져
천 년의 이끼에 구르고 뒹굴며
나는 아주 먼 시공 속을 거슬러 오른다

기품 있는 여인의 모습,

긴 까치수영이 고개를 숙이고 하얀 인사를
귀여운 동자 동자꽃이 붉은 인사를
꼬리풀 하늘하늘 야생화 지천으로 유혹을 보내는데
풋풋한 풀냄새에 내 몸이 젖고
떨어지는 물소리에 내 몸이 녹아내리지만
고목을 잡고 고사목을 밟고 오르는 심산(深山) 여정은
태고의 푸르른 향기에 젖고 젖은 채
등골이 오싹해도 마냥 취해 오른다

깃대봉 언저리에 질경이 밭은 무엇이냐
원 없이 자랐더냐, 취나물 잎이 솥뚜껑만 하니 그저 놀랍구나
걸리느니 등로마다 질경이 천지요 야생화 천지로니
들꽃도 내 좋지만 산꽃은 더 좋으니
하늘대는 야생화에 입맞춤이야 대수인가

등로에서 보이는 세월이 이러할진대
저 보이지 않는 숲속 세월은 말해 무엇 하리오
천 년 주목에 경배하고 무지개 나무를 그리며 주억봉을 오른다

주억봉 하늘에는 잠자리 떼 분분하고
산너울에 하늘금이 그윽하여 비경에 선계가 절로 흐르지만
멀리 구름을 안고 있는 설악의 풍경이 한없이 아름답도다

아! 눈이 시리다
이제 지당골로 하산을 서두르자
온갖 것 풍상을 견디어 낸 나무들의 모습

뒤틀리고 꼬여도 굳건히 버티고 선 채로 기운 채로
꺾이고 부러진 채 아물어 버린 저 세월은 대체 얼마일까

한 떨기 새하얀 목련 한 송이
나 보라는 듯, 산목련이 환하게 웃는다
어쩌면 저리도 희고 고울 수가
내게 무슨 말을 걸어오기도 전에
난 달려간다
그녀는 이내 향기로 말한다

매봉령 갈림길에서 매봉령을 버리고
적가리골 방태산 자연휴양림을 향해 가는
적가리골 계곡이 좋다

이 폭 저 폭 이름도 간단명료 이단폭포라
마당바위에서 잠시 여독을 풀고 떠나는 나그네,
석양에 비친 내린천이 고운데
가는 길목도 좋지만
돌아보는 내린천은 더 아름다우니
임을 보고 떠나는 나그네의 심정
방태산 자연휴양림에 순수미인을 두고
떠나는 마음을,
저 낮달은 알까

2014. 7. 6. 강원 인제, 방태산(1,444m)에서

백덕산에 눈 구경 가세

애마는 가쁜 숨 토해내며
문재터널 쉼터에 주저앉고
원색의 산님들은 띠를 이루고
눈 쌓인 하얀 설산을 가른다

아침햇살 고운 눈에 부딪치면
수정처럼 반짝이는 모습 아름다워 백덕산이더냐
너는
하얀 설원 위에 소나무 참나무 자작나무 꽂아놓고
산죽(山竹)으로 치장하여 어제도 오늘도 산님을 맞이하느냐,
등로에 쌓인 눈 무릎을 치고 등로 밖엔 허리에 한길이라
고사목 넘고 넘어 탐방열차는 눈길을 뚫고
정상역을 향해 서행과 지체를 반복하며 오른다

산세는 웅장하고 골은 깊은데
믿는 것은 산심(山心)이요
쇠 달린 설피에 지팡이 하나
정상위에 올라서니
아! 일망무제로다
가슴이 뻥 뚫린다

저 아래 태고의 원시 숲 법흥 계곡에는
법흥사 천 년 고찰 창연할진대
세상 번뇌 망상 적멸한 보배로운 궁 안에서
잠시 눈 내리고 손바닥 하늘을 향해 얼마나 우러러보았으랴

동으로 청옥산 서로는 치악산
북으로 청태산을 바라보며
남으로 소백산줄기가 저 멀리 도망치듯 달리는데
여기 영월 평창군계에서
평창강 주천강 수계를 이루고 흐른다 하네

하늘 가린 원시림 계곡에
꽁꽁 언 계곡수 풀릴 날은 언제인가
먹골 계곡 부러진 나무들 어수선하고
심심산골 호랑이 나올 법하니
예가 바로 심설의 고장 하늘 아래 설국(雪國)이네

저 산밭에 고랭지 배추들
주인을 원망하며 추위에 떠는 모습 안쓰럽기만 하고
다시 떠나는 길 위에 문재를 지나니
그 옛날 메밀 꼴두 국수 한 그릇에 옥수수 막걸리로
행인들의 허기를 채워주던
옛 시절은 어디로 갔는가

먹골 마을 감자부침,
노릇노릇 소리에

동동주 한 잔에 달래보려는 크악 소리에

주막이 취했는데

나는야

횡성 안흥에 찐빵 한 뭉치 싸들고

총총 집으로 간다

2012. 1. 29. 강원 평창, 영월, 백덕산(1,350m)에서

백아산 거위는 말이 없네

부모님의 품 안은
고향,
늘 고향이려오

화순 땅 북면 원리마을
그 고향 여기 있었네
천 년을 가도 변함이 없을 안내석이 둥글어서 좋고
그 둥근 마음이 어머니 마음을 닮은 듯해서 더욱 좋다

그 얼굴 마을 앞 노인정에
그 모습 마을 뒤 소나무 숲 언덕 그늘에
그 마음 마을 앞 둥근 어머니의 모습에서 이미 보았네

솔향 그윽한 등로의 아침,
청미래 열매도 푸른 계절에 주렁주렁
푸른 잎 여린 잎에 햇살도 간지러움을 타며 녹는데
전망대에 올라서니
파란 하늘 아래 여기저기
푸른 초원 속 불쑥불쑥
거위들의 웅성거림이 보인다

한 무리 두 무리
때로는 산맥을 이루며
거위들의 외침과 그 분노를 본다

65년 전 6.25의 그날의 아픔을
그날의 기억을
까맣게 잊을 수가 없다며
침묵의 시위를 한다

울던 애기도 울음을 그친다는
빨치산의 주둔지
마당바위에서 토벌대와의 혈전이 잔상처럼 흐를 때
나는 마당바위에 올라 하늘로 가신 거룩한 님들을 향해 만세를 외쳐본
다

지나온 구름다리,
그 넋을 기리고자 하늘다리라 이름을 지었다는 얘기
그러나 백아산 거위는 한사코 말이 없네

험준한 암등을 따라 810고지 백아산 정상에 오른다
오, 첩첩산중도 골골도 모두가 요새로다
님이 지킨 산하
이제는 산자의 몫
살아 있는 자의 각오를 다져보고
산막의 고요한 평화에 오늘에 감사하고
백아의 푸름에 내일도 늘 푸름을 기대해 본다

산막을 등지고 내려가는 길
꼬부랑길이 한참이니 산중에 산막이로되
수리마을 산기슭에서
하얀 찔레꽃 무리를 본다

문득
왠지 모를 그리움
하얀 그리움이 피어난다

고향에 어머니일까
가신님의 그리움일까
찔레꽃
하얀 찔레꽃 때문에

2015. 5. 17. 전남 화순, 백아산(810m)에서

백운산 구름이 덕(德)이 되어 흘러가네

백운(白雲)이
운제산(雲梯山)에 태를 묻고
백운이 백운면에 와서
운학리 들머리로 구름 타고
백운산을 날아 덕동리에서 덕을 배우고자 했는데
혹여 심기라도 불편한 사람(鶴) 있다면
불편해도 돌아서 가려면 온 길이 아까워 서러울 테니
웬만하면 그냥 그러려니 쉬었다 가자고요

차도리 계곡을 거슬러
사과나무 과수원에서 입맛 다시고
철철 폭포가 찔찔 폭포로 변했어도
잠시 머물러 물 한 모금 마시고
아름드리 낙엽송 널브러진 토끼길을 헤치고
귀여운 동자 꽃 숲에 취하고
국가시설에 눈 흘기고 정상에 올라 날개를 접는다

오, 눈앞의 세상은
산해(山海)의 위용이 망망대해처럼
또 날아야 할 세상이 내 눈앞으로 밀려온다

북으로는 거대한 산군(山群)들의 행렬
암하노불(巖下老佛) 강원도 원주 땅이요
돌아보니 깃털에 연기 나듯 날아온 들머리
청풍명월(淸風明月) 충청도 제천 땅이니
오호라 호(好)~ 내 마음이 호(好)호(好) 좋더이다

자, 이제 호연지기를 길렀으니
상리계곡을 하강하여
덕동계곡에 발을 씻고 깃털을 고른 다음
백운 어미가 내어준 밥상머리로 가자

먹고 마시고 배부르면 놀고
놀다 배고프면 달려와 먹고
오늘 하루는 내 세상 백운인의 세상일지니

산 좋고 물 맑고 바람도 맑아
더하여 인심은 절로 후하니
산우여,
덕동계곡 하늘 아래 암반에 누워
구름을 부르고 시(詩)를 날리고
죽부인(竹夫人)을 사랑한다 해도
삼복(三伏)이 박달재를 넘기는 아직은 이르니
성급한 가을사랑은 등 뒤에 숨겨놓고
유유자적 무념무상 묵상에 젖은 채로
한걸음 백운사에 들러 성불하자 했는데
땀이 앞을 가려 구름이 눈을 가린 것도 아닌데

나는 왜 산 넘어 원주 땅 용수골에 내려앉았단 말인가

후회하는 마음도 미안한 마음도
어찌 기다리는 마음에야 비할까나
막걸리 한 사발 후원으로
얼린 우유과자 한입으로 일행을 달래고
비행경로를 이탈한 어리석은 학(鶴)
우리들을 안아준 덕동(德洞)마을
백운사 법륜스님도 나와 반겨주시니

오, 그래
덕을 배우고 가는 길
내 마음처럼
해는 솔밭으로 숨는다

2014. 7. 20. 충북 제천, 백운산(1,087m)에서

백운산 마천봉 아래의 세월이 좋다

어디쯤,
어디쯤 올라야 하늘일까

얼마나 올라야 구름을 잡아보고
얼마나 더 올라야 하늘을 만져볼 수 있을까
하늘 닿은 첫 동네
막골 된비알 들머리로 하늘 길을 나서보자

약수암에 눈길 주고
바람 꽃길에 온몸 내맡기고
야생화 절로 꽃피어 아름다운 꽃길을 외우며
상고대숲에 흰 구름 머무는 마천봉을 향해
설원의 언덕길 하늘 길 위로
걸어서 걸어서 가보자

철탑을 지나
마천봉에 이르는 순백의 설원
오, 희고 고운 설산은
아름다운 피부 여인을 닮아있고
미끄러지듯 부드러운 곡선은
겹쳐진 선과 선의 농담 그늘에

요염한 여인을 만난 기분이니
내 어찌 눈에 넣지 않고서야
돌아설 수 있을까

터진 조망에 산들의 웅성거림
하늘금도 마루금도 저리 아름다울세라
두 팔 벌려 가슴으로 안아보고
구름도 잡고 하늘도 만져보았나니
여기가 그리던 백운산 마천봉이라네

저 떠가는 구름도 하늘 길을 가려 하고
여기 설원 위를 질주하는 원색의 스키어들도
저마다 하늘 길을 맴도는데
나그네 이방인은 설원 위에 선 낙타의 심정일까

산죽 길 따라
도롱이 연못으로 화절령을 따라 하산길에 나서보자

거기 도롱이 연못이 무사하면
도롱뇽도 무사하고
탄도 따라 떠난 광부 우리 님도 무사할 사
여기는 노루 멧돼지 쉬어가는 쉼터이니
산새야 너는
아롱이 연못을 찾으면
마천봉도 안녕할 사
이 모두가 자연의 축복이어라

발아래 세상을 보자
하이원 골프장에서는 눈 녹는 소리가
하이원 스키장에서는 눈보라 날리는 소리가 들려오고
해가 지면 휘황찬란한 밤의 향연이 펼쳐지는 소리에
강원랜드 카지노 불빛도 인생도 녹아내리고
낯선 이국의 땅으로 변해가는 풍경에
날 새는 줄 모른다 해도

나는야,
산 그림자 짙어지는 산촌에 누워
황기동동주에 메밀전병 불러놓고
별 따라 산 찾아
동강을 품은
또 다른 백운산 꿈을 꾸어 보리라

2014. 2. 16. 강원 정선, 백운산 마천봉(1,426m)에서

백운산의 봄

빛에 볕을 더하니 광양(光陽)이라
남도의 광양은
지금,
화창한 봄날
꽃들의 향연에 봄꽃천지로세

졸졸졸
봄이 구르는 물소리에
병암계곡 진달래가 깨어나고
나그네 기분도 깨워주니
마음은 싱숭생숭
걸음은 걷는 둥 마는 둥
걷는 걸음에 산천이 아름답고
큰 애기 엉덩이도 예쁘니
봄은 진정 봄이로다

울창한 원시림에 돌길을 돌아
고로쇠나무숲을 헤치고
사면 삼거리에 주저앉으니
주저하지 말고 신선대에 앉아 신선이 되어보고
백운산을 찾으랍신다

넓은 암석 신선대에 올라보자
코앞에 백운산이 어서 오라 하고
해무에 한려수도 광양만은 사라지고
백운산을 올라 보니 억불봉이 오라지만
두어라 억불봉은 후일로 미루고
하산 길에 백운사를 찾아보고
굴러도 좋을
섬진강 매화꽃을 찾아
매화꽃 향기에 젖고
진달래 꽃 속에 빠져
꽃도 보고 님도 보고 꿀도 따면
하루 해 봄날이 짧기만 한 것을

아, 화창한 봄날이여!
동곡 계곡 흐르는 물에 발을 넣으니
아야야
떠나는 겨울이 서럽다 차가운데
봄은 히죽해죽 시샘을 하는데
어찌하면 좋으리까

오호라,
가는 겨울 달래고
오는 봄도 달래야겠으니
시어머니 편을 들까나
서방님의 편을 들까나
이 노릇도 편치 않으니

오호, 통제라

하산주 한 잔에 묵 한 사발 처먹으니
하늘이 돈짝만 하게 보이고
가는 구름도 붙잡을 수 있는데
오, 백운산 골짜기
상쾌한 동곡(東谷)의 봄이로되
그래도 정상 그늘에 겨울을 두고 온 것이
못내 마음에 걸리누나

2013. 3. 31. 전남 광양, 백운산(1,222m)에서

영동 백화산처럼 맑고 밝아라

한반도의 중심
충청도 경상도 경계를 이루고
물은 남북으로 흘러가니 금강이요
낙동강이 되네
웅장하면서 부드럽고
때로는 날카롭고 아름다우며
맑고 밝아 백화산이던가

계사년 첫걸음
시산제에 마음을 비우고
반야교 들머리로 선답자의 길을 찾아
때 묻지 않은 자연을 담으러
한성봉으로 떠나자

아!
한성봉 정상 아래
눈 덮인 겨울 산의 모습이 장관이로다
수려한 산세
힘찬 근육질의 하얀 속살 드러내고
굴곡이 선명한 산과 계곡
산등마다 나목(裸木)들의 행렬 너머

갈기를 뽐내며 내달리는 굵고 검은 띠
겹겹이 두르고 이어지고
미끄러지듯 흘러내리는 선과 선
나는 붓을 든 화가처럼
미친 듯 눈으로 산경수묵화를 그린다
그래서 황량한 이 겨울 산을 더욱 사랑하는지도 모른다

저 아래
석천골 협곡엔 죽음의 계곡 시끄러울 터인데
굽이도는 금강줄기 하염없이 아름답고
산기슭 반야사는 시간을 붙들고 무념무상이듯 고요하구나

해발 900고지 금돌산성 돌아드니
치열했던 어제의 역사가
국운을 건 백제와 신라의 함성이 귓전에 맴돌고
북으로 속리산 남으로 황학산 민주지산
저 멀리 덕유산이 아른거리누나

산우여!
오늘 시산제에서 비운 마음
백화산처럼 맑고 밝은 마음 안고
저 아래 옥동서원으로 가자꾸나

그 옛날 어진 수상(首相) 청백리 황희정승을 만나
대한민국 이 땅에 다시 오시어서
세종성대(世宗盛代) 다시 이루어 달라고

한 번만 부탁하면 안 될까?

오름에 힘겨워했던 산우에 손이 되고
내림에 어려워했던 또 다른 산우에 발이 되었으니
오늘만큼은 거북산행
내가 후미대장이었노라

악역이 아니라면 아름다운 동행
하산주 한 잔 떡국 한 사발에
석천골 겨울이 녹는다

2013. 1. 20. 충북 영동, 경북 상주, 백화산(한성봉 933m)에서

변산반도 쇠뿔에 고래 등 터질라

호남정맥 끝자락에
남은 정기(精氣) 쏟아내고
격포리 채석강 적벽강 보석 깔아 둘러치고
안으로 내소사 개암사 천 년 고찰 보물 안고
의상봉 옥녀봉 관음봉 선인봉
직소폭포에 선녀담 와룡소 절경에
서해바다를 만나니 변산반도라

변산 8경 접어두고
내변 12경 외변 12경 해변 12경에 36경이니
두고두고 마실 가듯 떠나 보자고요

물고기 소금 땔나무 어염시초(漁鹽柴草) 풍부하고
서해 갯벌 바다가 풍요로우니
살기 좋아 생거부안(生居扶安)이요
이매창 황진이 시 한 수 거문고 소리에
시인묵객 끊일 날 없어 풍류의 고장이라
부안은 좋은 곳이여

우슬재 들머리로 쇠뿔 바위봉을 향해 오르자
비룡 상천봉을 오르니 용은 하늘을 날고

동봉엔 한양의 인수봉이 소풍을 왔는가

칼날 능선을 지나 서봉 정상에 오르니
아! 일망무제
하늘과 바다 그 속에 점점이 떠있는 섬들
망망대해 산해절승이로다

불어오는 바람에 짭조롬 바다향이 좋다
쌍선봉 아래 부안호가 고요한 평화를 주고
직소폭포와 중계계곡의 선경에 할 말을 잃으니
코앞에 의상봉에 울금바위 빼어나니
예가 바로 내변산이로다

바다향이 그립거든 맛조개 백합죽을 부르고
젓갈이 그립거든 곰소만으로 가고
황홀한 노을이 그립거든 월명암 낙조대로 가고
먼 옛날이 그립거든 채석강으로 가자

그리고 웅대한 꿈을 꾸려거든
새만금 방조제로 가자꾸나

2012. 12. 2. 전북 부안, 변산반도 쇠뿔 바위봉에서

메밀꽃 필 무렵이면 보래봉도 뜬눈으로 지새운다

소설처럼 아름다운
평창 효석문화제를 그리며
보래봉 회령봉을 향한다

보래령 터널위 용수골 들머리엔 쑥향으로 가득하고
여기저기 야생화가 지천인데
산죽 밭 헤치고 된비알 오르며
입에 넣은 표고버섯 향에 오늘의 여정을 예감하고
태고의 시간 감춰진 비밀을 깨우며
보래령 보래봉 회령봉을 간다

울창한 숲 아름드리 노거수
백 년을 넘어 천 년으로 가려 하고
고목도 서서 백 년 누워 천 년은 되어
수없이 부러지고 뽑히고 누운 채
이끼는 또다시 세월 위를 덮으려 한다

아!
이것이 원시 숲이로다
흰 오리를 닮은 흰 진교는
서로 마주보며 사랑을 속삭이고

투구를 닮은 보랏빛 투구꽃 이름 모를 야생화와 버섯은
땅에도 고목에도 버섯을 피우고
능선을 갈아엎듯 멧돼지가 쑤시고 간 흔적들은
보나마나 여기가 그들의 놀이터인 걸
이방인은 잠시 잊을 뻔했도다

하산주 한 잔에 가산(可山) 이효석 선생을 만나러 가자
장마당 여기저기 사람과 말들로 가득한데
돌다리 섶다리 건너 주막에 앉아
허생원 메밀꽃술에 메밀묵 메밀전병 시켜놓고
각설이 아줌마 너스레와
엿장수 가위소리 풍악에 술맛이 더하니
이제 물레방앗간 돌고 돌아
지천으로 피어있는 메밀밭으로 가자

누가 소금을 뿌린 것도
목화를 흩뿌린 것도 아니요
월담초(부추) 꽃밭도 아니라면
밤사이 눈이라도 내렸는가

연둣빛 꽃대 위에 꽃눈 내리면
달빛도 내리고 별빛도 따라 내릴지니
저 하얀 융단 위에 누워
달을 찾아 헤매고
달이 지면 별을 찾고
별이 지면 사랑을 찾아 떠나보자

가슴이 텅 비어있거든
메밀꽃 들녘에 나서 보고
고향이 그립거든 하얀 꽃길을 걸어보자

타는 가뭄 폭염 폭풍우 견디어 내고도
희디흰 천사의 얼굴로 그대를 반기리니
어서 눈부시게 아름다운
메밀 꽃밭으로 가자

흐드러지게 핀 맑은 영혼들
꽃바람 일렁이는 원두막에 앉은 여인의 가슴속에
하얀 꽃물결로 채워가듯
이제 막 채색을 마친 수채화의 물감이 흐르듯
내 가슴속에도 촉촉이 젖는다

손으로 잡는 물고기 체험장에서는
물 반 고기 반이라 유혹하고
나는야 꽃 반 사람 반이라고 외쳐본다

떠나는 나그네,
봉평의 파란 하늘에 산도 물도 서러울세라
차창 밖 하얀 메밀꽃이 빠르게 흘러간다

2012. 9. 9. 강원 평창, 보래봉(1,324m)에서

보문산 연가

비가 오나 눈이 오나
기쁠 때나 슬플 때나
언제나 반겨주는 보물 같은 산
보문산이 있어 나는 행복하다네

오르는 길 수십 곳이면
내리는 길은 수백 곳
가다 보면 골골마다 사암(寺菴)이 오순도순
걷다 보면 약수터에 쉼터가 여기저기
대전시민의 쉼터이고 안식처라
진정 보문산 공원은 보물이라네

솜사탕 입에 물고 케이블카에 앉으면
세상이 내 것인 양
회전목마 타고 싱글벙글 하늘을 날고
청룡열차 타고 오금을 조리고 나면
배고파 보리밥 한 그릇 비우고
파전에 동동주 한 사발에 하늘이 빨개지면
가는 길에 재수 점(占) 보아야 하루가 가던 곳
이젠 추억으로만 남는가

휴식과 쉼터 치유의 숲으로 변해가는
내 사랑 보문산
산 본래의 모습으로 돌아가는
나의 사랑 보문산이 있어
나는 행복하다네

야외음악당에서 사랑의 송가를 부르고
보운대에서 한밭벌 야구에 환호하고
장대루에서 시루봉을 뛰어 달리며
호연지기를 외쳐 대던 보문정을
나는 사랑했다네

때로는
조국을 위해 용감히 싸우다 산화한
육탄 10용사의 비문 앞에서
대전지구 전적비 앞에서
살아있음에 눈 감고
때로는 망향탑 앞에서 이산의 아픔을 달래며
북녘 고향을 그리는 촌로가 되었건만
오늘 광복 68돌을 맞는 푸른 하늘이
한없이 아름답게 보이누나

일제강점기의 암울한 세월
압박과 설움의 세월은 천추의 한이로되
빼앗긴 내 땅 내 조국,
조국의 광복을 위해 수많은 독립 운동가는

아직도 구천을 맴도는 애국지사는 또 얼마인가

저 섬나라
세기의 전범국가
오늘도 과거사 반성과 사죄 없이
망언에 망동은 끝을 모르니
오호, 통제라
결코 신은 살아 있음이니
언젠가는
참회할 날 있으리라

2013. 8. 15. 대전, 보문산(457m) 공원에서

봉화산

철쭉 밭이 좋다 해서
남원 성리 들어서니
마음 착한 흥부는 박을 타고 반기는데
하얀 사과나무 꽃향기에
오월의 푸른빛이 더해간다

봉화산 올랐지만
철쭉은 이제야 삐죽거리며 한사코 말이 없고
아직도 꿈을 꾸고 있는데
어쩌다 성질 급해 나온 꽃잎
게으른 진달래 구박하며 하는 말
머뭇거리지 말고 가란다

눈을 들어 하늘을 본다
북으로 장안산 남덕유산 기백산이
남으로 거대한 지리산 연봉이 병풍처럼
장쾌한 모습으로 다가오니
내 모습이 갑자기 작아진다

여기 백두대간 3구간
백두가 내달리다 잠시 머무는 곳

봉화산 월경산 병풍 두르고 앉은 곳
어머니 품속같이 아늑하고 편안한 곳
그래 이곳이 함양 백전 대안리(大安里)라네

산비탈 다랑이 논 묘판에
연록색의 어린모가 자라고
고사리 널어 말리는 마을 어귀엔 시간이 멈춰 있는데
계곡을 흐르는 물소리에
하산주(下山酒) 한 잔 술
산꾼들의 뒤풀이 소리에
고요한 대안리 공기를 가른다

2011. 5. 8. 전북 남원, 장수, 경남 함양, 봉화산(920m)에서

젊음의 산, 북한산에 올라

꽃가루 날리는 북한동(北漢洞) 계곡
저마다 크고 작은 사암(寺庵)이 수십이요
청록(靑綠) 속 연록(軟綠)의 풀꽃 향기에
연등(燃燈)의 나부낌은 곱기도 하여라

위문(衛門) 돌아 산성벽 만나니
하늘과 바위덩어리뿐이로다
정상으로 오르는 원색의 산님들은
한 점 한 점 점을 찍은 듯 고요하고
개미의 행렬 속에 묻힌 나는 어느새 한 무리 되네

쇠줄난간 외줄 잡고
빨판 문어처럼 숨죽이듯 숨차게 기어오른 곳
여기가 북한산 정상 백운대로구나

아! 시원하도다
하늘 향해 솟은 암봉 인수봉이 코앞이요
구름이 굳어버렸는가 만경봉은 그림 같은데
도봉산 수락산 불암산 원경(遠景) 또한 아름답구나

팔 벌려 굽어보니

일천만 시민 살아 숨 쉬는 곳,
대한민국 수도 서울 품 안에 들어오고
오천 년 이어온 영욕(榮辱)의 세월
부침(浮沈)의 시간 속에서도
이, 힘찬 젊음의 기상(氣像) 있기에
이, 대한민국이 젊다는 것을
남산도 한강도 알리라

저 멀리 관악산이 반색을 하는데
내 어이 지척에 두고도
이제야 왔단 말인가

여기 생기(生氣) 충만(充滿)한 바위산,
암벽마다 매달린 젊음의 날갯짓을 보아라
심장의 고동소리가 들리지 않는가

오늘도 북한산 정상 아래 오월은 싱그럽기만 한데
천 년 부른 삼각산(三角山)
그, 옛 이름
되찾을 날은 언제인가

        2010. 5. 16. 경기 고양, 서울 도봉, 북한산 백운대(837m)에서

불갑산 불갑사(佛甲寺)엔 꽃무릇이 불타는데

잎이 있을 때는 꽃이 없고
꽃이 필 때는 잎이 없고
잎이 지고서 꽃피는 심보는 대체 무엇인고

봄부터 싹틔워 여름내 자란 잎
뿌리에 영양 가득 넣어두고 말라죽으니
그제야
아는지 모르는지 꽃대 나와 꽃을 피우고
세상을 만난 기분이겠구나

꽃대는 멀뚱하게 크더니
꽃잎은 기다랗게 오글거리며
붉은 배 내밀고 등으로 굽더니
꽃잎은 삼삼오오 어깨동무하고
꽃술은 네 활개로 뻗어 하늘을 찌르고
전의를 다지듯 파이팅을 외치고 축포를 터트리니
오만하구나

너는 평생 잎을 본 적이 있느냐
꽃만 피었다고 자랑하지 마라
잎의 희생 노고를 잊어서는 안 된다

하긴 너의 삶이 그렇다는 데는
할 말이 없구나

두어라
만물이 다 자기 멋대로인데
탓해서 무얼 하겠는가
하지만 너의 무리를 보면 마냥 예쁘단다
만나지 못한 그리움에
비를 맞은 네 모습이
더욱 애잔함을 느껴 보기도 하지만

불갑사 진홍의 바다 넘실대는 상사화에 넋 놓고
저 꽃대 위에 웬 대게들이 저리도 아우성이냐고
또다시 묻는다
미움도 그리움도 아름다움으로 변해버린 마음
어느새 시장기가 온 것은 아닐 터
꽃보고 투덜대는 내 심보는 무어란 말이냐

불갑사 가는 길,
호랑이 두 마리가 반기더니
산 아래 굴 앞에서는 더는 오지 말라고 으르렁거린다
후유, 놀래라
다행히도 움직일 줄을 모른다

상사화 떼 지어 핀 꽃길을 걸으니
안부로 암릉으로 가는 길 어디에도 뻘 흙길이요

바위는 악어의 가죽을 닮아 오돌토돌하니
먼 옛날 늪지가 아니면 바다가 아니었을까

정상을 오르니 연실봉,
좌로는 용봉 용출봉 도솔봉
우로는 장군봉 투구봉 법성봉 노적봉 손에 들고
해동제일가람 천 년 고찰 불갑사 품에 넣고
백제불교 걸어온 길 그 바다를 향해
여기 연꽃 피어 열매 맺으니 불갑산 연실봉(蓮實峰)이라 하네

칼날능선 바람은 구름을 쫓으려 하나
구름은 숲으로 숨어들고
구름에 덮인 고사목은 산경 수묵화요
산등에서 바라보는 불갑사의 웅자
천 년을 흘러간 듯 불갑지(池)의 고요가 아름다우니
인자요산(仁者樂山)이요 지자요수(知者樂水)라 했는가

동으로 무등산엔 수박이 둥실
칠산 앞바다에 법성포 굴비도 꾸러미로 기다리는데
해불암의 낙조(落照)는 또 어이 두고
진정 아니 보고 그냥 가시려는가

                    2012. 9. 16. 전남 영광, 함평, 불갑산(516m)에서

비슬산 참꽃이 지면

오월의 푸른 햇살
초록바람에 한 잎 두 잎 꽃잎은 날리고
유가사 경내
아름다운 돌탑과 시석(詩石)은
나그네 걸음을 붙잡는다

들머리에 소월 님은
비슬산 오르는 산 님에게
진달래꽃 사뿐히 즈려밟고 가시라 한다

대견봉 정상,
지금 발밑의 세상은
연분홍 잔치를 끝내고
연둣빛 향연을 펼치려 한다

대견사지 병풍바위 아래
산상음악회가 산님을 즐겁게 하는데
경쾌한 음악과 노랫소리
참꽃축제의 마지막을 노래하고
저 음악소리에
비슬산은 비파와 거문고를 더욱 닮아가고

이 절경에 대견사 풍경소리
몇 번의 봄이 가야 귓전으로 오시려는가

조화봉을 오르자,
관측소 전망대에서 아래를 굽어보니
소재사 계곡에 산님은
꽃보다 사람이 많은데
계곡에 발을 담그니
금세 내 발이 어디로 갔더라

축하공연 광장에서 들려오는
축제의 노랫소리에
비슬산이 춤을 추고
주차장으로 가는 길에는
먹거리 볼거리 장터가 손님을 잡고
오월은 세월을 유혹하는데
저 천상화원에
으악새 우는 계절 오면
그때 다시 오리니
이 비슬산 참꽃(진달래)이 지면
개꽃(철쭉)이 피겠지

2012. 5. 6. 대구, 경북 달성, 청도, 비슬산(1,084m)에서

비슬산 참꽃에 눕다

겨우내 먼지 쌓인 캔버스 꺼내 들고
화가(畵家)는 계절 속으로
비슬산 정상 대견봉 조화봉으로 떠난다

바다 건너 탐라국 꽃소식에 귀를 열고
마침내 붓끝에는 분홍빛 선명한 물감을 찍는다

미끈한 산등성이에
아래에서 위로 점을 찍듯 조심스럽게
조붓한 골짜기에도 올망졸망 대견사지에도
점점으로 꽃을 피워낸다

처음엔 꽃잎도 꽃술도 하나둘
부풀어 타는 마음 구름에서 피어나더니
온 산이 불붙듯 타오른다
화가는 두려움에 떨다
그만 분홍 물감통을 엎질러 놓는다

아!
엎질러진 물감
비슬산 산상초원을 물들이더니

유가사 계곡을 흘러간다
저 불타는 꽃산에
여심(女心)이 녹아내리는 날
그때 연록의 향기로 다시 피어나리니
아! 나도 꽃잎에 눕고 싶다

이제 참꽃(진달래)이 지면 개꽃(철쭉)이 피겠지
오늘 진달래 참꽃축제에 몰려드는 원색의 물결로
비슬산은 꽃이요 탐방객이 꽃나비인 것을
다시 천상의 화가는 초록 물감통을 꺼내든다

검푸른 녹색 위에 천천히 연둣빛 덧칠을 한다
향기 나는 수채화를 그리기 위해
연년세세 한 해도 거르지 않고

초록바람에 꽃잎은 날리고
나는 그 꽃길 속으로 오른다
유가사 뒤뜰에 소월 님이 반긴다
진달래꽃 시인의 향기는
우리들 가슴에 영원히 흘러갈 것이다

2012. 5. 6. 대구, 경북 달성, 경남 청도 비슬산(1,084m)에서

비학산에 학(鶴)이 되어

신광 벌판 위로
한 마리 학(鶴)이 날아간다
그리고 어디론가 가더니 다시 돌아와서 머문다
내연산 12폭포를 돌았는가
동대산 마실 골에 마실을 갔었는가

길가에 도열한 돌탑들이 정성으로 반기고
산비탈 조밭에는 조 이삭이 머리를 조아리며
탑정골 탑정지(池)에 잠시 눈과 마음을 씻으라 한다

정상을 향해 오르자
홍송 향기 가득한 골짜기를 뒤로하고
밀림 속으로 속으로 간다

무릎 아래 달개비 이슬 먹고 생글생글
허리에는 싸리꽃 아롱다롱 귀엽지만
머리 위에 칡꽃이 망울망울
여기저기 으름이 주렁주렁 열렸지만
산머루 씹어보니 입안 가득 떫기만 해도
기분은 새콤달콤하구나

숲을 헤치고 토끼 길을 걸어도
연달래 나무가 얼굴을 때리고
가시덩굴 발목을 잡아도
흐르는 땀방울에 등골이 패이고 얼굴은 붉어져도
정상으로 가는 길은 언제나 희망의 길
사면으로 능선으로 오르고 내리고
희망의 고지로 오늘도 가고 내일도 가련다

헬기장 옆 정상을 밟는다
멀리 동해가 어렴풋하고
하늘 아래 산들은 띠를 두르고
하늘 금 마루 금을 뽐내며 너울거린다

아! 하늘이 높고 이 산하(山河)가 아름다운데
어찌 팔도강산이 금수강산이 아니겠는가

하지만 그런 생각도 잠시로다
끊임없이 외쳐대는 왜(倭)놈들의 독도 영유권 주장에
마음 또한 무겁구나

과거를 모르고 반성 없는 일본
종군위안부(성노예)에 독도문제
잘못을 뉘우치고 사과는커녕
아직도 오만하고 교활하고 음흉하고 이기적인 침략근성으로
진정 세기의 전범(戰犯) 영원한 전범자의 신분으로 살아가려 하는가

속죄의 길을 걸어라

아니 그 오명을 벗어나고자 한다면

조용히 전 세계 인류를 위해 헌신하는 것이 최소한의 예의일 것이리라

네가 지은 죄 네가 모른다면

멀지 않은 어느 날 반드시 천벌을 받을 것이다

1년 전 엄청난 쓰나미를 겪고도 아직도 모르겠는가

하늘은 결코 무심치 않으리라

언젠가는 만경창파에 보트 피플족 신세 되어

애걸복걸할 그런 날이 올 것이다

고얀 놈들 같으니라고

67주년 광복절을 보낸 지 나흘

나는 오늘 비학산 한 마리 학이 되어

피를 토하는 마음으로 저 바다를 향해 외쳐본다

자 이제 분을 삭이고 하산을 서두르자

패랭이꽃 살랑살랑 반겨주고

햇빛에 금송(金松)은 더욱 아름다운데

아직도 불타는 여름

계절은 용광로처럼 녹아내린다

어데에~ 용광로라 카믄 포철(浦鐵) 용광로가 제일 아니가

                    2012. 8. 19. 경북 포항, 비학산(762m)에서

빈계산의 오월

흐드러진 산벚나무 산그늘에 숨어들고
바람부는 빈계산골 송홧가루 흩날릴때
뻐꾹뻐꾹 뻐꾸기는 호산에서 오라하고
꿔엉꿔엉 장끼놈은 학산에서 오라하네

화사하던 복사꽃은 신록속에 묻혀가고
봄비내린 수통골에 버들치가 뛰어놀때
논밭가는 농부뒤에 백로들이 분주하고
나물캐는 아낙옆에 산비둘기 한가롭네

이팝나무 눈꽃송이 아카시아 꽃향기에
털북숭이 청매실은 꿈을향해 익어갈때
논두렁에 개구리는 물에뜬달 처다보고
푸른오월 하얀밤을 서럽도록 노래하네

2011. 5. 17. 대전, 빈계산(415m) 자락에서

삼성봉 산막이 옛길에서 묻다

어느 날 갑자기
문득 고향이 그리워지고
고향에 어머니가 생전에 어머니가
사랑하는 부모 형제가 보고파질 때면
떠나자

삶에 지쳐 서러울 때면
그리워 이루지 못한 사랑에 눈먼 아픔이 있거든
서러워 지울 수 없는 이별 이별에 슬픈 기억이 있거든
배낭을 지고 떠나자

아픔도 괴로움도 넣고
서러움도 노여움도 채우고
먼 옛날 그리움 한 줌까지도
함께 배낭에 넣고 그냥 산막이 옛길로 떠나자
그리고 거기서 훌훌 털어 버리고 오자

고향이 아니어도 고향 같은 길
금방이라도 돌아올 자식 위해
아궁이 불 지피다 말고
자식 발걸음 어이 아셨는지

사립문 열고 환하게 웃으시며 뛰어나오실 것만 같은 그곳
어머니 같은 고향
거기 괴산 산막이 옛길로 떠나자

썰매 타자고 제기 차자고
동산에 올라 진달래꽃 따자고
개천에 나가 고기 잡자고
무서리 참외서리 수박서리도 하자고
가을 벌판을 돌며 산길을 돌다가
영희와 철수가 뛰어나오고
바둑이가 뛰어나올 법한 그곳

여기
고향으로 가는 길,
전설과 이야기가 있고
고단함 속에도 시가 있고 풍류가 있고
볼거리 먹을거리가 있는 삶이 녹아있는 길
산막이 옛길을 따라
양반길 소나무 동산을 올라 여우 숲으로
출렁다리에서 물레방아에서 떡메 치는 아낙을 붙들고
한여름 여우비 피하던 굴이 어디냐고 물어보고
호랑이 굴에서 시원한 바람 골에서
앉은뱅이 약수 산모퉁이 노루 샘에서
가재연못 향수의 길 위에서
추억과 낭만 그리움에 마냥 젖어보자

목말을 타고 씨름을 하는 천진난만한 아이
저기 키 뒤집어쓰고 소금바가지를 든 아이는
필경 어젯밤 잠자리에서 오줌을 싼 것이 틀림없으렷다

빨갛게 익어가는 사과밭에서
익살과 해학이 넘치는 조형물 속에서
아련한 향수에 젖고 땀에 젖은 채
등잔봉 천장봉 삼성봉 오르니
보석처럼 빛나는 싸리 꽃이 지천이요
이름 모를 버섯과 야생화도 지천인데
꿀맛 같은 정상주(頂上酒) 한 잔에
세상이 내 것이니 이것이 성찬이 아니겠는가

한반도 전망대에서 호수가 옛길에서
한반도 지형의 모습과
호수를 가르는 유람선 보트가 나는 모습에서
지필묵 꺼내들고픈 마음 굴뚝같지만
석양의 애마(愛馬)가 가자 우니
산우여, 비운 배낭 걸머지고 아침 먹은 대로 가자꾸나

2013. 9. 15. 충북 괴산, 산막이 옛길(삼성봉 556m)에서

삼악산(三岳山)은 사랑과 낭만을 알고 있어

의암매표소 들머리로
돌밭 길 올라 상원사를 알현하고
숨이야 멎을 손가 깔딱 고개를 넘고
철계단 철고리 로프에 네발은 기본으로
용화봉 정상을 향해 오른다

용화봉 청운봉 등선봉
빼어난 미모는 예나 지금이나
차돌박이 암릉에 적벽의 기개는 당당하고
삼형제는 언제나 그 자리에
도란도란 어깨를 나란히
소양호 춘천호가 내려준
아름다운 의암호에 누워
북한강 굽어보고 있으니 팔자는 상팔자로구나

강바람 불어 좋을세라
강촌역의 사랑과 낭만이 피어날 제,
달리는 기적소리에 손짓하고
젊음의 미소에 화답하고
노송 사이로 보이는 파란 하늘과 호수에 눈감고
붕어섬 절경에 취해버린 너,

봄 냇가도 아름다운 춘천 시내가 한눈 아래
이 조망을 어찌하고
이 절경을 어찌하오
단풍 물들면 또 어찌하려는지
오, 나도 너처럼
여기 살면 아니 되겠는가

이제
더는 눈이 시려
어서 하산을 서두르자

자그마한 흥국사에서
궁예와 왕건의 결투를 보고
협곡을 뚫고 적벽에 붙어 가노니
협곡에서 바라보는 하늘은 예술이요
협곡 속에 빨간 2층 양옥집의 풍경은 한 폭의 서양화라
바로 여기가 선계로 가는 길목이려니
등선폭포로 내려선다

백련폭 승학폭 비선폭 등선폭포에서
선녀와 나무꾼의 전설을 듣고
강촌역 레일바이크에 몸을 싣는다

달리는 터널 속
황홀한 조명 쏟아지는 경음악에 탄성이 절로
마음은 어느새 동심인데

하늘엔 패러글라이딩
점점으로 창공을 수놓고
강물에는 원색의 레프팅이 강바람을 가르고
거리에는 자전거 행렬
경춘선 기적은 꺼이꺼이 낭만을 싣고 달리니

아!
아름다운 호반의 도시 문학의 도시
사랑과 낭만이 흐르는 길 위에서
젊음이 샘솟는 저, 강촌역을,
소설처럼 아름다운 저, 김유정역을,
낭만을 지고 떠난 어제의 추억여행을
나는 오늘도 사랑하노라

빨갛게 불타는 단풍잎에
하얀 눈이 내릴 때까지
나 여기 살래
열흘만이라도
강촌에 살고 싶네

2013. 9. 8. 강원 춘천, 삼악산(654m)에서

완도의 지붕, 상황봉에 서다

원불교 수련원 동백꽃에
흔들리는 마음 다잡았는데
숙승봉을 바라보는 길 위에는
동백나무 손 내밀어 유혹하고
후박나무 어서 나와
산죽 융단 깔아놓고
어서어서 오라 하는구나

숙승봉 업진봉 백운봉 심봉을 앞에 두고
오봉(五峰)의 꼭대기 상황봉을 향해
행복한 길을 찾아 꿈길 속으로 간다

오백 년 비워둔 섬,
산천은 울창하여 푸르다 지쳤는지
밀림으로 변한 지 오래
산이 곧 숲이요 그대로가 원시림인데
하늘로 뻗은 동백 숲
후박나무숲은 가히 명품이로다

물속을 헤엄치다 바위에 오르는 물개처럼
숲속을 헤엄치고 오르는 봉마다

굽어보는 산해절승
쏟아지는 다도해의 풍광은
모두가 그림이고 비경이로다

북으로 두륜산 천관산이 해무에 젖고
서로는 달마산 끝자락에 땅 끝이 희미하고
다도해 바라보는 상황봉은
201개의 섬을 호령한다는데
저 아래 우뚝 선 해상 왕 장보고는
천하를 호령하듯 바다를 향해 외친다

바다를 지배하는 자가
세계를 지배한다고

오늘은 정월대보름,
설은 나가서 쇠도 보름은 집에서 쉰다는데
오늘만은 어쩌랴
달리는 차창 밖에 보름달이 흐르는데
간절한 마음으로 달을 향해
소원을 빌어본다

내일은
새로운 세상을 여는 희망의 날,
이 강산에
정녕 새봄이 찾아오리니
부디 국운융성하고 태평성대 이루게 해 달라고

모두가 행복한 세상을 만들어 달라고,

하자

2013. 2. 24. 전남 완도, 상황봉(644m)에서

서운산에서 하루가 안성맞춤이네

벚꽃이 떨어진다
고요한 청룡호숫가에 눈이 내리듯
폭풍우 일던 밤 흔적 뒤에 상념도 내린다
아마도 여운이겠지

찌든 때 겨울 티 녹이는 소리
시원한 물소리 새소리가 좋다
무채색 칙칙함에서 유채색 환희의 색으로의 귀환
푸른 잎 새순에 물오르는 소리
내 눈에도 내 귀에도 내 가슴에도
촉촉하게 들려온다

청룡,
상서로운 구름을 타고 내려앉은 청룡
청룡사(靑龍寺) 이름 얻고 앉은 세월
그 세월이 칠백오십 년

오르는 청룡사 계곡마다
불당계곡에 피어나는 푸른 향기
간밤에 울던 비바람에 함께 울던 산이
등로에 꺾이고 찢긴 나무들의 잔해 속에서도

오늘은 서운산에 평화가 찾아왔구나

고사목 삭정이 근심 걱정 모두 털어내고
하늘을 향해 내뿜는 풋풋한 연록의 색으로 변해가니
희망의 색 환희의 소리에 눈과 귀가 즐겁기만 하니
마음까지 평화로구나

정상을 두고 앉은 팔각정
서운정(瑞雲亭)에서 바라보는 안성 땅이 시원하고
정상을 밟고 앉은 표정들이 모두가 밝구나

돌아앉아 벌리는 밥상은 언제나 성찬
한 잔의 정상주에 피로를 씻고
이제 석남사를 향해 내려가자
저 아래의 날머리에
천 년을 훌쩍 뛰어넘는 고찰을 찾아
고색창연한 석남사 영산전의 신비를 알현하고
그 천 년의 숨소리를 듣고
돌아오는 또 천 년을 음미해보자

가던 길 멈추고 마애석불 앞에 선다
정교한 양각의 석불
발가락이 돌출되어 선명한데
인자한 모습 위에 사선으로 스며든 빗물
언제 언제쯤 마르려는지

석남사 대웅전 풍경소리 요란해도
알현하고 돌아서는 발길은 가벼우니
서운산 묵밥 한 그릇 비우고 가는 길이 곱기도 하구나

흰돌리 녹색마을 풍경이 눈에 들어온다
배꽃이 희여 천지가 눈밭이니
여기가 안성배의 고장이란 걸 왜 아니 모를 손가

보리밭 사이로 살랑바람 흘러가고
실개천에 백로가 날아들더니
달리는 애마에 놀란 비둘기는
버드나무 속에서 튀어 오르고
젖소는 젖을 품으려 얌전히도 앉아 봄을 꿈꾼다

길지도 험하지도 않은 부드러운 육산
산수가 좋아 동서로 앉은 고찰
아름다운 산들에 숲에서의 하루
하루의 여정을 보내기에
여기가 바로 안성
안성맞춤이네

2016. 4. 17. 경기 안성, 서운산(547m)에서

선운산 선운사(禪雲寺)에 갔더니

눈 감고 구름 위에 앉으면
내 안에 천지가 보인다네

선운사 가는 길
송악은 암벽 잡고 반갑다 하고
미당(未堂)은 선운사 동구 시비(詩碑) 내어 반기는데
도솔천에 비친 단풍 어느새 흘러가고
숲길 따라 걷는 길손 가을 끝에 서성이네

봄 동백 매화타령 어제인가 싶었는데
상사화 푸른 잎에 꽃은 언제 피었더냐
오백 년 동백 숲은 여전히 푸르고
육백 년 장사송은 그 자리에 있건만
오는 이 새롭고 가는 이 다르구나

저기,
선운산 비경에 겨운 도솔암은
태고의 시간에서
천상(天上)의 세계로 가자는데
나는 오늘
아련한 주막집

풍천장어 향기에
복분자 술 한 잔에
바닷물 여인숙에 누워
하룻밤 유(留)~ 하고 가려 하네

다음 여정은 어디인고

2010. 11. 21. 전북 고창, 선운산(336m)에서

눈과 바람의 고향, 대관령 선자령에 서서

오르고 넘고 올라
대관령 밟아서니
발아래 강릉이 밟히고
망망대해 동해가 가슴으로 다가온다

백두대간 허리에서 영동과 영서
평창에서 강릉으로 나뉜 길 위에는
탐방객 눈처럼 많은데
눈 덮인 대설원의 장관 위에는
하얀 풍차 파란 하늘에서 논다

아!
눈과 바람 혹한이 없으면 무슨 겨울
바람과 황홀한 눈이 없으면 무슨 재미
엉덩이 썰매가 없으면 무슨 재미
주문진 포구 회 한입 없으면 또 무슨 재미

눈이 많아 좋은 곳,
눈과 얼음은 겨울을 즐기라고,
바람 불어 좋은 곳
바람은 하얀 풍차를 깨우라고,

바람이 지나간 자리
눈 위에 누워있는 나무처럼
설한풍에 울던 세월은
설한풍에 웃는 세상 되었다네

미시령을 넘어 속초로
한계령을 넘어 양양으로
대관령을 넘어 강릉으로
휘돌아 굽이굽이 아흔아홉 구비
옛길을 가던 시절 전설이 되고
추억은 그리움으로 남는다네

해야, 솟아라
이 땅 위에 온 누리에
희망의 빛으로 비춰다오
설원의 축제 젊음의 축제 지구인의 축제
평창 동계올림픽을 위하여
세계를 또 한 번 놀라게 해다오

어질고 인자한 청정의 고장에서
태백의 혼불 지피고
설악의 기상으로 하늘을 날고
아름다운 동해의 찬란함으로
강원도의 힘을 보여 다오

2012. 1. 15. 강원 평창, 강릉, 대관령 선자령(1,157m)에서

설악산 12선녀탕에 빠지던 날

설악,
불러도 좋을
들어도 좋을 이름이여

언제 어디서 불러도
언제 어디서 들어도
그립고 설레고 보고 싶은 너

가까이 있으면 설레고
멀어지면 그립고
보면 볼수록 아름다워
돌아보면 더욱 아름다운 설악이여

새벽안개 헤치고 너를 향해 간다
장수대 반가움에 이내 그리움 반감되고
대승폭포에서 숨 한 번 고르고
대승령 고개에서 물 한 모금으로
설레는 마음도 잠시 진정
안산을 버리고 돌아서 삼거리에 주저앉는다

금강산도 식후경이라

12선녀를 보자는데
배곯아 갈 수야 없지
배가 고프면 헛것이 보인다 했거늘
아무렴 그렇고 그렇고말고 먹고 가자

마음은 벌써 12선녀뿐
내 설악의 속살
보고 싶은 12선녀탕 계곡으로 달리며
두문폭포 내려와서
무아지경 선경의 세계로 떠난다

불타는 단풍잎 사이로
눈앞에 선경이 펼쳐지는
저 신들의 영역 속으로 가자

선녀가 먹다 버린 복숭아 떨어진 흔적일까
복숭아탕 폭포에서 잠시 숨이 멎었을 땐
내 발은 이미 땅에 붙어
탄성 외마디 외에는 말을 잃은 벙어리가 되고
설렘도 그리움도 보고픔도
한순간에 눈 녹듯 녹아내린다

쟁반 위를 구르는 옥구슬처럼
미끄러지듯 흘러내리는 저 소리
반석 위를 흐르는 옥류(玉流)의 아름다운 이야기에서
슬픈 전설 이야기까지 속삭이듯 흘러내린다

미친 듯 날뛰며
떨어지는 실폭 와폭 소와 담 시공의 세월 저 편까지도
아름다움의 극치를 마냥 들여다본다

오작교 반월교는 구름다리는 세어 보면 무얼 하겠는가
이제부터 귀 대어 계곡을 휘감아 도는 청류(淸流)의 소리
하얀 속살 부비며 도는 옥류(玉流)의 이야기를 듣자

나무꾼의 전설
새들의 노래 산양의 암벽타기까지
아,
눈이 시리도록 가슴에 벅차오르니
나 여기 오래도록 머물고 싶구나

산 높고 골 깊어 흐르는 이야기도 많은데
춘하추동 천변만화에 내 마음 나도 모르니
오, 그 이야기 끝은 어디메뇨

만나면 이별
이별은 곧 만남의 시작이라 했거늘
12선녀 너를 두고 나는 간다네

선녀야!

 2013. 10. 13. 강원 인제, 국립공원 설악산(1,708m) 12선녀탕 계곡에서

설악산 귀때기청봉(峰)을 가다

애마(愛馬)는
산님을 한계령 고개 마루에 부리고
장수대로 떠난다

짙푸른 앞산의 절경에
산 넘어 검푸른 산악미에 두 번의 탄성이 터진다
오, 한눈에 풍광은 이국(異國)이로다
고단한 일상 힘든 여정은 눈 녹듯 사라지고
머리는 맑아지고 가슴은 벅차오른다

백팔계단 오르면서 등로(登路)는 시작되고
갓바위 눈사람 바위 기이한 바위들
오르는 고비마다 풍광은 더해만 가니
내 아니 오르지 않겠는가

돌무더기 흘러내린 곳 너덜지대를 만난다
다람쥐처럼 콩콩 뛰기도
늘보처럼 기어도 보고 오른다
사이사이로 솟은 주목(朱木) 속에
고목의 세월 저편
생목과 고목이 상존하는 곳

광활한 사면 돌들의 평전(平田)
푸르러 검은 얼룩진 검버섯은
고산의 이끼 억겁의 세월을 말해주노니
구름에 쌓인 설악
신선이 따로 있다더냐

바람은 구름을 몰고
구름은 천둥소리에 놀라
눈물도 흘리고 우박도 뿌리고 간다
바람 많아 귀때기 떨어질라
귀때기청봉이라 했나
구름은 이제야 설악의 진경
그 환한 모습을 허락한다

아! 설악이여
시인(詩人)은 가고 시(詩)만 남는다 했는가
저 기암들의 질주 환상의 파노라마
동으로 가면 대청봉 정상이요
동남으로 점봉산
서남으로 가리봉 주걱봉이 그림 같고
백담사 가는 길 흑선동 계곡 길은
고달프다 3년은 더 쉰다고 하더이다

고요히 머무는 대승령
서쪽으로 안산을 두고
장수대로 내려가는 길에서

천 년 홍송(紅松) 미인(美人)을 가슴에 담는다

한국의 3대 폭포,
신라의 왕 경순왕이 머물던 곳
대승폭포에 녹아들고
다시 보는 설악 장수대의 모습에
빼어난 자양천 계류미에 취하고
설악의 미인 옥녀탕 계곡에 얼굴을 묻는다

황토의 속살 붉은 홍천(洪川) 떠나는 길
한계천 솔밭 캠핑장은 여름을 기다리고
징검다리 위에는 연인의 가위 바위 보 소리
차창 밖으로 흘러가고
나는야 서쪽 하늘 붉은 노을 속으로 빨려간다

2012. 5. 27. 강원 인제, 설악산 귀때기청봉(1,577m)에서

설악산 만경대(萬景臺)에 오르니

청산은 설악이요 설산도 설악
홍산은 더더욱 설악이니
만고강산 유람하고 웬만하면 쉬어가자

그 기상 늠름하고 용모는 절색이라
영혼은 더더욱 아름다우니
오던 길 내버리고 웬만하면 자고 가자

한계리 북천이 차창으로 흐를 적에
그리던 내설악 용대리가 어서 나와
옷고름 부비며 건건이 발로 반기는데
백담사 마을버스에 줄을 대는 승객도
오가는 산님들 입성에도 온통으로 가을 색
어찌 이리도 아름다울 수가
오르는 백담계곡 수렴동계곡의 아름다움에 탄성이 절로
참았던 눈물 연신 가슴으로 흘러내린다

저 높은 대청봉 아래 소와 담이 백여 개
절집 지어 놓고 이름하여 백담사라
오, 계곡 위에 백담사의 전경
눈으로 가슴으로 내 영혼까지 두고두고 품고 품으리다

만해 한용운 선사에 예를 올리고

대한민국의 어느 임금님

입산수도의 사연도 들어보고

그리고 저 수많은 돌탑의 염원을 들어보고

수렴동계곡 단풍에 빠져 허우적대다가

영시암에 들어 영시암 사연을 물어보고

구곡담 계곡에 빠져 오세암에 들어

5살 어린동자승의 생존기를 물어보고

천하명승 만경대에 올라

춤추는 공룡을 보고 용의 이빨을 들여다보자

저 하늘 아래 첫 절집에서

성지의 순례 구도자의 길 위에서

봉정암 이야기를 들려주는 이, 만난다면

다시 영시암에 들어 님의 침묵을 들려주고

불타는 가을 이야기로 밤을 태우고

눈 내려 쌓이면 토끼 굴에 발맞추고 살다가

백담사의 긴긴 겨울 이야기에 잠이 들어

눈 녹는 소리에 눈 비비고

배낭 위에 겨울먼지 툴툴 털고

천천히 아주 천천히 세상 밖으로 나와

하늘을 보니 만경대로다

세 발로 네 발로 오른 만경대

악어를 밟고 목탁을 두드리니

좌로는 공룡능선 우로는 소청에서 뻗어 내린 용아장성

구름에 쌓인 봉우리의 파노라마 황홀경에
오, 이 장쾌함 이 위대함이야
내, 두 눈도 모자라 한참을 보았노라

볼수록 아름답고 볼수록 찬란한 감동과 환희
능선너머로 불어오는 솔바람에
천불동의 노래도 설악동의 미각도
장수대의 시원함이 오색의 영롱함이 또다시 투영된다

눈이 무르도록 가슴이 붉어지는 가을의 군상들
파란 하늘에 걸린 붉은 잎 노란 잎
흰 구름에 걸린 천년 송 기암괴봉 가을의 노래가
동해의 노래까지 들려온다

오, 오, 설악
산중에 산 명승에 명승
가는 곳마다 절경이요 닿는 곳마다 비경이니
예가 바로 신(神)들의 고향 예가 바로 민족의 영산
그 이름 거룩한 설악산
오늘도 나는 설악을 끌어안고
사랑하는 설악, 설악의 꿈을 꾸리라

                    2015. 10. 11. 강원 인제, 국립공원 설악산 만경대(922m)에서

산(山)이라면 설악(雪嶽)이라

산이라면 설악이라
신(神)들의 고향
산(山)사람의 희망 대청봉을 향해
어둠 속 한 마리 학(鶴)이 되어
한계령 서북능선을 넘는다

하늘엔 별이 총총
땅에는 헤드랜턴 불빛이 만발하고
은하수 물결 이루듯 그믐밤의 질주가 이어지고
찬이슬에 깃털이 무거워질 무렵
마침내 여명으로 고산목(高山木) 전시장 시작되는데
바람 찬 운무는 어이해 끝날 줄을 모르는가

수많은 인파는 구름에 쌓인 채
끝청에서 중청 대피소에 이르도록
끝내 볼 수 없는 대청봉 정상을 밟고
떠오르는 태양을 그리며
돌아서는 아쉬움에 소청에 오른다
좌로는 용의 이빨 용아장성의 모습과 공룡능선 들어오고
우로는 화채능선의 모습이 들어온다

아! 설악이여

눈 아래 암봉의 너울과 너울

발아래 저 구름바다를 날자

철따라 오색으로 수(繡) 놓아 펼치고

시시각각 천변만화로 황홀감을 주는 곳,

눈으로 가슴으로 그리고 영혼으로 담아내자

천하의 비경 간직한 영산

그 속으로

설악의 품속에 내가 젖는다

무수한 암봉은 끝을 모르고

눈 아래 암릉은 이국적 경외감으로 들어온다

저 아래 비선대가 기다리니

용아장성과 공룡능선의 유혹은 훗날에 기약하며

희운각 뜰에서 풍성한 성찬을 즐기고

기암괴석 불타는 단풍잎에 눈을 뜨고

푸른 옥수 구르는 소리에 잠을 깨니

수석(水石)과 송암(松岩)의 극치는 진경산수 설악산수화로다

오,

나는 부르리라

이 불붙는 단풍잎,

옥류에 떨어지는 소리가 고운

아름다운 협곡 천불동의 찬가를

하늘에서 땅에서

걸음이 닿는 곳 보는 곳

그 어느 곳에서도 부르리라

아름다운 금수강산
그 메아리 끌어안고
또다시 선경의 세계로 난다

선녀가 머물고 하늘로 날던 곳,
비선대 와선대 이르러 넋이야 있고 없고
울산바위의 비경
설악동의 풍경에
더는 불문에 붙이노라

나 이제 밤잠 잊은 15시간 비행
설악에 젖고 취했다 해도
다리도 날개도 풀렸다 해도
나 그냥 두고 가면
아니
아니 되오

2012. 10. 14. 강원 양양, 속초. 한계령~대청봉(1,708m) 설악동에서

오색 설악(雪嶽)을 노래하다

산 높고
골 깊으니
언제나 안개 속
흐린 날이 많아 흘림골
흘림 5교 하늘 아래 펼쳐진 1경은
오페라의 서막을 울리는 "축배의 노래"처럼
내게 흥분을 준다

등선대로 가는 길,
오, 눈앞은 여전히 비경에 절경
천태만상 만물상
칠 형제 합창에 흘림골 지축이 흔들리고
돌아앉은 여심폭포에 조용한 미소가 흐르는데
나는야
황홀한 비경 속으로 자꾸만 함몰되어가듯
깊은 선계(仙界)로 한없이 빠져 들어간다

어디 신선만이 오른다 할까 보냐
오늘만은 내가 신선
오른 자가 바로 신선이 아니겠는가

등선대에 오르니
장엄한 오페라 세상이 펼쳐진다
"축배의 노래"에 "설악산 연가"
저 건너 대청에서는 "동해의 아침"
"그리운 금강산" 노랫소리가 들려온다

오, 눈앞에 하얀 선
산돌아 숨었다가 다시 이어지는 선
한계령 구비길은 설악의 실크로드
그 길이 정겨워 구도자의 길을 걷듯
눈으로 추억의 서북능선을 걸으며
이제 "아름다운 나라" 노래를 합창하고
쏟아지는 기암괴봉 만물상 비경에 환호하고
흘림골을 지키는 칠 형제봉에 손을 흔들어
그 늠름한 기상에 기립박수를 보내고
부부바위의 금혼식에 축배를 들고
또다시 "싱싱싱"을 부른다

이리 보아도 절경
저리 보아도 비경
돌아보아도 선경이니
내 눈이 더는 모자라 오늘은 여기까지

구르는 12폭포에 주저앉아
산중성찬 청류옥수에 대취하노니
용소폭포에서 넋을 놓고

주전골에 유유자적하다가
오색 성국사에 들어 참선에 들고 나면
오늘의 풍류산행
이제 난, 신선이 다 되었는가

눈을 감으니
동해로 흐르는
저 남대천 연어의 무리
벅찬 감동의 회귀(回歸) 하는 소리가
늦은 연어의 귀환 소리가 들려온다
흘림골 주전골 오색천이 그리워
모태천 남대천을 거슬러 오르는 소리
그 그리움의 소리가

산그늘 길어지는 오색지구
이제 오월의 산중음악회도
오색설악의 푸른 음악회를 거두는 장막이
천천히, 천천히 하늘을 덮는다

"오! 해피데이"를 끝으로

2015. 6. 7. 강원 양양, 국립공원 설악산 오색 흘림골 등선대(952m)에서

설악산(雪嶽山)

희야,
누가 설(雪)에 악(嶽)
설악이라 했는가
누가 겨울 설악에 절로 감탄했는지
누가 가울 설악에 절로 흥분했는지
이제는 알 것 같다

하늘을 찌르는 마천루의 위용처럼
기암절벽 700봉에 폭포는 저절로
겹겹이 내리는 협곡엔
천년 송 미인 송 매달리어
신들의 영역 대향연은 이어지고
눈에 묻힌 설악은
구름을 붙들고 눈이 되고 마는
선경의 세계로 달린다

아! 대자연의 서사시
신(神)이 빚은 예술 작품
풀 한 포기 돌멩이 하나 나무 한 그루
거기 그대로의 모습이 예술이니
비경 속에 절경 위에 내린 눈

진경산수의 극치로다

대청봉에서 일출의 장엄함을
공룡능선에서 삶의 희열을 느껴보고
봉정암 가는 길에서 순례자의 염원을
천불동 계곡에서 청정심을 마셔보고
백담사의 묵언수행 앞에 겸손함을 배우며
합장하노니,

나, 눈으로 보고
가슴으로 담아내고
찬란함에 노래하고
감동으로 영혼을 채색하리라

희야,
누가 또 가을 설악에 절로 탄성을 질렀는지
이제는 알 것 같다
파란 하늘
불타는 오색단풍에 눈이 내리면
오!
난 그만 죽고 말리라

2011. 1. 30. 강원 속초, 고성, 양양, 인제, 국립공원 설악산(1,708m)에서

설흘산이 내린 보물, 다랭이논을 찾아

설흘산으로 가자,
거기에는
바다가 있고 낭만이 있고
이야기가 있는 남해도의 보물 산이니
삿갓배미 다랭이 논이 있어 더욱 정겨운
아름다운 가천리 마을로
곡선의 여유를 만나러 가자

도심마다 직선의 만용
긴장과 경직에 이기적인 질주를 떠나
내 마음에 쉼표 하나 찍고
굴곡진 삶의 흔적을 찾아서
곡선의 여유
부드러운 곡선의 이야기를 만나러 가자

황토위에 해안선 절경 돌고 돌아
선구리에 하마(下馬) 하니 보호수나무가 반긴다
첨봉에서 응봉산 이어지는 암릉에는
온통 분홍색 일색으로
진달래 꽃대궐에 천상의 화원 이루었는데
오르는 곳마다 바다를 안고 사는

해안마을 풍경에 속절없는 세월로 빠져 들어간다

끊어질듯 이어지는 남해 바래길의 정취가 배어나오고
수평선 위에 점점이 떠 있는 섬과 고깃배들의 정적에서는
태곳적 그리움을 불러오는데
진달래향기에 젖은 마음
칼바위 능선에서 오금이 저려오니
응봉산 돌탑에 서러움 내려놓고
설흘산 봉수대에 앉아 구름을 피해보지만
망망대해 수평선 위로 떠오르는 일출도 일몰도
서포 김만중의 유배의 섬 노도의 설움도
독일마을 유래도 몽돌해안 향촌마을 전경도
눈을 감고 그려야 감동은 두 배라 하니
베일에 감춘 미인이 더 아름다운 감동으로 다가온다니
그 소리도 괜한 소리는 아닐 것이리라

하산 길에
구름을 벗고 서서히 가천리의 모습을 보여준다
바다를 향한 그리움에 눈물의 흔적이련가
고단한 삶의 슬픔에 잔영이련가
저토록
겹겹으로 내린 부드러운 곡선의 여울 진 기억 저편
바다를 그리다 머물러 매달린
논배미의 탄식은
이내 수채화 속 탐방객의 웅성거림으로 다가온다

녹아내리듯 흐르다 멈춘 화산용암처럼
바윗돌 하나에 돌멩이 둘로 메우고 석축을 쌓아
쌀 한 톨에 마늘밭 한 뙈기에
목숨을 걸고 살아온 흔적이라고
고단했던 삶의 전쟁의 전리품이라고 내게 말한다

그래
과거는 슬펐으나
오늘은 마늘밭 일궈 청록으로 덧칠을 하고
유채꽃 피워 샛노란 물결로 이방인의 눈과 마음을 사로잡아
이제는 명승이 되었으니
인간 만사는 새옹지마
세상사 모두가 모를 일이로다

저 일그러진 곡선의 물결
언젠가는 만남도 그리움도 있을 터
이제부터 일그러져도 곡선으로 살자

가천암수바위를 상상하며
시골 할매 유자잎 막걸리 맛을 떠올리며
오늘도 봄이 피어나는 남해도의 하루가
아름다운 풍경에 묻힌 하루해가 저문다

2014. 3. 30. 경남 남해, 응봉산 설흘산(482m)에서

눈 속에 핀 소백(小白)

동북으로 태백(太白) 향하고
서남으로 월악(月岳) 두었으니
이곳이 바로, 백두대간(白頭大幹) 품이로다

머리에 이고 진 하얀 눈
저, 아름답고 장쾌한
소백(小白)이여

연화봉, 비로봉
정상 대설원(雪原)은
눈부신 하얀 속살 드러내고
부드러운 능선의 선(線)과 농담(濃淡)은
묵화(墨畵) 속 여인인데,
그 선과 선을 흐르는 원색의 산객(山客)은
또 다른 실크로드를
수행자의 순례길 이룬 듯
또 하나의 장관이로구나

여기,
매서운 칼바람에
온몸 굽혀 포복하듯

굳센 기상 넘치는 저, 푸른 소나무들이여
나는 오늘 너의 진한 생명력에서
나의 연약한 모습에 떨고 있나니,
너는 진정 이 소백산(小白山)의 승리자 되어
이, 찬란한 설국(雪國) 이어 가리라

오늘도 소백(小白)은
설한풍 이겨내며
또 다른 내일을 위해 천상(天上)의 화원(花園) 꿈꾸며
연분홍 향연으로의 초대를 위해
깊은 잠 이루고
아름다운 철쭉꽃 꿈을 키우리라

　　　　2010. 1. 17. 충북 단양, 경북 영주 백두대간 소백산(1,439m)에서

소백산(小白山) 철쭉은 이르더라

눈 덮인 소백(小白)은
모진 칼바람 세월 이겨내고
운무는 속으로 속으로 녹아들어
물도 흘러 세월도 흘러가려는가

잎 돋고 새소리 들리더니
세월은 만산청엽(滿山靑葉)으로 달리고
하늘 가린 어의계곡엔
숲의 향기 생명의 향기 진동하니
꽃잎은 바람에 날리어 엷어지고
수줍어 더는 붉지 못해
연해서 순수해 보이고 청순해 보이더라

아! 비로봉 정상
거침없는 시야
모두가 소백을 향해 읍소를 하듯 다소곳하고
눈과 바람의 고향 앞에
나무는 견딜 수 없음을 아는가

비로봉 연화봉의 부드러운 능선
사면(斜面)의 넓은 초원은

축제를 위해 손님을 위해
저토록 푸른 융단 곱게 깔아놓고
천 년 주목 둘러치고 산님을 맞이하려는데
오, 천상의 화원
숲과 꽃들의 향연은 이르더라

서둘러 핀 꽃은 찬바람에 냉해를 입어 서럽고
때를 기다리는 꽃망울의 꿈은 무성할진대
산우(山友)여
초암사로 가시려는가
가시려거든 죽계구곡(九谷)에 머물러
세상 번뇌 탐욕 내려놓고
저 연화봉 아래 희방사 폭포에 시름을 씻고
행여 부석사 구인사로 가시려거든
텅 빈 가슴에 연꽃을 달고
향기 나는 화수분(河水盆) 마음에 넣고
새로운 세상 아름다운 세월을 담아 오시게나

더러는 티끌도 있을 것이나
옥에도 티는 있는 법이라 했으니
괘념치는 마시오소서

천동리로 가는 길,
고사목은 세월에 지쳐 뼈대만을 남기고
돌 밭길 이어지는 울창한 숲에는
흐르는 계곡물소리도 햇살도 달더라

산그늘 길어지는 천동리에 부는 바람

코끝이 서늘하니

천동굴 바람인가 고수동굴 바람이냐

돌아온 소백산 하늘 위에 청산(靑山)은

아름다운 백산(白山)

하얀 꿈을 꾸려 하는지도 모른다

2012. 5. 20. 충북 단양, 경북 영주 백두대간 소백산(1,439m)에서

나도 한번 소요산에서 노닐어 보자구나

서울역에서,
경원선 철길에 오르면
북녘 원산까지 닿을 수 있는데
내 놀던 고향 지척에 두고
끊어진 세월이 어언 60여 년
이제 백마고지역까지 갈 수 있어 그나마 위안이라
그래도 월정역 철마는 달리고 싶다고 울부짖더라

이제 서울역에서도 평화열차 DMZ트레인 관광열차가
수일 전에 개통을 보았으니 이 아니 경사가 아닌가
울적한 마음은 어찌 피할 수 있으려만
무더기로 떠나온 길손의 신세
경원선의 길목 동두천 소요역에 내려
저, 서화담 양봉래와 매월당이 자주 소요했다는 소요산에서
나도 오늘 하루만이라도 소요하다 떠나련다

하백운대 중백운대 상백운대 나한대 의상대 공주봉
6봉은 원형을 이루고 유서 깊은 자재암을 품고
청량폭 원효폭 옥류폭 선녀탕의 물소리에 귀를 열고
원효의 득도를 지켜보고 요석공주와 설총을 다독이며
저리도 행복해했을 모습 예나 지금이나 다를 바 없을 터

인심은 날이면 날마다 변하여
이제는 산꾼에 지쳐 있을 법한데
산심은 그대로 오늘도 변하지 않는 산심일 뿐이로다

일주문 단풍터널을 지나
속리교에서 속세와 이별을 하고
백팔계단 위에서 백팔번뇌에 고행을 묻고
구절터의 어제의 계곡을 거슬러
공주봉을 향해 요석공주를 만나자고
경기의 소금강 소요의 비경 속으로 빠져 들어간다

정상 의상대에 올라
의상대사를 알현하고
지나온 요석공주봉을 돌아보고
가야할 백운대를 바라보니 가벼운 흥분에 취하고
녹음에 쌓인 자재암의 고운 자태에 눈이 시려도
나한대를 지나 칼날을 비켜가는 긴장감이 있을지라도
칼바위 능선 암릉과 소나무의 절묘한 공생에
뾰족뾰족한 거친 퇴적암 암봉마다 기대어 자란 노송의 향기에
경외심이 절로 배어나오니
그래 너의 고향은 칼바위, 바로 그 자리
하얀 차돌 붉은 차돌은 차돌박이처럼 빛을 발하고
오, 참으로 만물상이로다

상백운대에서 구름 위를 걸어보고
중백운대에서 구름 속을 유영하고

하백운대에서 구름을 붙들고 내려와
자재암에 들어 청량폭포에 눈을 씻고
옥류폭포에 마음을 씻어 내리고
석굴 나한전 앞에서 석등에 촛불 밝혀
원효의 사상도 자재무애의 수행도 배우고 가리라

젖처럼 맛있는 차가운 물
원효샘물 한 모금에 목을 적시니
백운선원 돌담길의 정취가 되살아나고
백운대의 구름 내려와
옥녀폭 원효폭 물보라 소리에 젖어 있어도
내 눈가에는 요석공주 그리움에 젖는다

이제 소요산의 여름을 보았으나
봄꽃이 만발한 봄날에도
불타는 단풍계절 소요산 단풍축제의 날에도
눈 내리는 설산 아래 잠든 자재암의 풍경이 고운 날에도
동안거에 들어간 산사의 풍경소리마저 잠든
하얀 울림 속으로
그 하얀 울림이 있는 소요의 세계로
나, 입산에 들고 싶어라

2014. 8. 24. 경기 동두천, 포천, 소요산(587m)에서

속리산에서 속세(俗世)를 그리워 말자

"도(道)는 사람을 멀리하지 않는데
사람은 도(道)를 멀리하고
산은 속세를 떠나지 않으나
속세는 산을 떠나는구나"

신라말 문장가 최치원 선생은 말했으나
나는 속세를 떠나 여기 속리에 왔네

백두(白頭)는 설악과 오대를 보고 태백과 소백을 낳고
월악을 두고 속리에 머무니
여기 백두대간 중심이어라

동으로 경북 상주 땅
서로는 충북 보은 땅
천왕봉에 떨어진 빗물 삼파수(三派水) 되어
낙동강으로 흐르고
한강으로 금강으로 저마다 흘러가리니
속세(俗世)를 멀리하고
호서제일가람 법주사(法住寺) 품에 두고
팔봉(八峰) 팔대(八臺) 연꽃처럼 피었으니
오, 아름다운 대한팔경

불교의 성지 속리(俗離)로다

상오리 들머리엔 보라색 맥문동 꽃밭이 지천이고
시원한 장각폭포 정자에서는 쉬어가라 손짓하고
울긋불긋 오미자는 밭마다 주렁주렁
여기가 약초의 고장임이 틀림이 없도다

등로마다 산죽(山竹)터널
운무에 묻힌 천왕봉은 바다에 떠있는 고도(孤島) 같고
비로봉 입석대 지나니 신선대 휴게소가 붙잡는다

당귀 신선주 잔 술에 감자전 한입 물고 하늘을 보니
더는 부러울 것이 없어라
행복에 겨운 신선은 세월도 행복도 마시고
나 이제
문수봉을 지나 관음봉에 눈길 주고 문장대에 섰노라

아!
저 하늘 닿은 바위들을 보라
기암괴석 우람한 바위의 위용과 기운을
살아 꿈틀대듯 불끈불끈 이어지는 바위들의 행진
그래 문장대를 3번 오르면 극락에 갈 수 있다지 않았는가

지나온 절경에 눈을 감고
구름에 달 가듯 바람에 세월 가듯
물에 고기 놀듯 산경(山景)에 취해

어이해 왔는지 내 모르겠네

저 높은 곳 천왕봉을 향해
속세에 두고 온 사연 얼마나 있다고
금동미륵대불 앞 무릎 대고 앉은 중생들이여
그토록 절규하듯 엎드려 우는가

우는 사람 다 생각이 있다지만
그래 실컷 울어라
내게도 사연은 있어
나도 한번 울어나 보자

아름다운 계절
땅도 하늘도 두둥실
신혼의 흑백 사진엔
아직도 법주사에 미소가 넘치는데
어이해 지금은 미소를 볼 수가 없는가

오, 그도 욕심을 버리라 했거늘
호통 치는 속리산을 뒤로하고
시원한 물소리에 귀를 열고
말없이 하산을 합니다

2012. 9. 2. 충북 보은, 경북 상주, 속리산(1,058m)에서

수도산에 수도암이, 불영산에 청암사가

뒤집혀진 물방개 돌아가듯
발버둥 치며 오르는 가래 재 길
애마(愛馬)의 입가엔 하얗게 상고대 피어나고
이리 돌아 저리 돌아
닿는 길이 청암사 주차장이네

불영산 청암사 가는 길,
일주문에 계곡 따라 걷는 길이
온통 눈길에 빙판길인데
모래흙 뿌려놓은 예쁜 손은 대체 어느 곳 뉘실까나
아마도 청암사의 따뜻한 비구니의 마음일 것이리라

오, 이 상쾌함이야
계곡 산사의 풍경이 눈앞에
싸늘한 공기는 내 코끝에 와 후비는데
더하여 청정함에 몸도 마음도 청정으로 가려나 보다

불영동천 거슬러 오르는 암벽마다
각인된 영혼의 세계가
천 년 고찰 아름다운 그림 속에는
사랑과 권력에 희생된 비운의 왕비

인현왕후의 애달픈 사연도 간직한 채
세월의 흔적만이 얼룩져 가노니
두 줄기 계곡을 끼고 도는 청암사의 아침마당에는
공양을 나르는 앳된 스님의 뒷모습에
인현왕후의 후예를 보는 듯
비구니의 가사장삼 너울에
산사의 시간도 속절없이 가노니
이 모두가 평화의 모습 그림이로다

오를수록 무릎을 치는 눈밭을 즐기며 오른다
낙락장송 청솔가지에 쌓인 설화를 보고서야
동으로 가야산이 잡히고
서로는 덕유산 산 너울이
북으로 황악산 남으로 지리산이 희미하게 보인다

아, 파란 하늘에 이 시원한 조망
산군(山群)의 행렬이 파노라마처럼
그 장엄함이 눈으로 가슴으로 몰려온다

내가 겨울 산을 더 좋아하는 이유
바로 이런 맛 때문이다

내려오는 길에
수도암 인현왕후의 길을 걸으니
수도리 마을 앞에 할머니표 두부장수가
산꾼들의 발길을 잡는다

가마솥에 엉키는 두부를 퍼 담는 손은 거칠어도

두부는 마냥 달고 부드럽기만 하니

겨울 산을 내려온 산꾼들을 위한 때를 맞춘 호사가 아닌가

눈도 호사 입도 호사니 즐거움은 두 배

지금도 수도리에 할머니표 두부는

가마솥에서 송골송골 엉키어 가고 있겠지

2014. 12. 21. 경북 김천, 수도산(1,317m)에서

여기는 수락산(水落山)

바위마다 기암이요 암릉마다 괴석이라
치마폭에 코를묻고 올라보니 장관이고
청산뚫고 솟은기운 정기되어 흘러가고
도솔봉의 힘찬위용 도정봉에 이어지니
대한민국 지켜주는 수도서울 첨병되네

계곡마다 옥계청류 수락팔경 풍광이라
시인묵객 불러들여 진경산수 노래하고
은둔자를 받아주어 푸른꿈을 꾸게하고
쏟아지는 금은옥류 폭포소리 내어주니
세상시름 잊게하여 수행자의 도량되네

석벽마다 절경이요 암반마다 비경이라
철모바위 탱크바위 소라바위 키워내고
바위위에 코끼리는 엎드려서 굽어보고
원숭이와 고릴라는 가슴치며 장난하니
유두바위 걸터앉은 산님들도 즐겁다네

하산길에 불암산에 도봉산을 불러보니
북한산이 응답하며 곁에두고 있다하며
관악산도 푸르르고 한강물도 흐른다고
솔잎향기 품에안고 초록바람 전해주네

2011. 6. 12. 서울, 경기 의정부, 남양주, 수락산(640m)에서

식장산에서 청마(靑馬)를 맞이하다

청마,
내 사랑 청마야
정의의 깃발 앞세우고
어지럽고 질퍽한 이 땅을 박차고
푸른 꿈 희망의 소식 싣고 오너라
어제보다 나은 오늘
오늘보다 더 나은 내일을 위해

청마,
파발마 청마야
식장산 여명에 한밭벌이 깨어나고
계룡산 노을에 한밭벌이 잠이 드는 이곳으로
충절의 고장 축복받은 이 땅으로 오려무나

여기 세천 자연생태공원이 있고
자연이 그대로 살아 숨 쉬는 곳
생태계의 보고 세천골을 향해
나는 너를 맞이하러 이제 지금 가노라

발아래 물소리가 아니었다면
하늘에 바람소리가

눈 위에 가랑잎 구르는 소리가
산새소리가 아니었다면
시간이 멈춰진 지 오래일 것 같은 정지된 시간 속으로
태곳적 정적 속으로 빠져 들어간다

노거수 고사목 잔해의 전시장 같은
슬프도록 제 멋대로 누운 채로 선 채로
기어이 또 천 년으로 가려 하는 저 모습에서
아! 이것이 자연의 순환법칙이련가
처절함 속에서 조용한 순환이 여기에 있음을 본다

저기,
독수리봉 아래 거북도 닮았다는데
천길 벼랑 끝에 붙어있는 산사
구절사의 자태는 차라리 그림이고 싶다

수십 번을 보아도 질리지가 않을 터
손톱만 한 절벽공간에도 동자승의 천진함이 살아있고
산심도 불심도 거기 녹아있으니
내 아니 무릎 대고 합장하지 않고서야
어찌 돌아 나올 용기가 있다더냐

칼날 같은 능선은 어디를 보아도 자연산성
병화(兵火)를 막아주는 천혜의 요새
동으로 굽어보는 옥천 땅이 아름답고
서로는 한밭벌이 파노라마처럼 출렁이는데

발밑에 그을린 나무들이 마냥 애처럽기만 하다

아마도 실화에 의한 인재려니
화마가 할퀴고 간 처연한 나목들에서
저 아래 세월의 무게에 눌린 나목들에서
또 다른 극명한 교본을 본다

청마,
내 사랑 청마야
여기 식장산 최고봉
600고지에 우뚝 선 거대한 통신의 행렬을 보아라
그 옛날 봉화의 횃불처럼 활활 타오르며
한밭 벌의 눈이 되고 귀가 되어 이 땅을 수호하리니
천천 만년 풍요와 평화를 누리도록 해다오
청마야

2014. 1. 1. 대전, 갑오년(甲午年) 새해 아침, 식장산(598m)에서

신불산 억새꽃은

신불산 억새꽃 평원에 가자
그곳엔
솜털 숭숭한 새색시 볼처럼
수줍어 아름다운 미소가 피어나는 곳
달빛 닮아 희고 고운 것이
구름 먹어 부드러운 것이
코끝에 간지럼 주고
부끄러운 향기로 유혹하더니만

이제
칼바람에 날리고
서걱대며 떨고 있는데
철 지나왔다고 무심한 것이냐
다시 피는 날에 오라는 것이냐

신불산 정상 올라서니
멀리 천황산 능동산 가물대고
재약산 가지산은 내일 오라 손짓하고
간월산 영축산은 쉬어가라 하네

보아도보아도 고산준령

영남의 알프스 영축산 정기 아래

아름드리 노송 향기로

불보사찰(佛寶寺刹) 품었으니

예가 바로

통도사(通道寺) 대가람(大-伽藍)인데

나는 오늘 영축산문 앞에서 합장하노니

산우(山友)여!

이제 경인년 여정(旅程) 내려놓고

감사한 마음으로 기도하자꾸나

2010. 12. 19. 경남 양산, 경북 울진,

신불산(1,209m), 영축산(1,081m)에서

아미산, 먼저 와 있었네

아미야, 아미야
너는 내가 올 줄 어이 알고
마상(馬上)에서부터 나를 반기느냐

까칠하니 검은 눈썹
멋스런 고깔모자
오이씨 버선발로 나와
위천 가암교에 우뚝 서 있는 네 모습이 참으로 아름답구나

그래
삼국유사의 고장 위천에 머문 너의 자리
아름다운 눈썹을 닮아서 아미산인가
위엄이 있어 아미산이냐

만나자는 너의 성급함에
내 모른다 할 수야 없지만
그래도 그렇지 단장을 내려놓고 숨 쉴 틈이나 주려무나

솟아오른 기암괴석 앵기봉에 매달리어
굽어보는 양지리 마을 풍경이 아름다우니
산상 만찬 정상주에 취하고

양지고운 절골 아래
한 뼘 늦가을 정취에 이내 몸까지 녹는다만

병풍암 스님의 친절 앞에
산중한담 솔잎곡차 한 잔에 또다시 녹아내리니
오늘은 아미에 취하고 풍경에 취해 녹기만 하는데
대곡지(池)에 산그림자 물속에 잠이 들어도
수중 청솔이야 산객을 유혹하듯 쉬어가라 하고
돌아온 길이 아침에 그 길이라
아미산 얼굴을 다시 보니
오, 두 번 다시 반갑다, 아미야

2014. 11. 23. 경북 군위, 아미산(737m)에서

앵자봉에 올라 양자산(楊子山)을 그리며

양자산을 가자 하고
건업리 들머리로 숨 가쁘게 오른다

부드러운 흙산에
참나무 굴참나무 숲 사이로
눈에 젖은 낙엽을 밟고 채이며
저 아래
천진암 천주교 성지로 가는 길도
눈으로 밟고 촉촉한 앵자봉을 오른다

진달래 꽃동산에
부부가 함께 오르면 금술이 좋아진다는데
어쩌자고 양자산을 두고
하산을 하자니 서럽기만 하구나

하품리에 짐을 풀고 앉으니
해는 중천이라
내 마음 각시(앵자봉=각시봉) 되어
신랑(양자산)을 그리는 마음으로
가지 못한 아쉬움을
시 한 수로 달래본다

"그리운 양자산

남한강 푸른물에 님실은 황포돛배
어디로 가시려나 돌아서 눈물지네
버들잎 입에물고 물새야 날아가라
그리운 내님소식 철없이 전해주렴
아! 그리운 양자산

북한강 푸른물에 물안개 피어날때
떠난님 오시려나 강변에 올라보네
진달래 입에물고 산새야 날아가라
그리운 내님소식 언제나 전해주련
아! 그리운 양자산"

2013. 2. 17. 경기 광주, 여주, 앵자봉(667m)에서

영취산 진달래야

보일 듯 말 듯
구름 위에 사뿐 떠 있는 너,
진달래꽃 송이마다
절로 고와서 서러워라

날아갈 듯 말 듯
억새 숲에 쏘옥 숨어있는 너,
진달래꽃 꽃술마다
절로 여려서 슬퍼라

부서질 듯 말 듯
해풍에 흔들 흔들리는 너,
진달래꽃 꽃잎마다
절로 맑아서 그리워라

영취산 진달래야
억새평원도 좋고
도솔암도 좋지만
너 있는 날
내일이 가기 전에
흥국사 대웅전 문고리에 매달린
저 처자의 소원을 들어주고 가려무나

2015. 4. 12. 전남 여수, 영취산(510m)에서

오대산에 살어리랏다

오대산 천 년의 숲,
월정사 전나무 숲길에서
속세를 떠난다
여기 수행으로 가는 길 위에서
난 진정 마음의 평안을 보았네

저기,
비로봉 정상 좌우로
호령봉 상왕봉 두루봉 동대산 다섯 봉우리
원을 그리고 연꽃처럼 피어 있는데
육중하면서 평화롭고
사납지 않아 부드럽더니
다섯 개 꽃잎 속에 꽃술에는
부처님의 진신사리 모셔졌다네

포근하고 아늑한 어머니의 품속 같은
상원사 적멸보궁
수많은 순례자의 성지요 성산이로되
골짜기마다 사찰과 암자 불교유적 즐비하고
문수보살 설법에 천 년이 흐르고
한암 스님 탄허 스님 온기는

아직도 동안거 속으로 흐르는데
나는 잠시 합장하고
월정사 숲길에서 마음을 가다듬고
상원사 동종 범종소리에 귀를 열고
적멸보궁 전(殿)에 앉아 무릎을 꿇는다

봄에는 진달래 화사함에 물들고
여름엔 반딧불이 유혹에 빠지고
가을엔 단풍잎 손짓에 허둥대고
겨울엔 순백의 눈꽃에 넋을 잃고
꿈속을 헤매다가 여기 왔노라고

오,
월정사 이십 리 계곡
언제나 내 마음에 있어
꿈꿀 수 있고 그릴 수 있고
그저 바라만 봐도 행복해지는 곳,
내 영혼의 고향이듯
영원한 안식처처럼
이, 오대산자락 한 귀퉁이에라도 머물 수 있다면
낯선 이방인의 심술에도
아직도 하얀 겨울잠을 즐기는
그대, 오대 미인은 잠꾸러기

계방산 황병산이 지척이고
소금강 무릉계곡이 코앞인데

내 어이 두고 갈 꺼나

땅거미 짙어지면

월정사 9층 석탑 야경도

천상의 빛으로 다가올 텐데

2012. 2. 12. 강원 홍천, 평창, 국립공원 오대산(1,565m)에서

오봉산 옥정호 사랑에 빠지고 구절초향기에 눕다

가을 산은
어디라도 좋다
깊을수록 멀리 있을수록 더욱 좋다

등로따라 으름덩굴에도
가을이 주렁주렁 매달리고
입안에 넣으니 씨가 한입이래도
하얀 속살 절로 입에서 녹더라

오디를 닮은 구찌뽕 열매
떨어진 탐스러운 열매는 달큰해서 좋아
누가 볼세라 누가 올세라
또다시 숲을 뒤지며 가을을 맛보고
사랑의 열매를 만나
빈 가슴 채울 이 계절을 생각하며
오봉산에 올라서니
옥정호가 한 아름 팔 벌려 반긴다

기암괴석 깎아지른 바위와 노송 사이로 보이는 옥정호반의 전경
저 아름다운 모습 붕어섬의 고요
물안개 운해라도 드리운다면 여기가 선계가 아니겠는지

저 붕어섬엔 유일한 노인이 산다는데
아마도 그 노인은 선인이거나 신선이 아니겠는지
아, 눈이 시리다

국사봉에서도 전망대에서도
너의 모습 즐기고 가노니
이제
정읍 산내에서 펼쳐지는 구절초축제의 장으로 가자

인파 차파에 밀려간 끝자락
옥정호 천변을 끼고도는 나지막한 산 구릉지 여기저기
빨간 꽃 분홍 꽃 하얀 꽃
온통 천지가 꽃밭이로구나

소나무 숲 사이로
바람에 하늘거리는 구절초의 사랑 이야기 속으로 걸어간다

울긋불긋 여심을 흔드는 코스모스 들판에서
가녀린 잎새 서걱대는 억새 경관지에서
소금을 뿌린 듯 하얀 메밀꽃 들판에서
옥정호의 사랑 구절초의 사랑
이 가을의 추억과 사랑을 담아내어
사랑하는 님에게
빨간 사랑의 우체통에 띄워 보내리다

줄광대의 줄타기 판줄 공연에 취하고

구절초 꽃밭 음악회에 내 마음 빼앗기고
보름달 하얀 밤 콘서트에 녹아내리면
나는 어디로 가나
아, 이 가을을 사랑하고 싶다

저 산골짝에 황금빛 다랑이 논벼 들녘 한 자락까지도
이 가을 정취에 흠뻑 빠져
두고두고 이 가을을 담아가고 싶다

보내는 이 있어도
받는 이 없어도
바람을 이고 속삭이는 구절초의 사랑 옥정호의 사랑
이 가을의 사랑 노래 엮어
나는 오늘
빨간 사랑의 우체통에 띄워 보내리다

보내는 이 있어도
받는 이 없어도

2013. 10. 6. 전북 임실, 오봉산(513m), 정읍 구절초축제장에서

오봉산을 알현하다

배후령 맴맴
돌아온 길이 어질어질한데
참나무 울창한 숲에 들고 나니
이제야 달팽이관이 제자리를 찾는다

다섯 형제 오밀조밀
우애도 도토리 키 재기로
기암기봉 이뤄놓고
청평사 품에 안고 소양호수 바라보니
어디 대어 부러울 것 없어라

인심도 후하고 산심도 좋을세라
기차에 추억을 싣고 달려와
유람선에 낭만을 실어 호수를 건너도 되니
유유자적 호반산행 이보다 더 좋을 수가 있을까

나한봉 1봉 고사목능선을 밟고
황금빛 적송도 회색빛 고사목도
저리도 풍경이요
관음봉 2봉에 올라드니 기암괴석이라
암벽에 쇠줄이 손을 내미는데

발아래 소양호가 펼쳐지니
오, 절세가인
물안개라도 피는 날이면
구름이라도 안고 도는 날이면
나는 그만 깜박 죽고 말리라

문수봉 3봉에 솟은 청솔과 바위에
모두가 넋이 나갔더니
보현봉 4봉 칼등을 타고 오르고
망부석과 노송 사이로 보이는
발아래 비경에 또다시 주저앉는다

아!
파란 하늘 도화지에 호수를 담은 천 년 고찰,
기암기봉 암릉에 노송의 어울림
세월의 무게를 이기지 못한
고사목의 뒤틀린 시간의 흔적들
대체 얼마의 세월이 준 작품이련가

정상 비로봉 5봉에 서서
두 팔을 벌려 우주를 품는다
저, 청평사의 고요
세월을 붙들었는지 세월을 놓쳤는지
저리도 고즈넉한 풍경에
협곡 아래 숨은 천 년 시공에
이제는 호수를 안고 또 천 년으로 가는가

적멸보궁 터를 향해 합장을 하고
연못의 시조 영지(靈池)에서
청정심을 배우고
아홉 가지 소리로 떨어진다는 구성(송)폭포에서
득음(得音)에 세심(洗心)을 하고
소양 호수같이 넓은 마음으로
오봉산 협곡의 깊은 마음을 닮아
청평사 뒤 천단(天壇)에서 참선에 들고
청평사에 꼭꼭 숨어들면
바로 여기가 극락이 아니겠는가

평양공주와 상사뱀의 전설이 깃든 청평사 계곡에서
낭만이 흐르는 호반에서
해 저문 소양강에서
곡차 한 잔으로는 어디 성이라도 차겠는가

여보시게,
금강산도 식후경
춘천닭갈비에 막국수를 아니 먹고 간다면
아예 오지도 말고 가지도 마시게나

2013. 6. 16. 강원 춘천, 화천, 오봉산(779m)에서

섬진강 오산에 봄이 오면

백두대간 내달리다
오산에 반했는가
섬진강 청류에 차마 더는 못 가고
지리산은 저만치 머물렀네

원효 도천 진락 의상 대사 사성(四聖)은
솔봉 십이대(十二臺) 비경에 반해
사성암(四聖庵)을 불러놓고
산은 섬진강 굽어보다
자라를 닮더니 오산이 되었는가

날아갈 듯
바위를 잡고 걸터앉은 사성암,
섬진강 맑은 물
은어의 날갯짓 유혹을 애써 외면하며
홀연히 앉은 너의 모습은
차라리 신선이 그린 그림이라 해두자

구례와 곡성평야 비단 위를 날아
강 건너 지리산 품속이 그리워
노고단 천왕봉 설산을 그리며

피아골 단풍이 그리워
산수유 향기가 그리워
꽃피는 산골로 날아가려 하는구나

아!
사성암의 부는 바람 상큼하고
햇살 한 줌도 곱기만 하여라
마이산 떠난 물
섬진강 오백 리로 흐를 적에
나, 은빛날개 반짝이는 은어 따라
산동마을 산수유에 물들고
섬진강변 벚꽃길 4월의 추억으로 취하다가
내일이면 하동으로 떠나려 하는데
산우여,
나, 그냥 두고 가면 안 되겠소

2012. 2. 19. 전남 구례, 오산(531m)에서

편백 숲 오솔길 위에서 옥녀봉(玉女峯)을 만나다

7월이라 폭염,
태양도 이마 위에 먹구름도 등 뒤에
가마솥더위에 지치고 폭풍우에 휘둘려도
비로소 커지는 젊음이기에 성숙으로 가는 계절이기에

편백숲이 아름다운 완주 땅 공기마을
저 높은 곳에 있을 옥녀를 만나러
이제 맑은 공기 한 공기에
편백 숲 푸른 정기를 마시고
어서, 어서 입산을 서두르자

내가 기다렸던 옥녀
나를 기다렸을 옥녀
죽림리 편백나무 오솔길을 따라 내가 간다

울울 창창 편백림
언제부터 저렇게 당당하게 쭉쭉 빵빵
언제부터 저렇게 길길이 도열하여
푸르고 힘찬 팡파르로 때로는 감미로운 연주로 나를 반기려 드는가

금방이라도 하늘이 무너질까 봐

가시는 걸음마다 안녕을 지키려는 사열병 되어
저리 하늘을 떠받들고 모두가 나를 반기려 드는가

오르는 길 가는 길에도 쑥재를 돌아
옥녀를 만나는 길이 결코 순탄치 않으니
오, 그래야 제맛이지
인생도 쓴맛 뒤에 단맛이 제맛이지

돌아보니 온 길이 짧고
올려보니 갈 길이 멀게만 느껴
눈으로 입으로 중얼댄다

아, 내가 넘어야 할 산은 내 마음속에 있어
내가 가야할 산도 내 마음속에 있음을
이제야 조금
낮은 산도 큰 산처럼 오르라는 선각자의 외침 뒤에
오, 옥녀가 내 앞에 다소곳 있으니
여름날에 낮달을 본 것처럼
졸다가 꾼, 낮 꿈처럼 비몽사몽이라
화려하지도 티낼 것도 없는 순한 모습
이름도 목걸이에 매달고 있으니
오, 영락없는 옥녀로구나

한오봉에 올라 기지개를 펴고
통문을 나와 유황 편백탕에서
발을 담구고 나니 허기가 몰려온다

산우여!

어서 저 아래 산촌에 여름풍악소리에

삼계탕이 춤을 추고 있을 죽림리 공기마을로

시간에 맞춰 하산을 서두르자

오늘이 초복이란다

2016. 7. 17. 전북 완주, 옥녀봉(578m)에서

옥순봉, 너는 두향이를 아는가

월악산 영봉에
월악산 영봉에 달이 뜨면
퇴계 선생 그리워
옥순봉 향하여 일구월심
이제나 오시려나, 저제나 오시려나
오늘도 달을 품고 산다는 두향이

남한강 지천에
남한강 지천에 달이 지면
퇴계 선생 그리며
구담봉 향하여 오매불망
이제나 오시려나, 저제나 오시려나
오늘도 별을 품고 산다는 두향이

충주호 중천에
충주호 중천에 나룻배 뜨면
퇴계 선생 그리다 지쳐
강선대 향하여 백골난망
이제나 오시려나, 저제나 오시려나
오늘도 내일도 산을 품고 산다는 두향이

2017. 8. 27. 충북 단양, 옥순봉(286m)에서

와룡산에 반하고

머리 위에
기암괴석 알 박아 두르고
아흔아홉 연화봉 등줄기에 치장하고
유유자적 누워있는 용 앞에
태어난 사암(寺庵)과 지명(地名)은 몇인가

손가락 모자라 와룡산 절경도
한려수도 비경도 헤일 수 없구나

큰물 피해 앉은 한 마리 새처럼
새섬 바위에서 날개 접고 바라보니
산수(山水)는 절경이요 섬들은 비경이라
정상주(頂上酒) 한 잔으로 하늘을 난다

꽃잎 점점 뿌렸느냐
그림 그려 붙였느냐
동으로 통영 거제도 낭만이 넘치고
서로는 남해 금산의 추억이 흐르고
비 내리는 삼천포 장단에 사랑이 떠나갈 때

희끗희끗 흰머리 움켜쥐고

아직 떠나지 않은 잔설
겨울이 웅크리고 있는데
봄은 어디쯤 왔을까
봄 처녀 사뿐사뿐 깃털 날리며
저 멀리 남쪽바다 구름 타고 오시려나

다시 삼천포구 내려앉아 하산주(下山酒) 한 잔으로
봄비 소리에 놀랜 개구리 왕 눈처럼
빨간 토끼눈 되어 와룡산 진홍철쭉 피는 날
그대 고운 향기에 취해 헤매는 꿈을 꾼다

대전 산우(山友)여,
오늘 시 산제(始-山祭)에 담은 소망과 성심으로
신묘년(辛卯年) 여정
안산 즐산으로 내일도 행복해지는 꼴 좀 보자구요

2011. 2. 20. 경남 사천, 와룡산(799m)에서

용(龍)은 용문산에서 승천을

중국 황하강
잉어는 세찬 물살을 뛰어넘어
용문을 올라 용이 되고
용문산에 올라 승천을 꿈꾸었다면
선인들은 정상에 오르면 개천 개국을 꿈꾸고
초부는 지게를 벗는 꿈
민초는 걱정근심을 벗는 꿈
임금은 태평성대의 꿈을 꾸려나

금강산 발원한 물 북에서 왔다고 북한강
태백산 발원한 물 남에서 왔다고 남한강이라
두 물이 서로 만나 양평 양수리 두물머리요
아름다운 팔당 호수,
물이 넘치는 고장 무너미의 고장이라
두 물은 얼싸안고 한물로 화합하고
도도히 흘러 흘러가리니
오, 민족의 젖줄 한강이어라

강을 품은 산
세수골 들머리로
백 년 약수에 목을 축이고
하얀 눈밭을 헤치고

송곳 같은 백운봉을 오르니
거침없는 풍광에 상고대가 장관인데
백운봉의 걸린 구름은 그 누가 치웠는가

백두산에서 가져온 흙과 돌에
통일암(統一岩) 글자 새겨
여기 백운봉에 세우고
통일을 염원하는 자리에 내가 섰네

일상에 지치고 세월에 지친 몸
오늘 하루만이라도 세상 시름 다 잊고
산도 물도 흙도 하나로 이룬
문화와 예술의 고장
양평의 산과계곡 풍광에 취해보자꾸나

오른 만큼 내려가니 아까울세라
함왕봉이 기다리고 장군봉이 오라는데
하얀 암릉을 때리는 칼바람에 왼뺨은 얼고
눈을 넘고 오르는 숨소리는 해녀의 숨비 소리,
기암절벽 고산준령 웅장함에 묻히고
마침내 산정 용문산 품에 안기었네

아! 일망무제,
오르지 않고서야 어찌 알리요
서편의 유명산 동으로 중원산 도일봉이 한눈이고
발아래 용문 들녘 멀리 남한강 북한강이 유유하고
대패 밥 상고대와 은행잎 설치물이

코발트 하늘에 걸리었으니 어찌 하면 좋으리까

양평이라 용문산,
용문산에는 용문사
천 년 지기 은행나무를 모를 리 없다만
나는야 저 아래 용각골
마당바위에 올라 장기 한 수 두고
물안개 피는 북한강변을 나서면
하늘엔 패러글라이딩 강물엔 황포돛단배
문화예술의 향기에 바짓가랑이가 젖고
황순원 문학촌에서 소나기에 얼굴이 패여도
물과 꽃의 정원 세미원에 앉아 쉼표 하나 찍고 가리다

더는
시간이 더디면
물안개 공원에 서서
버드나무 붙들고 노래를 부르자

"우우우~~~
이른 아침에 잠에서 깨어
너를 바라볼 수 있다면
물안개 피는 강가에 서서
작은 미소로 너를 부르리
하루를 살아도 행복할 수 있다면~"

2013. 1. 27. 경기 양평, 용문산(1,157m)에서

용봉산에 용(龍)과 봉황(鳳凰)이 있어

높지 않아 겸손하고
크지 않아 정겨움은 새록새록
작아서 더 아름다운 산 용봉산
오, 작은 금강산 여기 있었네

우후죽순처럼 솟아오른 기암괴석
병풍바위 5형제바위 공룡바위 칼바위
솟대바위 행운바위 물개바위 의자바위
시시각각 천태만상
솟은 듯 꽂아 놓은 듯
보는 눈이 호사로다

여기 수석의 전시장
모두가 현란한 몸짓으로
비상하는 용트림에 봉황은 날개를 펴고
저 넓은 바다 세계를 향해
바다 건너 대륙을 향해 날아간다

오,
이, 상서러운 내포의 아침이여

충(忠)을 말하자면
고려 최영 장군을
조선의 절신 성삼문을
백야 김좌진 장군은
만해 한용운 선사를 모른다고 할 수야
의(義)를 말하려거든
윤봉길 의사를
그리고 900의총을 모른다 할 수야 없지 않은가
예(禮)를 말하려거든
추사 김정희 선생을
역사와 문화 영혼이 살아 숨 쉬는 곳 여기
내포의 중심에서 충 의 예 문무를 모른다고 할 수야

그러하기에
저 내포의 하늘 아래
웅비의 21세기 충남의 시대를 여는
용광로가 자리했음이요
오늘도 대망의 서해안시대를 꿈꾸며
또 하나의 역사를 준비하는 모습이 아름답지 아니한가

용봉사 미륵불 마애석불을 알현하고
덕산온천욕에 피로도 풀어 보고
남당항 대하에 새조개도 좋다마는
대천바다 천북 굴 맛에
주모(酒母)가 없어도 꿀맛이라
산우와 함께 먹는 맛이란

그래 이 맛이야
게 눈 감추듯 식(食) 하면
이보다 더 좋을 수가

둘이 먹다 하나 죽어도 몰라유~
충청도 아줌마 어때유~
귓전에 맴돌 제,
선착장 굴 망태 속으로 내포의 해가 숨는다

2015. 2. 15. 충남 홍성, 예산, 용봉산(381m)에서

우두산에서 의상대사를 만나다

우두산,
소머리를 닮은 돌부리 우두는
가야산 끝자락을 움켜쥐고
기암을 부르고 괴석으로 치장하더니
구봉(九峰)은 비계산 장군봉으로 하여
빼어난 용모를 자랑하고 있으니

여기에
의상 대사 참선에 드시니
아름다운 의상봉 생겨나고
고견사 도량 한가득 천 년의 향기에 도(道) 흘러갈 제,
저 쏟아지는 고견폭포소리에 탐욕도 날리고
어지러운 세상 번뇌도 씻어버리자고
오늘 나는 길을 두고 뫼로 가련다

애마는 일본왕가의 고향
수월리 들머리로 고견천을 거슬러 오르더니
이내 고견사 주차장에 주저앉는다

산하는 울울창창 푸르디푸른 옷 차려입고
저마다 푸른 향기 내어놓고

고견폭포에 마음까지도 씻어내라 하는데
좌로 가면 고견사요 우로 가면 마장 재라
마장재 입구부터 낙락장송 솔향기에 우리 님 향기를 부른다

마장재에 올라 북으로 이어지는 암릉구간
깎아서 만들었는가
주물러서 만들었는가
기기묘묘 기암괴석 암봉 군락 속을 비집고
암릉을 더듬어 오르고 암벽을 내리고 또 올라
가야산을 앞에 두고 우두산 산상의 바람을 마시려 하니
저 건너 우뚝 솟은 암봉 하나
의상봉이 웃는다

웃는 연유,
아마도 내가 반가워서가 아니겠는가
그리던 임이기에 보고팠던 임이기에
눈앞에 임의 모습
의상 대사를 알현하고서야 하산길이 이리도 즐겁구나

아름다운 의상봉 아래
좌불상에 합장하고 감로수에 감사하고
천 년 고찰 고견사 석불 앞에서 천 년의 시공을 뛰어 넘나들고
1000년 은행나무 밑에서 최치원 선생을 흠모하려니
오늘만큼 내게도 욕심이 과했는가

꽃을 본 지가 얼마 되었다고

임을 본 지가 얼마나 되었다고
꽃따라 님따라 나선길이 어제였는데
설레는 꽃은 짧아서 애틋하고
반짝이는 푸른 잎 향기는 길어서 서러워라

철모르고 핀 꽃에도 연민의 정은 남는가
어쩌다가 홀로 핀 네 모습이 더 아름다운 것은
밀물처럼 왔다가 썰물처럼 떠나는 화신보다는
끊어질 듯 이어지는 초원 위에 홍일점
철모르고 핀 철부지 같은 네가
나는 네가 더 좋더라

고견사 돌담 아래 화사한 꽃들의 향연 속에
홀로 피어있는 꽃
해맑은 모란꽃 한 송이가 발길을 잡는다

나 외로움에 지쳐있다고
나 그리움에 사무쳤다고
서러움에 북 받쳐 등이라도 돌리려 하는 중이라고
꽃잎 하나가 내 귀에 전한다

그래도 입가에 미소가 배어나오는 이유를
난 아직도 모른다

                    2014. 6. 1. 경남 거창, 우두산(별유산)(1,046m)에서

구름에 쌓인 운제산(雲梯山)의 기운을 보다

한반도 최동단에
가장 먼저 해가 뜨는 곳에서
그 옛날
원효대사가 원효암과 자장암을 짓고
구름다리 오가면서 수행정진 했던 세월을 본다

여기 손때 묻은 삿갓과 수저는 유한(有限)이요
그 설법은 무한할진저
고행의 발자취마다
오어사(吾魚寺) 오어지(吾魚池)에 녹아 흘러
저리도 고요하고 평화롭고 아름다울 수 있으랴

아! 천사백 년의 안식
오어지(池)에 비친 오어사와
절벽 위에 살포시 내려앉은 자장암의 자태
숨이 막힐 듯 선경의 세계로 가는데
더하여 달빛이라도 놀러 온다면
나는 이백(李白) 선생을 부르리라

운제산 산상 팔각정 정자에는
구름을 벗하여 세월을 기다리고

발아래 포항 시가지가 한눈일 터
구름을 머금어 볼 수가 없으니
신비의 세계 선경의 세계가 아니겠는가

저기 제철소 용광로는 한반도를 달구고
영일만 죽도의 사랑은 어디쯤
갈매기는 오늘도 낭만에 젖어 춤을 추고 있으려나

오, 토함산의 정기는
운제산에 올랐다가 영일만에 머무르니
호미곶 상생의 손에 비친 일출이
어찌 아름답지 않으리오

아름다운 산여계곡,
폭포바위는 운제산의 기운을 지키고
출렁이는 다리는 원효와 자장으로 가는 길,
엊그제 오신 부처님이 아직도 머물러 계신 듯
원색으로 나부끼는 연등의 날개는 여전한데
나는 그 길 위에서 구름을 붙들고
출렁이는 5월의 향기에 아카시아 향기에 젖는다

2013. 5. 19. 경북 포항, 운제산(482m)에서

진해 웅산에 봄이 오면

이 화창한 봄
하늘엔 흰 구름 흘러가고
땅에는 봄꽃 만발한데

진해만 바다 위에 꽃눈 내리고
원색의 상춘객은
벌 나비처럼 꽃 속을 헤매인다

저 멀리 시루봉이 보인다
누가 시루를 저기에 엎어 놓았을까
여인의 유두(乳頭)를 빼닮았구나

가까이보다는
멀리서 보는 원경이 더욱 아름다운 것을
숨 고르고 허둥대며 왔다가
안민고개 벚꽃 길에 취하고
시루봉 능선길 진달래 향기에 또 취했으니
나 어이하나

진해만 은빛바다 황금빛으로 물들 때
경화역 벚꽃터널

뿌우뿌우 기차가 오면
동화나라 가자 하고
떼나 한번 써 보리라

시루봉 초원을 걸어
다시 바다를 걷는다

여기가 대한민국
바다를 지키는 해군의 요람
오늘 군항제축제의 하늘에
힘찬 팡파르 울리며
그대는 벚꽃처럼 희고 고운 제복으로
아름다운 이 바다를 지켜주오

우린 그대들을 믿기에
전안함 폭침 1주기에 부쳐
먼저 가신 46용사 넋 기리며
분한 눈물 삼키고 영혼의 고향에서
하얀 꽃눈 쌓인 축제의 거리를
눈으로 밟고 우리는 가네

2011. 4. 10. 경남 진해, 창원, 웅산(710m) 시루봉(666m)에서

월봉산에 초록바람 불어오면

월봉산을 기대고 남령재에 앉아보니
좌로는 함양으로 가는 길
우로는 거창으로 가는 고갯마루
돌아서 오르니
오르는 능선을 따라
좌로는 거창이요 우로는 함양 땅인데
쉼표하나 느림표도 없이
처음부터 콧등으로 산이 와닿는다

푸른 하늘에 흰 구름 두둥실
풀 냄새에 초록바람 솔솔 불어오니
오호라, 나던 땀 바로 하늘로 날아가고
코끝에 이는 바람에 더덕향이 무성하나
어이 더덕은 보이지를 않는가

참으로 상쾌하고 시원하구나
바로 이 맛, 이 기분
누리는 자만의 행복만당인데
가벼운 숨 한번 쉬고 나니
수리덤 거대한 칼날 봉이 앞을 가로막으며
돌아서 오르라 한다

암봉 전망대 올라보니
아래의 풍광이 그림이고
암봉과 암벽을 구르며 날듯
밧줄에 달리고 당기고 오르니
언제 저기다가 누룩 빚어 쌓아 놓았더냐
누룩덤을 돌아 기어
월봉산정에 마침표를 찍는다

아! 좌로 보나 우로 보나 터진 조망에
가슴이 뻥 뚫린 듯하니
이제 수망령길 버리고 거망산은 눈으로 밟고
노상리를 향한 하산 길에 서서
계곡 아래 숨어있는 소리를 듣자꾸나

숨이 멎은 듯한 계곡,
원시의 푸른 이끼 켜켜이 붙이고
흐르는 골짜기 사이로
시리도록 맑은 물에 구르는 물소리에
떨어지는 낙수는
청정에 소리까지 청정이로구나

노상리 저수지가 풍요의 원천
산 다랑이 논에는 모내기가 제철이라
논둑 위에 벗어놓은 비닐 신발에 고단함이 묻어나는데
내 코는 어느새 찔레꽃 하얀 미소에 젖고
내 귀는 산들바람에

오디가 익어가는 소리가 들릴 제,

하얀 감자꽃 피는 마을

노상리 느티나무 그늘 속에는

이방인의 하산주 한잔 술

목 넘어가는 소리에

6월의 월봉산이 푸르러 짙어만 가누나

2013. 6. 2. 경남 함양, 거창, 월봉산(1,279m)에서

월악산 영봉(靈峰)에 서면

이리 가면 용하구곡
대미산을 달래놓고
월악리 들머리로 영봉으로 떠나자

월악산 노래비가 산님을 잡고
노래까지 불러대며 절골을 깨우는데
신륵사의 동안거 고요는
인적 없는 산사의 적막함 그대로
갑자기 외로움에 숨까지 멎더니
흐르는 계곡물 소리에 다시 깨어나고
가파른 안부에 물소리가 위안을 주건만
철 계단 코끝에 닿을세라
영봉에 당도하니
눈 아래 풍광은 천하의 비경이로다

아!
저 하늘 구름 위에 산
운해에 쌓인 산들의 파노라마
영봉을 두고 사방팔방으로 원을 그리며
모두가 읍소하듯 조아리고
겹겹이 너울대며 춤을 추고 있나니

신선이 따로 있다더냐
내가 지금 신선이 되었구나

발아래 눈 덮인 나목의 산군
말갈기능선의 굵은 선과 선 농담에서
근육질의 산 젊음의 산
이 모두가 대자연의 위용 앞에
아름다운 대자연의 서사시로다

동으로 도락산 문수봉 대미산 황정산 황장산
멀리 소백산 통신 탑까지
남으로 만수봉 신선봉 포암산 주흘산이 춤을 추고
서로는 박달산 추억이 살아나고
발아래 중봉 하봉의 조망은 어이하고
북으로 금수산 옥순봉 구담봉에 청풍호가 절승인데
청풍명월에 아름다운 산,
산중에 산이요 꽃 중에 꽃이려니
더하여
영봉에 달 걸려 월악(月嶽)이니
청풍호에 비친 너는 가히 절세가인이로다

나, 지금
월악에 취하고 영봉에 취했다만
월악산도 식후경
영봉 아래 주저앉아 성찬(聖餐)을 펼치고
정상주(頂上酒) 한 잔에 또 취했나니

무슨 낯으로 마애불은 어찌 볼 것인가
내가 덕주사 산승의 마음을 모르는데
산승은 마의태자 덕주공주 마음을 아시려는가

초부는 초부일 뿐,
그래 송계계곡으로 가자
덕주사에 머리 대고 덕주루에 눈을 들어
학소대 수경대에서 마음을 씻어보자

오, 나는 가리다
여름날에 영봉에 달뜨면
달빛에 얼굴이 그을리고
이슬에 발목이 서러워도
산양의 그림자가 밟힐지라도
송계계곡 주저앉아 산채박주 하나 놓고
솔향 덮고 하룻밤 지샌다고 어디가 덧이라도 난다더냐

내일이 입춘
어서 입춘방(立春榜) 써 붙이고
화사한 봄
님을 맞을 채비를 서두르자

2013. 2. 3. 충북 제천, 국립공원 월악산(1,097m)에서

월출산에 달이 뜬다

소백산맥 내달리다
남도 끝에 멈춰 선 곳,
금강산 그리워한 자락 펼쳤다네

천황사 들머리,
바위들의 위용은 감탄사를 깨우고
구름다리 까마득한 절경엔 현기증 불러오고
통천문 통과하니 하늘 아래 영암(靈巖)고을 한눈이라
아! 시원하구나

이리 봐도 기암이요
저리 봐도 괴석이라
기기 묘묘 황홀경에
오, 보다 죽을 영암이여,
천황봉 구정봉 사자봉 향로봉 장군봉
기암 엮어 영산(靈山)이로다

신비로다 조화로다
산상의 조각공원
남근바위 여근바위 사랑바위 만삭바위
통천문에 손오공 사오정

이름 있는 천태요 이름 없는 만상인데
수석(水石)의 전시장 천황봉 올라보니
여기는 천상(天上)의 쉼터로구나

정상에 오른 산꾼들의 광장
손잡고 강강수월래 돌고 돌아
영암 아리랑 불러보자꾸나

"달이 뜬다~ 달이 뜬다~
둥근~ 둥근~ 달이 뜬다~"

빼어난 영산 위에
휘영청 달 밝은 월출산에
사랑은 달을 품고 그리움에 별을 헤며
일구월심(日久月深) 사랑 찾아
입 벌린 너
베틀 굴(女根)이여

음수(陰水)는 고여 음혈(陰穴)은 가득할 사
천황봉 바라보다 남근석(男根石) 바라보다
음기 충만(陰氣充滿) 주체 못 해
산정(山頂)에 구정(九井) 남겨
구정봉(九井峰) 되었느냐

경포대 오리계곡 물소리 새소리에
곧게 뻗은 편백나무 하늘을 찌르고

푸릇푸릇 동백나무 세월을 꿈꾸는데
도선국사 왕인박사 발자취 그리려니
지는 해 홍시 되어 초승달 불러놓고 가는구나

아직도 월출산 산마루 기억은 생생한데
산골 정자 아래 애마(愛馬)는 가자 하고
산꾼은 오던 길 모르고 세월만 마시네

2011. 11. 27. 전남 영암, 강진, 월출산(809m)에서

유명산(마유산) 가는 길 단비가 내린다

천신에게 무릎 꿇고
용신에게 손을 빌어
목 타는 대지 위에 한줄기 소나기를 뿌려 주시오소서
목마른 가슴에 한 모금의 물을 영혼의 물을 주시오소서

유명산 가는 길에
하늘도 감응을 하셨음인가
오십 년 백 년 만의 가뭄에 단비가 내린다
이 어찌 반갑지 않으리까

용문산이 백운봉이 품어서 부드럽더니
소구니 어비산이 곁에 있어 편안한 산
흐르는 계곡물
용문산이 내어놓은 물 유명산을 흐르는데 어비산이 보태주니
십리 길 굽이굽이 흐르는 입구지 계곡수는
가족 산행 물놀이에 하루가 짧기만 하고
정상을 오르니 소백산 정상이 여기도 있더라

말이 뛰어놀던 초지에는
개망초 하얀 꽃들이 만산을 이루고
마유산(馬遊山) 본명을 찾아 달라 하고

가을이면 억새 우는 소리를 들어보란다

멀리 용문산 백운봉이 운무에 가려 신비감을 주고
대부산 주변엔 행글라이더의 비행이
천지를 아름답게 수(繡)를 놓는다

2012. 7. 1. 경기 가평, 양평, 유명산(864m)에서

이구산에서 공자(孔子)의 음성을

공자가 태어난 산이 이구라
공자를 흠미하며 살아온 선비의 고장에서
유생으로 하여금 이 산도 이구산이라 이름 지어 전해 오는데
이제부터 선황사 들머리로 이구산으로 가자

아담한 선황사
산을 두른 포근함에 고요가 내리고
커다란 단풍나무 한 그루가
한껏 단풍에 취해 뽐내듯 경내를 지키고 있는데
계단을 오르며 이내 닿은 성황당산에는
운동기구 내어놓고 몸도 풀고 가라 한다

사천시에서 거행하는
제21회 성황당 산성제를 봉행한 날이 엊그제라
단군좌상의 위엄에 절로 두 손이 모아지니
이제부터 허리를 펴고 걸어가자

솜털같이 부드럽고
양털처럼 따사로운 가을 햇살에
굴러도 좋을 부드러운 등로 위를
나그네 마음으로 가을로 가을 속으로 걸어간다

지천으로 떨어진 가을 군상
떨어진 낙엽을 밟고 가는 나그네는
바스락대는 가을 소리가 좋아
꿈을 꾸듯 귀를 세우고 걷는데
어디선가 음성이 들린다

子(자) 曰(왈)
위선자는 천보지이복하고
위불 선자는 천보지이화니라
착한 일을 하는 사람은 하늘이 복을 주고
착하지 않은 사람은 하늘에서 재앙을 준다

또다시
인자요산 지자요수라
어진 이는 산을 좋아하고
지혜로운 자는 물을 좋아한다는 음성이 들려오더니
이내 이구산 정상에 나를 데려다 놓는다

아, 조금은 가스가 머문 하늘
눈 아래 사천 강이 굽이돌고
멀리는 사천만이 어렴풋한데
정자 옆 나무쉼터가 넓어서
산상 성찬을 즐기기에 더없이 좋으니
정상주 한 잔에 허기를 메우고
구룡지에 눈을 씻고
상사바위의 전설을 뒤로하고

고려 현종 부자 상봉하던 길,
고자고개마루 고자정(顧子亭)에 앉아
가는 가을을 부여잡고 애원이나 한번 해보자꾸나

오늘의 마지막 등정 흥무산에 올라
팔 벌려 사천 땅을 안아보고
한티 재를 내려서서 삼천포구 주막으로 달려가자

걷는 걸음마다 발길에 차이는 가을 소리에 귀 열고
참나무 소나무향기가 좋은 숲속에 코 묻고
억새가 춤추는 석양빛 노을에 눈이 무르니
오늘은 나도 별수 없는 유산객(遊山客)이 되었나 보다

2016. 11. 20. 경남 사천, 이구산(370m) 흥무산(452.5m)에서

보성에 가면 일림산을 올라 녹차 밭을 걸어보자

보성에 가면 일림산을 올라보자
철쭉꽃 붉은 사연 녹차골 녹색 이야기 품고서
보성하늘이 맑은지 보성만 바다가 푸른지
즐거울 때나 외로울 때나 오봉리 열화정에 앉아
한 맺힌 여인의 소리 서편제 한마당 풍류에 날리고
그대와 둘이서 서럽던 이야기 작설차 찻잔에 풀어내고
도란도란 산우님들 지난날들일랑 정말이지 잊지 말자고요

보성에 가면 녹차 밭을 걸어보자
녹차향 푸른 사연 사랑의 붉은 이야기 품고서
회룡다원이 고운지 대한다원이 푸른지
푸르른 날에도 달 밝은 날에도 차 문화 공원 다향축제에 나와
득량만 청보리축제에 누워 지나간 추억을 삼키고
그대와 둘이서 사랑 이야기 작설차 찻잔에 녹여내고
옹기종기 산우님들 지난날들일랑 정말이지 잊지 말자고요

신이 내린 선물, 최고의 선물
아주 먼 그곳, 그리운 향기
태곳적 그리움이 녹아나는 그윽한 향기
서러움이 밀려오는 푸른 듯 여린 향기를 찾아
보성에 가면 일림산을 올라 녹차 밭을 걸어보자

2015. 5. 10. 전남 보성, 일림산(667.5m) 녹차 골에서

영월 장산은 내게 오라 하지 않았는데

신(神)이 내린 강원도,
산 첩첩 물 첩첩 사이로
가느다란 철길 흐르고
수라리 꼬부랑 산길 돌아
시(詩)와 별 동강이 흐르는 영월 땅,
산골마다 배추밭 초원을 끌어안고
장산(壯山)에 왔네

조릿대 푸른 융단 위에서
전나무 잣나무의 사열을 받으며
순박하고 지순한 너의 모습에서
더욱 장산의 하늘은 청명하리니
찌르면 푸른 물 왈칵 쏟아질 것 같고
오지 원시 숲은 더욱 청초하리니
움켜쥐면 푸른 물 뚝뚝 떨어지것다

여기 태고의 숨소리에 세월의 이끼는 더해가고
골골이 흐르는 물줄기는 동강에 묻혀
아픈 역사 숨은 비경 간직한 채
뗏사공 애절한 노랫소리도 멈춘 지 오래일세

정상 전망대 오르니 구름 위에 신선 선경이로다
동북으로 함백산 동남으로 태백산을 이웃하고
청옥산 백운산 매봉산을 지척에 두었으나
구름은 한사코 다 보여줄 수 없다며
햇살 고운 단풍철에 다시 오라 하네

오, 장산은 내게 오라 하지 않았는데
장산은 내게 부드러움을 내어주고 말없이 끌어안아주었는데
나는야 찌든 때 묻히고 가노니 어이할거나

옥동천 옥계청류
솔향기 코끝에 맴도는 사각정(亭)에서
묵 한 사발 처먹고 탁배기 한 잔 술로
김삿갓 선생을 그리며
땅거미 깔리는 옥동천 구비길 따라
산꾼은 가네

2011. 9. 18. 강원 영월, 장산(1,048m)에서

장자산에서 불러보는 6월의 노래

장자산 언덕에 서서
항도부산 시가지의 위용에 눈물이 고여
건너편 동백섬을 바라다본다

젊음의 낭만이 있는 곳,
송림 사이로 펼쳐진 바다의 향연
해운대 백사장엔 청춘의 바다가 넘나들고
옆으로는 수영만을 가로지르는 광안대교의 위용이 한눈인데
발아래 갈맷길 위에 트레킹을 즐기는 인파 속에는
공룡의 발자국을 따라가는가

왜장을 끌어안고 바다로 뛰어든
두 명의 의기(義技)를 보자던
의기대공원 해변길을 따라가는 인파
밤이면 반딧불이에 허둥대고 광안대교의 야경에 눈멀고 나면
오륙도 해맞이공원에서 찬란한 일출에 눈 뜨고
바다 위에 떠있는 요트의 그림자에 이국의 그리움까지도 불러내고
풀풀 나는 수상모터보트 물보라에 파도가 머물다간 자리엔
내 먼 그리움 서러움까지도 불러내어 죄다 씻어 내린다

나 여기만 오면 어린애 되는 이유

수영만 머리 위에 나는 갈매기에 물어보고
오륙도 등대를 돌아가는 연락선을 붙잡고 물어볼까나
어느새 입가에 돌아와요 부산항 노래가 새어 나온다

"꽃피는 동백섬에 봄이 왔건만
형제 떠난 부산항에 갈매기만 슬피 우네
오륙도 돌아가는 연락선마다
목메어 불러 봐도 대답 없는 내 형제여
돌아와요 부산항에 그리운 내 형제여"

언제이던가
어느 곳이던가

비린내 나는 부둣가에서
살아있기에 그 자리에 있을 뿐
살아있기에 꿈틀거리고 살아있기에 산다는
이유 같지 않은 이유
헤진 생명줄 하나에도 창백한 내일은 없다고
메마른 눈가에 가느다란 희망은 있었나

밀리면 수영만에
떨어지면 오륙도 앞바다 속인데
나라의 위기 절체절명의 순간을
아이야 너는 아는가
그때의 메말랐던 바다 처절했던 바다를

이제 풍요의 바다 낭만의 바다 희망의 바다가 되었나니
그래 묻어두고 살자 그러나 잊지는 말자
그날의 6.25 상흔들을
6월이면 부르는 노래 그 노래를 불러보자

"한 많은 피난살이 설움도 많아
그래도 잊지 못할 판잣집이요
경상도 사투리의 아가씨가 슬피 우네
이별의 부산정거장" (이별의 부산정거장)

"~일가친척 없는 몸이 지금은 무엇을 하나
이 내 몸은 국제시장 장사치기다
금순아 보고 싶구나 고향꿈도 그리워진다
영도다리 난간 위에 초생달만 외로이 떴다" (굳세어라 금순아)

그래 아이야
밥투정은 해도
밥상은 엎지 마라
네가 키워준 부모 조국에 감사해라
그리고 네가 커서 네 아이에게도 똑같은 이야기를 들려주어라
아니 그때쯤이면 아마도 너는 태평성대에 살 것이리라
그때 다시 네 부모 조국에 감사해라

2014. 6. 15. 부산, 장자산(225m)에서

장태산을 나오니 보문산 풍악소리가

한밭 벌 최남단,
장태산이 솟아
대둔산 정기(精氣)를 이어받고 수기(水氣)도 함께 흐르게 하니
용태울 계곡에 숨 고르고 매노천을 흘러
노루벌 노루궁둥이를 적시고 갑천으로 흘러흘러
한밭 벌 둔산 시대를 꽃피우고
크고 넉넉한 마음으로 편안히 숨 쉬고 있는 너
장하고 장하도다, 장태산
이제 너도 할 일을 다 했으니 태평성대를 누리거라

포근하고 아늑한 여기
울울창창 우거진 숲에는
숲속에 왕자 공주님이 다 모여
고사리손 내저으며 숲을 노래하고
곤충의 세계 식물의 세계 숲을 체험하고
놀이터에서 체력단련장에서
숲속 스카이타워 어드벤처에서 삼림욕에 해 가는 줄 모르고
젊음이 속삭이는 사랑노래 취해도 보고
열심히 일한 자의 아름다운 중년의 휴식에
오솔길에서 정자에서 사색을 불러 놓고
호젓한 산막 하루의 여정을 지켜보는 너

붉은 노을 앞에 선 노년의 여유까지 지켜보거라

메타세쿼이아 가문비나무의 거대한 몸짓 사이로
잎사귀의 속삭임에 이국의 설렘에
참나무 떡갈나무 나부끼는 고향 언덕의 그리움에
호젓한 두메산골 오솔길에 할머니의 이야기가
고개 넘어 마실 간 어머니가 오시던 그 길처럼 그리움이 남는 곳
언제나 포근한 고향 같은 길

삶이 팍팍해질 때
떠나거라, 여유로울 때도

그리움이 밀려올 때면
떠나거라, 외로울 때에도

이유도 없이 서러울 때면
토큰 하나 들고 장태산 숲으로 떠나거라

그래도 서럽거든
숲속 힐링음악회가 있는 보문산
보문산으로 떠나거라

밤하늘에 울려 퍼지는 아름다운 선율에 실어
아름다운 금강산을 목청껏 부르고
사람이 꽃보다 아름다워 노래를 외치고 나면
아마도 흥분이 사라지기도 전에

아마도 서러움도 함께 사라질 것이리라

인생 뭐 있어?

2014. 8. 31. 대전, 충남 금산, 논산, 장태산(374m)에서

적상산에 병신년(丙申年)을 부탁하고

무주라 적상면,
사천리 들머리에 발을 대고
눈을 들어 하늘을 보니
하늘 아래 병풍산이 포근해서 좋고
마을 입구의 풍광도 더하여 좋으니
적상산 신령님께 제를 올리고 병신년 첫 등정으로 장도(長途)에 오른다

이름도 없고 설명도 없는
지붕 아래 괴이한 바위
마을 앞에 모셔놓은 연유는
묻지 않아도 아마도 수호신일 것이니라

마을 정자 옆에 노거수
520년의 세월이 지나갔건만
아직도 지칠 줄 모르고 세월아 오라 하는데
저기,
의병장 장지현 장군을 지키고 있는
빼어난 미모의 노송 장군송을 보라
화려한 듯 단아하게 홀로 서서 하늘을 떠받들고 있는
저 위용과 위엄
나를 또 한 번 놀라게 하니

오, 그 세월도 420년이라 하니
이 몸은 어디에다 비할 바 없으니
경외감이 절로 탄성이 절로 터져 나온다

돌계단이 대수인가
지그재그 산허리 춤으로
여인의 빛바랜 치마 속 붉은 치마폭으로
자꾸만 빨려 들어갈 제
하늘을 찌르는 거대한 바위가
내 가는 길을 막는다

이름 하여 장도바위
민란을 평정하고 개선하던 최영 장군이
상경하던 길에 가로 막아선 바위를 보자,
장도(長刀)로 내리쳐 빠져나갔다는
안내판을 등지고 오르니 이제부터 눈밭이다

적상산성 성벽 서문을 들어서니
내 집에 온 듯 평화로움 속에
천혜의 요새 원시림이 다가오고
굴참나무 울울창창 갈참나무숲에는
울퉁불퉁 옹이가 부풀어 터진 괴목이 장승처럼 서있다

덕지덕지 패이고 꺾이고 꼬인 풍상의 세월
그 아픔 인고의 시간은 얼마일까
세어보노라니 이내 정상 향로봉에 닿는다

오, 사방을 볼 수가 없는 연무에
상상의 나래를 펼쳐보고
이내 돌아서 나오는 갈림길에
안렴대에서 맞은 농무 속 나목은
한 폭의 수묵화를 떠올리게 하고
동안거의 안국사는 인적 없는 산사
농무에 묻힌 산사야말로 천상천하 신비로운 선계 그 자체로다

산사도 잠자고
산정호수도 잠자고
오, 서럽도록 고요하기만 하고
깊은 잠 정적을 깨우는 유일한 소리
오직 내 발자국 소리뿐
송구한 마음에 까치발걸음으로 빠져나올 제
호국사 안국사에 눈이 내린다

2016. 1. 17. 전북 무주, 덕유산 국립공원 적상산(1,038m)에서

불교의 성지, 조계산을 가다

순천자(順天者)는 흥(興)이요
역천자(逆天者)는 망(亡)이니라
천리(天理)를 따르는 자 오래 번성하고
천리를 거스리는 자 망한다 했던가

하늘을 거스르지 않는 땅
산세도 부드럽고 온화하고
숲도 계곡도 아름답고 포근하니
예가 바로 순천(順天)고을 조계산이라네

호남정맥 장군봉 능선을 두고
서쪽은 송광사(松廣寺)요 동쪽은 선암사(仙巖寺)라
한국불교의 양대 가람(伽藍)이요
16국사(國師) 배출하니
삼보(三寶) 중에 승보(僧寶)종찰 송광사가 빛나고
월출봉 장군봉 깃대봉 일월석에 쌓여있는 선암사는
태고의 신비를 간직한 채
선계(仙界)의 도량이라 자랑이니
물소리 새소리에 마음을 열고
선암사로 가자꾸나

오, 강선루(降仙樓) 품에 안은
승선교(昇仙橋)의 풍광을 보라
돌다리가 아름다워 보물인 승선교
이곳이 바로 선계(仙界)의 시작임을 알릴지니
선암사 계곡물에 손을 씻고
삼인당 연못에 마음을 씻고
석정 감로수 한 모금에 내면을 씻고
참선(參禪)에 들라 하는구나

우뚝 솟은 장군봉은
따사로운 아침 햇살에 미소를 머금고
위풍당당한 모습에
인자한 덕장(德將)의 모습으로 다가오고
천 년의 이끼 위에 산사(山寺)는
편백나무 향기에 또 천 년을 기다리며
녹차 밭 그늘엔 불심만이 흐르는구나

송광사로 가자
산죽(山竹)밭 헤치고
천년불심(千年佛心) 길 위에서
질긴 호흡 장군봉에 토해내고
연산봉에 올라 세상번뇌 망상 내려놓고
천자암(天子庵) 쌍향수(雙香樹)에 탐욕을 불사르고 나면
송광사가 어서 들라 팔 벌려 안아 주리니
해가 기울기 전에
넓은 도량으로 가자

계곡을 베고 누운 침계루

능허교 위의 우화각

모든 것 비우고 허공으로 건너오라는 능허교 위에는

깃털처럼 가벼운 우화 각이

두 다리 물에 담그고

거울 같은 물가에 접한 임경당의 모습은

아! 이곳이 바로 선계로다

나, 눈으로 가슴으로 영혼으로 담아내리니

고색창연하고 아름다운 모습에

잠시라도 시간을 멈출 수 있다면

아니 잠시라도 머물 수 있음에 감사하자

산우여,

갈대밭 순천만 갯벌의 속삭임

농게의 분주한 손짓을

오늘만은 외면하자꾸나

2012. 11. 25. 전남 순천, 조계산(884m)에서

종남산 진달래도 피었는데

겨우내 쌓였던
시린 먼지 털어내고
계절 화가는
캔버스 하나 둘러매고
밀양 땅 종남산으로 떠난다

바다 건너 탐라국 꽃소식에 귀를 열고
붓 끝에 분홍빛 물감을 적신다
미끈한 산등성이에
아래에서 위로
조붓한 골짜기에도
점점으로 꽃을 피워낸다

꽃잎도 하나 꽃술도 하나둘
천천히 그리고 서둘러
부풀어 타는 마음
구름에 피어날 제,
온 산이 불붙어 타오른다

두려움에 떨던 화가는
허둥대며

물감통을 엎질러 놓는다

꿈이 아닌 저 산마루
오,
종남산 산상에 내린 봄의 화신이여,
불타는 꽃산에
여심(女心)이 녹아내리고
팔봉산 자락
남산지(池)에 꽃비 내리는 날
그때 연록의 향기로 다시 피어나리니
아! 꽃잎에 눕고 싶어라

이제 참꽃(진달래)이 피고 지면
개꽃(철쭉)이 피어나리니
오늘 축제에 또 다른 벌 나비는
원색의 탐방객과 산님들이로다

산정에 올라보자
저 멀리
북으로 화악산 연무에 숨고
동으로 만어산 남으로 덕대산
서로는 화왕산 영취산에
영남알프스의 하늘 금이 선경인데
지나가는 꽃샘 비바람이 무슨 대수인가

저기,

남천강 흘러 섬마을을 감돌아

초록의 바둑판 상남들녘이 저리 아름답고

유장한 물줄기 낙동강이 굽이쳐 돌아가는데

아리랑 한 자락에 영남루도 감돌아 가는데

얄미운 우리 님은

언제 다시

내 곁을

감돌려나

2013. 4. 14. 경남 밀양, 종남산(663m) 진달래꽃축제에서

화산용암이 주왕산을 만들다

멀고도 아주 먼 옛날
청송하늘에 불기둥 구름 재 일더니
화산용암은 흐르고 굳어
기암 괴봉 만들어 놓고
억겁의 세월로 깎고 다듬어
여기 백두대간 등줄기
낙동정맥에 우뚝 세워놨다네

그 기상 하늘을 찌르고
그 기운 주방천 절골 월외 계곡에 휘감아 도니
아름다운 비경에 영혼이 흐르는 세계
주왕의 전설이 있는 그곳으로
1억 7천만 년 전 시간 속으로 빠져본다

월외 계곡 들머리
눈 위에 산(山)도
발아래 계곡 물도 오색의 물결 되어 구르니
단풍은 제멋에 겨워 만추(晩秋)로 달리고
물속에 가을은 흥에 젖어 춤을 추노니
꽃보다 잎이 저렇게 아름다운 줄은
예전에 미처 몰랐었네

계곡을 거슬러
금은광이 산정으로 가자
원시부족을 만날 것 같은 흥분과 두려움으로 산정에 오르니
내리는 주방천도 태곳적 원시의 땅
장군봉 아래 기암(旗岩)의 위용에 압도된 채
제3 용연폭포로 간다

절구폭 용추폭에 눈을 씻고
학소대 급수대 석병암 기암절벽에 한기를 느끼고
시루봉과 기암 자태에 동공이 어지러우니
발길도 바쁘고 눈길은 더더욱 바쁘지만
주왕암 주왕굴을 아니 보고 갈 수야 있나

그곳엔 주왕의 슬픈 전설이 흐르는 곳
절벽을 타고 흘러내리는 물줄기에
슬픔도 내린다

오, 주방천 계곡에 물들어
6봉에 5암 3굴 4폭 4계곡 다 못 보고
천 년 고찰 대전사(大典寺) 경내에 발길을 묶고
다시 한번 기암을 본다

화산이 준 축복 천상의 세계
누군가는 말한다
화산은 대지의 창조자
재앙과 축복을 동시에 준다지만

화산이 있기에 지구가 살아있다 했단다

저, 화산의 작품
돌로 병풍을 둘렀다 해 석병산(石屛山)이라 하더니
신라 말 당(唐)의 주왕(周王)이 은거했다 해서 주왕산이라 한다는데
봄이면 협곡에 수달래 꽃잎 띄워 주왕을 달래고
여름이면 청송암반에 누워
가을이면 계곡단풍에 젖어
겨울이면 하얀 폭포 물기둥 붙들고 산다네

주산지(注山池) 왕 버들아
너는 선목(仙木)
천 년의 평화 천 년의 안식을 위해
속세를 떠나 선경이 되고파
물이 그리워
물속에 다리를 묻고 고요하게 살고픈 것이냐

오, 여기는 몽환적 선인(仙人)의 세계
청송은 신선의 고장이려오

2012. 10. 28. 경북 청송, 영덕군, 주왕산(722m)에서

화려한 보석산, 주작산을 가다

화려한 보석
바위들의 속삭임
진달래가 붉어서 주작산이련가

톱날 같은 암봉의 군락 쓸어안고
밧줄에 매달려도 좋고
네발로 기어도 좋아
바지는 개구쟁이 바지
엉덩이는 흙강아지
오, 굴러도 좋을 암릉이여

기암에 놀라고 괴석에 흥분하고
바위 숲을 헤치고
산죽밭길을 따라
화려한 진달래 터널 속으로
동백꽃 숲속으로 자꾸만 빠져만 간다

이리 보면 악어의 입
저리 보면 쪽배요
주작산을 지키는 담비는
덕룡산을 바라보고 북쪽을 응시하고

곡사포 바위는 강진만을 향해 포문을 열고
아름다운 붉은 봉황을 지키려 하는구나

얼마를 올랐는지
얼마를 내렸는지도 몰라
넘어도 암봉 넘어도 암릉
그 끝을 모르나니
앞을 보면 절경이요
돌아보면 비경이라
천상의 화원에 보석을 찾으려는
원색의 산님도 인산인해
화려한 암봉 사이로 함몰되어가누나

이제야 알 것 같네
암릉 지나 주작산 올라보니
정수리는 여기요
작천소령은 모가지요
왼쪽 날개는 덕룡산 암릉이요
오른쪽 날개는 주작산 암릉인데,
주작산 정상 아래 두 개의 암봉
붉은 바위는 눈이요
끝머리는 주둥이로
붉은 봉황은 수양리 봉양제 물을 먹고
강진만을 향해 비상하는 형상이 아니겠는가

정상석이 작은 이유도

이제는 알 것 같네
너무 무거우면 날지를 못함일러라

산우여,
어제 본 두륜산 완도의 상황봉은
한참 후에야
그리워지면 또 올 것이로되
코앞에 덕룡산은 애마(愛馬)가 우니
설운마음이야 어찌 모르리오만
그만,
하산주(下山酒) 한 잔에 마음도 푸시자구요

2013. 4. 21. 전남 강진, 해남, 주작산(475m)에서

지룡산에는 사계절이

세찬 바람 바람재에
암벽 타고 뿌린 낙수(落水)
나뭇가지마다 고드름 여는데
어이해 진달래꽃 철모르고
즐기며 피었는가

이제
화가의 붓끝에는
화려했던 가을 채색을 털고
무채색 물감을 찍으려 하는데
바람은 코끝을 후비며 겨울로 가자 하네

정상의 성찬은 낙엽 속에 성찬
푹신한 낙엽에 주저앉아
도시락 열고 나니
체할세라 낙엽부터 떨어지네

맑은 삶으로 가는 길,
내원암 절벽 길에 진달래꽃
또 한 번 유혹하더니
청신암 암자 건너 계곡엔

웬 목련화가 피었는가

꿈은 아닐진대
봄도 보고 여름도 가을 겨울도 보니
일 년 사계(四季) 한곳에 있어 좋고
운문사 쳐진 소나무 좋아
어화, 어화 디야 상사디야

석양에 비친 연화봉 아래
내원암의 고요는 무심(無心)무시(無時)로다
집 떠난 나그네 그리움에 사무치듯
찬바람 이는 가을 끝에는
어머니를 향한 그리움에 떨게 하는데
차라리 내 영혼을 살찌게 하였으니
나그네는 행복에 겨워 속으로 우네

송죽(松竹)으로 팔 벌려
궁 속에 않았으니 여기가 극락인데
공양간 난간 위엔 메주가 꾸덕꾸덕
장맛을 꿈꾸며 메주가 익어가는 소리가
마른 감나무 가지엔
감이 주렁주렁 늦가을 꽃으로 남으려 하나
홍시도 메주도 스님의 입맛을 따라 가려 하네

아, 고향이고 싶다

2011. 11. 20. 경북 청도, 지룡산(659m)에서

지리산 노고단에 서서

산이 크고 높다 하니
골이 깊을세라
노고단 천왕봉 이어지는 100리길 용마루에
삼도(三道)의 지붕 아래 6고을 거느리니
천 년 고찰은 몇이며 국보 보물은 헤아리기 어려워라
가히 이곳이 거대한 산국(山國)이로구나
        '

가도 가도 산이요
보아도 보이느니 산, 산, 산,
내 하나의 육신은 어디에다 붙일거나

아! 민족의 영산(靈山)
태고의 전설이 서린 곳
통한과 비운의 세월이 녹아 있었다는 사실을
아이야,
너는 아는가
그 아픈 생채기 아직도 선명한 시간에 서서
빛바랜 흔적만이라도 있을 뭔가를 위해
잠시 옷깃을 여미며 섰노라

아이야,

너는 오늘도 환한 얼굴로
조릿대 하늘거림에
산수유 향기에 젖어
행복에 넘치고도 또 다른 행복 찾아 나서려 들겠지

나 또한 오늘,
산수유 향기 나는 이십 리 화엄 계곡에 묻혀
청량한 물소리 새소리
바람결 구름에 누워
세월 가는 소리 들었다네

하늘 가린 대나무 숲 사이
돌 밭길 돌계단 따라
고행 밟고 수행으로 가는 길 위에서
흐르는 땀 날리고
참 샘터 물 한 모금에 생기를 찾는다

쏟아지는 폭포 위 넓은 바위에
잠시 세상 번뇌와 탐욕 무거운 짐 내려놓고
천상의 소리 듣자 하니
예가 바로 집선대가 아니더냐

보아라
저, 화엄계곡의 아름다운 풍광과 생명의 환희를
어리석은 자 머물면 지혜로워진다고 하지 않았는가

들리느냐,

저, 화려한 봄의 춤사위에

면면히 흐르는 섬진강 맑은 물 속삭임의 소리를

이 땅에 자손만대 부귀와 영화를 위해

너와 나 그리고 우리의 진한 영혼 속에

영원히 흘러가는 소리

그 소리를

2010. 3. 21. 경남 함양, 산청, 하동, 전남 구례, 전북 남원,

지리산(1,915m) 노고단(1,507m)에서

지리산 둘레길 따라 인월에서 금계까지 가보자

남원이라 인월 땅에,
타고 온 말 함양 금계로 보내 놓고
인월정(引月亭)에 앉아 여정(旅程)을 물어보고
돌아서 걷는 길에
실개천 백로는 벌써 나와
환영의 나래 펼치고 안내 비행을 하니
오, 이 아니 즐겁지 않으리오

즐거움은 배가되고
빨간 화살표만 보고 가라는
이정목도 친절하고 이정표도 예쁘니
오호라, 분명 오늘의 여정이 유쾌 상쾌하리로다

실개천 따라 인월천 흘러가는 대로
천천히 발길을 당기며
익살스런 중군마을 벽화에 화답하고
달 오름길에 수성대 배너미재 오르며
지리의 품 안으로 빨려가듯 안긴다

싸락눈이 아니어도 낙엽송 고운 길에
솔잎 풍성한 방석 길에

떡갈나무 잎도 가랑잎도 푸근한 융단 길 위에도
바람은 청초에 묻어 청아한 맛으로 다가오니
절로 걸음은 사뿐사뿐
마음은 둥실 두둥실 뜬구름이라네

장항마을 눈에 드니
지리(智異)를 떠난 듯싶었지만
또다시 지리(智異)에 안기고
오르고 돌고 내리고 돌아 걷는 길,
길가에 고사리 밭에 뒹굴고 싶어질 때
하얀 억새 나부끼는 언덕에 앉아 사색에 젖어 보고 싶고
주렁주렁 홍시로 가는 감나무에 겨워
지필묵에 가을을 꺼내고 싶어질 때
빨간 홍시 한입에 가을을 베어 먹고 위안에 우쭐거리기도

아, 지금
지리(智異)는 만산홍엽에 황금 산,
홍시로 찍어 발랐는가
황금으로 덧칠을 했는가
형형색색으로 수놓아 황금물결을 이루고
가는 곳마다 가을의 영혼이
다투듯 웅성거리며 영원한 추국(秋國) 천국(天國)으로 가려 하는데
석양에 이글거리는 너, 지리(智異)의 앞에서
난 그만 몸서리를 치고 만다

산기슭 다랑이 논이 정겹다면

이어진 정겨운 마을풍경은 어찌하고
논둑 길 걸어가며 둥구재 오르는 길,
함양과 남원의 길목에 서서
등짐 지고 오르던 산촌 촌로의 얼굴이 떠오를 제
길섶에는 나 보라는 듯
쑥부쟁이 나와 반기고
오솔길 거리거리에 순박한 민박촌의 손짓에
웃음을 건네고 걷는다

금계마을에 하산을 하여
아이들 소리 사라진 폐교 교실 안은
낡아 지워진 교무실 글자가 고무신이 되어있어도
오늘은 산우들의 뒤풀이 소리로 교실 안을 채우고
창문너머 석양빛 칠선계곡 가는 길로 넘치니
지리산 둘레길이 더없이 아름답기만 하구나

산우여, 지금
창문 너머 지리(地理)의 가을이 한창인데
오던 길 돌려 가려니
애타는 마음
애마(愛馬) 너는 알 거야

2013. 11. 10. 지리산 둘레길(3코스) 남원, 인월-함양, 금계 (19.3km거리)

지리산 만복대에서 만복을 누리다

볼수록 아름다운 산촌,
낯익은 덕동계곡 달궁마을 자동차 야영장이 여유만만이라
꼬부랑 고갯길 헐떡이며
성삼재를 오르는 애마는 너무도 힘겨워 보이지만
낙엽 한 잎에 묻히는 논바닥
산비탈 다랭이 논에는 벌써
노란 가을이 내려와 앉아있는데
빨간 사과 향 풀풀 나는 바람 골에는
노란 땡감 감물도 들었더라

여기 빨강 노랑 바람을 타고
새록새록 내 가슴을 파고드니
내 빨간 볼에 사과 향기가
내 노란 가슴에 감물도 들었더라

한 눈으로 어림없다,
두 눈으로 보아야 보이는 산
넓어서 큰 산
지리의 넓은 품 안으로
어머니의 품속 같은 곳으로 가는 길,
오늘따라 어머니의 품속으로 가는 예감이 좋다

언제라도 넉넉하고
어디라도 편안하고
등 뒤에서 비비고 굴러도 좋을
가슴속으로 파고드는 품속은 더 좋으니
올라도 좋고 내려앉아서도 좋고
그냥 마냥 주저앉고 싶은
그래서 아무 데나 어디라도 좋다

산죽 밭 사이로 내민 하늘이 곱고
철쭉능선에 하얀 억새의 춤사위 저편
고리봉에 앉아 쉬어가고
만복대에 올라 하늘을 우러러 한 모금
만복을 마시고 취하고 정령치에 내려
팔 벌려 산야를 향해 한 모금의 호연지기도 마신다

구름은 저 멀리에
청명한 하늘 아래 가을은 정상에서 노는데
오늘의 지리산
그 장엄함 장쾌함이 두 눈 사이에 펼쳐진다

아, 두 팔을 벌려도 모자라는 장관
발아래 눈 밑에 이어지는 부드러운 능선
겹겹이 흐르고 넘치는 곡선과 유연의 미
그 선하나 잡고 당기면 모두가 끌려올 것 같은
고운 주름치마 두른 어머니 같은 산
마음씨 좋은 아낙네의 엉덩이를 닮았을까나

풍만한 여인의 가슴을 닮았을까나
그 속을 흐르는 골짜기의 깊이가
그 속을 흐르는 골짜기의 길이가 제아무리 길다 해도
내 작은 가슴속을 흐르는 골짜기에 비할 수가 있을까나
산 아래 동네가 고요하다

마상에 올라 귀로에 오른 지가 언제인데
가장마을에 앉아 보아도
역시 지리산 북면의 자락,
그 크고 넓은 품을 아직도 벗어나지 못하고
마을회관마당에서 펼쳐지는 하산주 한 잔에
지리의 품속을 떠나는 아쉬움이 사라질 때까지
엄마를 따라나선 어린아이들의 천진난만한 모습이
차창 밖으로 흔드는 고사리손마저
자꾸만 눈에 밟히는 것을 어쩌랴

2014. 10. 5. 전북 남원, 국립공원 지리산 만복대(1,433m)

지리산 바래봉 산철쭉에 눕다

백두(白頭)는 하늘을 우러러
혼과 불 머금고 머물더니
태백을 달리고
여기 삼도(三道) 위에 머물렀네

백두대간 끝자락 구름 위에 고산준령
그 위용 장대하고 그 기상 늠늠할사
오, 끝은 어드메뇨

이어지는 고봉들의 행렬
골골마다 시린 계곡 아흔아홉이라는데
포근해서 어머니 품속 같고
넉넉해서 빠져드는 곳이라네

산이 좋아 물이 좋아 찾아드는 산님들아
행여 등로(登路)에 지치거든 계곡에 발을 들여놓고
삶에 지치거든 12동천에 물어보려무나

시리도록 푸르다가 서럽도록 붉어지는
태고의 원시 숲에 물들면 되는 것을
서럽다 하지도 고달프다 푸념도 마오

저 넓은 바래봉 정상,
연둣빛 비단에 누워
팔랑치 철쭉꽃 향연 속으로 굴러가면 되는 것을
님은 어이 딴청이오

정령치에서 오르고 또 오르고
오른 자의 행복과 만용
눈앞의 황홀경에 마침내 숨이 멎는다

아, 저것이 바로 천상의 화원
천혜의 비경이로다
구름도 머물러 새들의 합창소리도
저 무리지어 핀 화사한 철쭉에 혼절하리니
붉다가 바란 것이냐
희다가 붉은 것이냐
아, 연록에 물들고
진홍빛 선홍빛에 눈이 물러도 좋다

탄성 뒤에 양들의 모습이 떠오른다
아름다운 꽃 먹으면 안 되는 줄 알아
저리도 비경을 만들었구나
고맙다 양떼들아
그때 뛰어놀던 양(羊)들은 모두 어디로 갔느냐

꽃들의 향연은 이어지고
고목 사이 조팝나무 흰 꽃에 산딸나무가 채비를 서두른다

하늘 가린 꽃 터널 속으로
함몰되어가는 오색의 산님들도
벌과 나비처럼 아름답도다

오, 지리산
지리산 운봉 바래봉의 철쭉제
찾는 자 오른 자만의 행복
눈도 호사요 하산주 한 잔에 입도 호사
휘이휘 휘파람새에 귀도 호사
마음도 호호사
대박(大舶)

2012. 5. 13. 전북 남원, 지리산 바래봉(1,186m)에서

지리산 옛길, 서산대사길을 가다

화개장 쌍계사의 벚꽃터널
그 화사함이야 화려함으로
유혹의 눈길에 손길에 취한지가 어제였는데
이젠 백일홍배롱나무가 제철이라고
붉은 입술에 단장을 하고 화개로에 나와 반색을 한다

마상(馬上)에서 스치는 붉은 꽃무리 너머
흐르는 청산의 세월 속 산등성 차밭 풍경에서
마음까지 맑아지는 다향의 세계로 나를 유혹하려 하는데
아니 마셔도 마신 듯 그윽함에 또 취해 가는가

화개천 계곡을 거슬러 의신마을에 하마(下馬) 하니
여기가 지리산 옛길 신흥에서 의신리를 오가는
서산대사길이라 하는데
출렁다리 위에서 비틀거리고
반달곰에 놀란 가슴도
고사리 밭 평원에서 이내 진정을 찾는다

파란 하늘에 뭉게구름 둥실
내 마음도 어화 두둥실
산고수장에 아름다운 계곡 여기저기

새소리 물소리 절로 흘러가고
매미도 짧은 한세월을 노래하고
물 위에 하동들의 웃음소리도 잠시려니
먼 옛날 구도의 길,
서산대사 밟으신 이 길만은 영원할진대
의자바위에 앉아보면 범종소리가 들리려나

"잠시 잠깐 다니러 온 세상
있고 없음을 편 가르지 말고
잘나고 못남을 평가하지 말고
얼기설기 어우러져 살다가 가세"
서산대사의 시 한 수에
범종소리 울림까지 내 영혼이 흔들렸나 보다

하동에 가면 삼신산 쌍계사를 아니 보고 간다면
두고두고 후회한다던 메아리에
거목이 다가오고 일주문이 다가오고
고색창연함으로 금세 마음이 숙연해지고
손이 모아지는 전통의 사찰 위용에
까치발 곁눈질에 조심조심 발길이 가는데,
금강문이 대나무 숲에 천왕문이
대웅전 법당 앞 국보 제47호 진감선사대공탑비가
거대한 9층 석탑이 앞을 가로막는데
마애불 앞에서 오층석탑에서
다시 마애삼존불 앞에서 몸이 굳는다

아, 절 꽃이 더 아름다운 것은
숨이 멎는 듯 태고의 아름다움에
시공의 세월 위에 피어나는 아련함
영혼을 부르는 절제된 언어처럼
자연과 어우러짐의 향기가 아닐는지

여기 한 떨기 상사화는 누구를
송이마다 꽃 풍선 다알리아는 누구를
늘어진 능소화는 또 누구를
쌍계사 세월만큼이나 오늘도 피고 지고
그 누구를 위하여 기다리려나

법당을 돌아 나서는 스님의 예불정진
수행자의 모습이 눈 밑에서 지나가고
큰 바위 위에 앉아있는 스님과
바라보는 동자스님 인형의 모습이
어찌 그리 정겹고 고요하기만 할까
일주문 옆 경내를 흐르는 실개천 청류에 손을 담그니
물고기가 놀자 하니 내 여기 오기를 참 잘했다

2016. 8. 7. 경남 하동, 지리산 옛길─서산대사길에서

쫒비산 매향이, 이름처럼 곱다

임 찾아가는 길은
언제나
언제나 설렘을 안고 간다네

동서고금 어디에나 남녀노소 주야불문
누우면 잠들라 잠들면 놓칠라
눈을 뜨면 천리라도 만 리라도
쫒비산은 무슨 얼어 죽을
마음은 벌써 콩밭에 있는데
애마는 발만 구르지 갈 건지 말 건지 느려터지기는
오, 진짜로 내 미쳐 죽는 꼴을 봐야 쓰겠는가

머문 곳 관동마을,
갑자기 눈이 밝아진다
어둠에서 빛으로 나온 세상처럼
아늑한 산골 구릉지에 눈이라도 내린 착각 속에
매화꽃 세상으로 빨려 들어간다

떠나올 때 마음은 어디 가고
발길은 벌써 산우를 따라 갈미봉을 향하고 있는데
오를수록 펼쳐진 강산은

고요 속에 정지된 봄날

지리산 돌아 굽이진 하얀 백사장의 강심의 여유는
내 얼었던 마음도 흐르게 하고
심장은 아직도 쿵쾅거리고
설렘도 기대도 조금씩 채워주노니

저, 섬진강변 수월정에 매향이 내려오면
매향이 따라 시향도 묵향도 감돌 터인데
쫓비산 올라 허기진 배는 채우지도 않고
어찌 그냥 갈 수 있겠는가

초남리 장어구이 한입에 혀를 동하게 하고
망덕포구 벚굴로 두 번 채우고
광양 숯불구이로 세 번은 채워야
매향이도 좋고 죽향이도 겁날 게 없지 않겠는가

매향,
난 네가 좋다
너는 매난국죽 고결한 사군자 중에도
난 네가 제일 좋다
어느 시인이 어느 묵객이 어느 선비가
너를 사랑하지 않았던 사람이 있었다더냐
비록 초부인 내가
너를 흠모했었다면 너는 믿겠는가
풍한 설 시린 계절을 비집고 피어난 너의 기상

그 고고함이 남달라 좋다

청순하고 가녀린 자태에서
우윳빛 벚굴을 닮은 화사한 얼굴이어 좋다
분홍빛 오므린 입술에서
안개비에 젖은 홑잎 입성이어 좋다
눈빛만 주어도 그 향기
눈으로 보고 귀로 듣는 그 향기이어서 더욱 좋다

이제, 매향 가득한 청매실 농원으로 가자
산 아래 펼쳐진 아름다운 꽃 세상
매화나무 꽃그늘에 청보리의 푸른 꿈이 익어가고
왕 대숲 그늘에 항아리 속 청매의 푸른 꿈도 익어가고
초가지붕에도 정자 안에도 꽃길 위에도 솜털 같은 봄이 가득한데
여심을 녹이는 세월 한가득
수채화에 담아내고 동화를 지어내고
매향을 불러 화류놀이에 빠져본들
세월이 어디 싹이라도 나겠는가

아! 저 꽃동네 홍쌍리 명인의 매화사랑 이야기
어디서부터 풀어내야 할 거나
광양국제매화축제행사장 앞 강바람이 좋다

2014. 3. 23. 전남 광양, 섬진마을 쫓비산(537m)에서

천자의 면류관, 천관산을 가다

한양에서 정동진은 강릉이요
정남진은 장흥이라
유서 깊은 천관사 장안사 장천 8경 품에 넣은
호남의 5대 명산
천관산을 들어서니
영월정(迎月亭)이 반색하며
달도 좋고 산객도 어서 오랍신다

봄이면 진달래 유채꽃 유혹에 빠지고
여름이면 사계 동천 신록에 언 발이 빠지고
가을이면 연대봉 환희대 억새평원에 누워
하늘에 뜬 면류관 광채에 눈이 빠져도
겨울이면 천관사 대나무 동백 숲에
구정봉(九情峰) 대세봉의 설경에 넋이 빠진다 해도
천관녀의 사랑을 버리고
통일신라 이룩한 김유신 장군 전설을 모르고
사계 동천 당번동천 연화동천 옥계동천 청학동천 영은 동천에
장천 8경을 모르고서야 어찌 장흥을 안다고 할 수가 있겠는가

연대봉(烟臺峰) 정상을 오르니
아,

한눈에 천지가 내 것이요
사방팔방으로 거칠 것이 없구나
동으로 팔영산 소록도 서로는 두륜산
남으로 다도해가 그림이고
북으로 월출산 제암산 가지산 무등산 너울이 춤을 추는구나

오, 구룡봉(九龍峰) 구정봉(九情峰)
우후죽순처럼 솟구친 아홉 개의 암봉의 바위들을 보라
볼수록 기암이요 괴봉이로다

신(神)은 저리도 바위를
봉마다 능선 사면에 꽂아 놓았으니
호남의 꽃이요 면류관이라
양근암(남성) 동쪽에 금수굴(여성)을 마주보게 만들고
음양의 조화를 주었으니
사계 동천 계곡에 들어서려면
부귀공명 식색(食色) 생사의 네 가지 망상을 경계하라는 말이
이를 두고 하는 말이 아니더냐

하늘을 찌르는 노송의 위엄에
편백 동백나무숲의 풋풋한 향기에
장천재(長川齋)의 아름다운 고요는
태고송(太古松) 600년의 시공(時空) 속에 멈춰 버린 듯
영월정 아래의 세월만 가는가 보다

산우여,

가는 길에 정남진 전망대에 올라
다도해의 노을빛 향기에 젖어도 보고
천관산 관광시장에 들러
과하주(過夏酒) 한 잔에
정남진 바다의 전어(錢魚)도 만나고
탐진강 은어구이 맛도 보려면
갈 길이 멀어 아니 되겠지

2012. 11. 18. 전남 장흥, 천관산(723m)에서

천등산 구름이 대둔산에 걸리면

푸른 염천하,
하늘에 흰 구름 한 점이
기암에 걸리고 절벽에 스며들더니
저리 대둔산 하늘금도 들쑥날쑥 출렁이게 해놓고

옥계동천 계류에 흰 구름 한 잎이
소(沼)에 빠지고 폭포에 숨어들더니
저리 장선천 물방개도 빙글빙글 촐랑이게 해놓고
물장구 물수제비 놀이에 지친
하동(夏童)들의 고추도 머루알도
알알이 영글어가는 소리 들릴지라도
이내 마음은 온통 천등산 님의 등불
후백제 견훤의 신의 등불 그리며
병풍 속에 소금강으로
대둔산 도립공원으로 스며든다

장선리 들머리에 수인사로
묘군(墓群)에 저마다의 사연을 애써 듣는 척
감투봉을 지나 정상을 오르니
너도 나도 아담한 정상석을 붙들고
인증을 위한 애교싸움에

저 멀리 마이산은 목을 빼고
마침내 두 귀를 쫑긋 세우고야 말았는가

비 개인 푸른산 정기에
불어오는 골바람이 좋을세라
정상주 한 잔에 피로가 사라지고
구름을 벗는 대둔산의 위용에
남쪽 얼굴 모습만으로도 탄성이 절로
오, 여기가 바로 대둔산을 몇 미터 앞에 두고 보는
기똥찬 전망대로구나

천등산 네가 있어 더욱 빛나는 대둔산
오, 너는 왜
금남정맥 대둔산 발 뿌리에 나와 앉아
성난 듯 뿔난 듯 토라져
아니 의기양양하게도 대둔산을 바라보며 살아왔을꼬

네가 못나 밀려난 것도
절로 튕겨나온 것도 아니라면
네가 잘나 뛰쳐나온 것이 분명할 터
큰 덩치 하나로 돌덩이 기암절벽에
아름다운 청솔을 곁에 두고
돌아앉아 폭포를 향해 적벽가를 불러보고
수직벽 이룬 곳에 산새를 부르고
로프에 매달린 젊은 클라이머를 붙잡더니
이제야 정우(政遇)까지 불러내나니

이제 너도 외롭지는 않을 것이다

네가 바로 있는 그대로가 분재요 산수화인데
시화연풍 시절이 아니어도
그늘 아래 여름베짱이가 아니어도
오, 풍류가는 어디에
시인묵객은 다 어디로 갔다더냐

내, 만고강산 유람할 제
너를 지척에 두고도
대둔산 천등산을 귀한 줄 몰라 했으니
내, 오색영롱한 단풍이
골산 위에도 옥계천에도 불타오르면 그때 다시 오리다
거대한 은빛바위 아래
계곡설화가 만발하면 그때에도 다시 오리다

내, 분명한 건
더위 먹어 하는 소리는 아니라는 것
질펀한 하산주 한 잔 술에
결코 산북리 하늘이 흔들려서가 아니라는 것을

2014. 8. 3. 전북 완주, 대둔산도립공원 천등산(707m)에서

천주산 진달래를 보잣드니

꽃 따라 가는 길,
가는 곳마다 반색이요
임 찾아가는 길,
가는 곳마다 홍색이려니
춘몽에 굴현고개 내려
가파른 천주봉을 오른다

오호라
날씨도 제철을 모르니
꽃인들 제철을 알까 보냐
지는 꽃에 잎마저 방정이니
내 마음 어이할꼬

연분홍 진분홍에 고운 옷 갈아입고
설운님 보자 했는데
임은 먼 곳도 아닌데 내 가는 줄도 모르고
임은 뭐가 바빠 이제 와 나를 보자 했나
무슨 염치로 무슨 낯짝으로

오려거든 진작 오지
오, 기다리다 지친 네 모습도 달려온 내 모습도

속상한 건 마찬가지

하지만
하늘이 푸르러 좋다
살랑대는 봄바람에 간지러운 햇살이 좋다
연둣빛 새싹들의 속삭임이 있어 더 좋다
부드러운 육산 길 걸어가는 산님도
전나무 그늘에 앉은 산님도
동행한 스님의 모습도
모두가 정겨워 좋다

축제 물러간 흔적 여기저기
타다 남은 불씨에도 미련이 남는 법
저 붉은 기운마저 내게로 오면
내게도 봄이 오려나

천주산정(天柱山亭)에 올라 숨 고르고
용지봉 올라 호연지기에 심호흡을 하고 나니
발아래 창원시의 위용이 들어오고
산 너머 마산시의 풍경도 들어오니
문득 고향이 그리워진다

꿈엔들 잊으리오
그 잔잔한 고향바다
가고파의 고향도 저기 산 너머
이원수 선생 고향도 여기 꽃피는 산골

고향의 봄
노래 태어난 곳도 여기인데
너와 나 고향은 어드메뇨

아
내 고향
내 고향은 어머니인데
고향의 봄
노래나 불러보자

"나의 살던 고향은 꽃피는 산골
복숭아꽃 살구꽃 아기 진달래
울긋불긋 꽃 대궐 차리인 동네
그 속에서 놀던 때가 그립습니다"

고향의 봄
가슴 뭉클한 고향의 노래
온 국민의 동화 같은 동요
그 고향의 봄
달천공원 동요 악보 그림 앞에 선
아이들의 고향은 어디일까
물어나 볼걸

2014. 4. 20. 경남 창원, 함안군, 천주산(639m)에서

을미년 새해, 천태산에 고(告)하나이다

양처럼
순진하고
포근하고
따뜻하고
언제나 평화롭게 무리지어
때론 험산 즐기듯 올라서는 그 기백으로
다정다감도 어디 병이 된다더냐

을미년 문턱을 나와
너와 나 모든 산우들의 건강과 안녕을 바라는 마음으로
가정엔 화목 나라에는 국운융성을 기원하러 나서자

고려 공민왕의 시절
홍건적의 내습을 피하고자 이곳에서 국태민안을 기원했다 해서
국청사가 다시 영국사로 불리게 되었다 하는데
산우여, 천태산에 엎드려 기도할지니
우리 모두 안가태평 국태민안을 빌어보자

옥천에서 한달음
영동에서도 금산에서도 한걸음에 만나는 산,
하늘에 닿았다 천태동천(天台洞天)

입구부터 충북의 설악 천태산 계곡 표지석이 자랑인데
계곡에 흐르는 물소리 청아해서 좋고
쭈글쭈글한 삼신할멈까지 나와 반겨주노니
삼단폭포의 시원함이 절경이요
기암절벽 계류의 풍치에
너의 이목구비가 출중하나니
그래 자랑도 할 만하구나

영국사 일주문을 들어서자
절집입구 은행나무가
오우, 한눈에 장관이로다

나라의 재난이 있을 때마다 크게 울었다는 신목(神木)
그 인고의 세월이 천 년이라
경외감이 절로 배어나오는데
가지가 땅으로 내려와 다시 자랐으니
아마도 새로운 천 년을 이어가려는 아름다운 생존이 아니겠는가

송림을 지나 첫 등벽,
로프에 매달리고 네 발로 더듬어 기어올라서니
물개 한 마리도 오르다 지쳐 망부석이 되고
설산의 즐거움을 만끽하기도 전에
이번엔 75m 거대 암릉 직벽이 가로막고
어디 한번 올라 보라는 듯 당당한데
호흡을 가다듬고 또다시 밧줄을 잡아보니
그래

바로 이 맛이야

바위와 노송의 아름다운 조우
살아있는 한 폭의 동양화 속에
고래도 오르다 지쳤는지 암등에 붙어있고
천태산 신령님께 제를 올리는 마음이야
너와 나 우리 모두의 바람이 여기 있지 아니한가

둥글둥글 기암괴석 암석들의 정담
산 아래 풍경은 따사로운 햇빛 속에 녹아내리고
고래 등 같은 거대한 암등에 서서 보는 조망이란
오, 을미년 새해 벽두의 행복
나도 이제부터 양처럼 살리라

갑자기
나옹선사의 시 한 수가 생각난다

"청산은 나를 보고 말없이 살라 하고
창공은 나를 보고 티 없이 살라 하네
사랑도 벗어놓고 미움도 벗어놓고
물같이 바람같이 살다가 가라 하네"

                2015. 1. 11. 충북 영동, 충남 금산, 천태산(715m)에서

진도의 지붕, 첨찰산에 남도의 향기가

남쪽 바다 보배의 섬,
진도아리랑의 발상지
천 년의 숲 상록수 골짜기에
전통 남화의 성지 운림산방에
쌍계사를 품고 있는 아름다운 섬
봉화대가 있고 사방을 두루 살필 수 있다 하는 첨찰산
진도의 지붕 꼭대기 첨찰산으로 가자

쪽빛 다도해에 물든
세방낙조가 아름다운 곳
신비의 바닷길 모세의 기적이 펼쳐지고
남도의 소리 한바탕 풍류가 살아 숨 쉬는 그곳
예향 진도

여기, 천리 먼 길 마다않고
땅 끝 해남을 건너
이리랑 비가 있는 들머리에
애마는 그만 주저앉는다

"아리 아리랑 쓰리 쓰리랑 아라리가 났네"
나도 모르게 저절로 나오는 소리

흥도 있어라 멋도 있어라
그리고 애절한 한(恨)도 서렸어라

임을 위한 애끓는 심사 원망이 절로 녹기도 전에
두어 발자국을 떼었을 뿐인데
분명, 이국은 아닌데 이국인 듯
오솔길은 나무이야기 천 년의 숲의 이야기를 들려주며
끝을 모르게 다가오는 나무와 나무들의 파노라마
커도 너무 큰 키의 우람한 나무 세상
푸른 동백에 시린 눈 미끈한 뽀얀 나무숲에 혼절할 뻔
대나무 병풍지대를 겨우 빠져나와
잔디 광장에서 비로소 비몽사몽에서 깨어난다

위로는 첨찰산 정상 돌탑이 한 뼘
아래로는 기상대의 하얀 돔을 바라보며
대나무 가림막에 바람을 붙들고 둘러앉아
정상주 한잔에 즐기는 만찬이야
어디 대어 행복을 행복이라 더 말로 다 하리요

홍주가 아니면 어떠하리
울금 막걸리 산채박주면 또 어떠하리
산이 내게 취함을 주고
다도해가 내게 취함을 주고
바람이 내게 생기를 넣어 취함을 주고
하늘이 내게 꿈을 키워 취함을 주니
아, 나는 비로소 자연이 주는 취함에 취하여 감읍할지어다

바람에 떠밀려 오른 정상
발아래 세상은 온통 다도해의 물결
사방을 둘러보아도 바다 위에 뜬 섬이
차라리 섬 양식장이라 해두자

저 멀리 이순신 장군의 울돌목 명랑대첩의 승전보를
아직도 생생한 맹골도의 세월호 사고 희생자 304명의 상보를
여기 진도를 지키는 진도의 지붕 첨찰산은 살피고 또 보았을 것이로다

쌍계사계곡의 여유 있는 하산 길
해질 녘 반짝이는 아름다운 숲의 노래
그 아름다움 끝에 자리한 쌍계사의 고즈넉한 고풍 속에
바로 옆 남도전통미술관 운림산방에는
소치 선생님의 남종화의 세상이 코앞에서 펼쳐진다는데
한사코 붙잡는 산우의 극성에
그래, 아니 보아도 본 듯이
오늘도 정우(政遇)는 속세를 비우지 못한 채
아쉬움만 담고
홍주(紅酒)에 이끌려 그만 주저앉고 만다

2017. 2. 19. 전남 진도, 첨찰산(485m)에서

청량산

하!
쪽빛 하늘
솟은 산봉우리마다
산수화(山水畵) 그려 하늘에 걸린 듯하고
꽃잎 속에 꽃술인 듯
청량사 고요는
숨어있듯 청아하고
행여
찌들은 나그네
손때 묻을까 싶구나

무량억겁(無量億劫)의 세월 속에
장인봉(丈人峯)은
멀리 낙동강 굽어보다
청량산 최고봉이 되었는가

백구(白鷗)야
청량산 머물러
황국 단풍(黃菊 丹楓) 보려무나

나 이제

산경(山景)에 취해
마음은 주고 간다만,
열두 봉 열두 대 여덟 굴
다 못 보고 가려니
속세 잊고 져
쉼표 하나 찍고 가려 하네

2009. 10. 18. 경북 봉화, 청량산(870m)에서

청량산 하늘에 뜬 별이 몇이더냐

산들에는 주렁주렁
사과 향 그윽한 붉은 산촌이 멀어질 때
입석 들머리로
청량사 눈에 넣고 응진전 자소봉을 따라 종주길에 나선다

맑고 서늘한 바람
청량산 하늘에 부는 바람
솔바람 불어 좋은 곳에
산수가 저리 출중하고 아름답고 빼어났으니
청량산 하늘에 뜬 별이 몇이더냐

응진전에서 원효굴에서 원효의 사상을
의상봉에서 의상굴에서 의상의 철학이
김생굴에서 김생 명필이 나오더니
고운대에서 고운굴에서 최치원 대문장가가 나오니
오, 청량산 하늘이 빛난다

유리보전에서 공민왕당에서 공민왕을 알현하고
청량정사(오산당)에서 퇴계를 만나노니
인걸(人傑)은 지령(地靈)이라
산수가 좋으니 어찌 인걸이 한둘이련가

오, 청량산 하늘이 유난히도 빛난다

솟은 듯 빚은 듯 기암괴석 층암절벽에
천금 같은 청솔은 암산에 띠를 두르고도
얼마나 더 고고함을 뽐내려 하는가

발아래 낙동강 굽어보다 돌장승 되었는가
의상봉(장인봉)은 오늘도
장수의 기개로 열한 봉 거느리며
연적봉 탁필봉 자소봉은 청량사를 품에 넣고
향로봉 연화봉 금탑봉 곁에 두고도
좌로 선학봉 자란봉 우로 탁립봉 경일봉이 있어도
앞산에 축융봉을 두었으니
오, 천하의 비경 절승이로다

봉(峰)마다 기암이요 올려보니 절경이요
대(臺)마다 괴석이요 굽어보니 선경이라
"청량산 육육봉을 아는 이, 나와 백구(白鷗)뿐"이라는
청량산인 퇴계 시조의 의미를 이제야 알 것 같구나

저 아래
유리보전 앞 오층석탑 아래
무릎 대고 앉은 여인의 모습이 고울세라
자식을 위함인가 가정을 위함인가
하늘 대고 우러러 두 손 모으고
땅에 조아리는 두 손이 아름답게 보이누나

인간이 가장 아름다운 것
자연에 기대어 자연을 품고 사는
자연인이 되었을 때
아마도 가장 아름답지 않겠는가

오, 청량산 산수가 좋으니
나도 자연인이고 싶다

2013. 10. 20. 경북 봉화, 도립공원 청량산(870m)에서

추월산에 걸린 달이 담양호에 머물 제

형형색색으로
애기단풍 손짓이 고와서
재잘대는 눈망울이 아름다워서
돌아오는 가을날
만추에는 강천산을 가자
만추에는 추월산으로 가자

기암절벽 여기저기
우뚝 솟은 바위봉에
휘영청 달까지 닿는 날엔
저 하늘 높은 곳
보리암도 서러워하려나
저 아래 낮은 곳
담양호도 서러워하려나

추월산,
오늘은 하월산이라 이름 짓고
6월의 숲속으로 된비알 간단없이
숨어들 듯 유유자적
쉬엄쉬엄 오르자꾸나

흠뻑 배인 여름을 지고 올라보니
오, 산중오아시스가 여기
산중 기암절벽에 참선도량
여기가 바로 보리암
비로소 깨달음의 성지로구나

구름 위에 앉은 나
발아래 담양호가 한눈으로
절세가경
잠시 무아지경 세상으로 떠난다

스님의 산방에는
널따란 찻상 위에 찻잔 도구가
내 눈에 가지런히 들어오고
수행의 그림자가 배어있듯
내 마음도 고요해지고 이내 평안을 느낀다

스님은 오늘이 보름이란 걸 아셨는지
길 떠난 길손 탐방객 산님을 위해
달덩이 같은 수박을 꺼내
소반 위에 썰어놓은 살가움에
아마도 산심이려 불심이겠지

보리암 정상으로 가는 길은
오르고 내려 보면 담양호가 고요하고
또 오르고 내려 보면 담양호가 그 자리에

몸은 고달프나 마음은 평정심
잠시 깨달음을 얻었으니
이제 신선이 되어 보리암 정상으로
추월산 정상을 어루만지고
달빛이 아름다운 월계리 산장을 나서며
담양호 용마루길 이정표에 서서
잠시 눈을 흘겨본다

2016. 6. 19. 전남 담양, 추월산(731m)에서

치악산 비로봉에 가려거든

치악,
산이 험해 악(岳)을 쓰고
상원사와 꿩의 전설이 있다 해서
꿩 치(雉) 자를 넣으니
이름 하여 치악산이라

구룡사 계곡을 오르는
산과 계곡은 온통 가을이 주렁주렁
원색의 산님들은 가을을 맞으며 싱글벙글
세월은 호시절 만추가경이라

금강소나무숲길에서
가을을 타는 여심처럼
계곡을 물들인 단풍의 유혹에
내 가슴에도 울긋불긋 단풍이 물들고
애써 유유자적하자니
구룡사 원통문이 속세의 마음을 비우고 어서 들라 하고는
그리고 비워야 오를 수 있다 한다

구룡사 경내,
파란 하늘에 눈부신 햇살

푸르른 전나무 샛노란 은행나무의 풍경은
도화지 위에 그린 수채화의 물감처럼
금방이라도 흘러내릴 것 같은 화려함으로 다가오며
잠자던 내 영혼을 깨우듯 전율이 인다

청정한 도량 고색창연한 산사
여기가 극락이라 말하지 않아도
설명하지 않아도 좋을 도량이
바로 여기가 아니겠는가

사다리병창 길,
철계단 오르면 나무계단이요
나무계단 오르면 돌계단
둥근 원목계단 오르고 쉬어도
또 층층계단이 기다리고
오, 그 끝은 어디메뇨

아,
마침내 비로봉
곁에는 삼봉 투구봉이요
남으로 향로봉 남대봉 시명봉
북으로 천지봉 매화산

모두가 천고지 일색으로 위풍도 당당
거산 고봉 거느리고 호령하니
산세 좋고 험난하기로도 으뜸이라

비로봉 가는 길은 고난의 길
수행의 길처럼 멀고도 험난하니
산우여, 치악산 비로봉에 가려거든
마음은 언제나 비우고 떠나갈지어다

2017. 10. 22. 강원 원주, 국립공원 치악산(1,288m)에서

겨울 태백은 신(神)이 내린 선물

꿈을 꾼다고
이보다 더 아름다운 꿈을 꿀 수 있을까
꿈속에서라도 차마 그릴 수 없는 환상이
여기에

미치도록 사랑하고픈
욕망의 소용돌이처럼
숨 막히도록 절제를 잃은
낯선 미치광이처럼
오, 미쳐야 누릴 수 있는 감동과 희열이
여기에

숨은 멎었으나
가슴만 뛰는 흥분의 도가니처럼
굳어버린 인간처럼
눈을 감은 장승처럼
오, 차라리 눈을 감고 말자

꿈이 아닌 현실,
눈으로 가슴으로 전해오는 대자연의 서사시
어떤 파노라마가 이렇게 현란할 수 있으며

어떤 아름다움이 이보다 더 아름다울 수 있을까

그저 아름답다고
황홀하다고 말하지 말자
그저 환상적이라고도 말하지 말자

신이 내린 자연의 걸작
꿈이 아니기에 눈을 의심하지도 말자
나, 겨울 태백에 놀란 가슴
아직도 가슴이 뛰고
마음이 진정이 안 되니
그저 세월이 약이겠지요

                    2014. 2. 9. 강원 태백, 태백산(1,567m)에서

설산, 태백산을 만나다

산 돌아 물 건너
고무신 탄내 나듯 달려온 길은
겹겹이 하늘에 매달리고
지친 애마(愛馬)는 화방재에 주저앉는다

천제단 향하는 화방재 들머리
시작부터 찬바람 설원은
겨울의 고향 태백에서 동심(冬心)으로 안내한다

뽀드득 뽀드득 발밑의 눈은
귓가에 생기를 더해만 주는데
천 년 주목 군락 속에
아름다운 눈의 나라 펼쳐지네

아! 동화 속 설국(雪國)이여
눈과 얼음에 묻힌 주목(朱木) 상고대의 터널
설경의 황홀함은 탄성이 절로
환상의 세계로 나를 부른다

네 어찌
가지마다 잎새마다

하얀 솜 머리에 이고 지고
가슴에 발밑에 솜털융단 두르고
시린 눈 칼바람을 막으려 하느냐
눈과 바람 빛이 만들어낸
자연예술의 극치를 본다

살아 천 년 죽어 천 년
저, 주목의 생명력을 보아라
꺾어진 가지 그대로 아물어
아픈 상처 백 년의 기억은 잊었을까
아직도 탄생의 푸르름을 더욱 뽐내지 않느냐

눈보라 날리는 천제단에
무릎 꿇고 돌아서니
설경 속에 망경사의 풍경은
한 폭의 설경 산수화로다

단종비각에 슬픈 역사
눈을 가사(袈裟)로 두르고
동안거(冬安居) 수행 중인 부처님은 아시려는가
가장 높은 곳 고귀한 샘물
용정(龍井)에서 목을 축이고 허기를 채운다
손도 라면도 얼었는데 더운물 부어놓고
얼을세라 먹어보니 씹는 맛 투박해도 국물 맛은 시원 터라

발아래 멧돼지 두 마리

겨울의 진객인가 식객(食客)인가
절에서 내어준 먹이를 먹고 어디론가 사라져버린다
어디로 갔을까

십리 당골 골골마다 생명수 흐르는 소리
산객의 가슴을 적셔주니
마음도 편안할 사
주차장 당도하여 비로소 흙을 밟고
석탄박물관에서 가슴 뭉클한 행복을 보며
하산주 한 잔에 또 한 번 행복을 마신다

2011. 12. 11. 강원 태백, 경북 봉화, 태백산(1,567m)에서

태백산 정기(精氣) 담아

하늘 닿은 밝은 정기
구름 위에 맑은 영혼
태백산에 머물다가
이 땅 위에 흘러가니
대한민국 기상이요
반도이남 토양 되네

검룡소 발원한 물
한강으로 서해 닿고
황지못 토해낸 물
낙동강이 남해 되고
매봉산 떠난 물이
오십천에 동해라네

여기
민족의 영산(靈山)
삼수(三水)의 발원지(發源地)
생명의 젖줄 흘러가니
국토의 모산(母山)이요
백두대간 중추(中樞)로다

오르고 넘고 오른
고원 청정 하늘 고을
천제단에 무릎 대고
하늘 향해 소원 빌 제,
천상 선녀
분홍 철쭉 꽃밭에서 놀자 하고
눈에 덮인 천 년 주목(朱木)
설국으로 가자 하네

보아라,
동해의 푸른 바다
솟는 해 보고 가자
금대봉 야생화
꽃나비에 홀려보자
함백산 지는 해야
쉬엄쉬엄 가려무나

나 이제
태백 팔경 취했는가,
구문 팔경 다 못 보고
갈 길을 잃었도다

산그늘 길어지는
국조성전(國祖聖殿) 계단 밟고
고운님 따라가는
저,

이방인의 뒤태 너머
석양이 아름답구나
오늘도
매봉산 풍차는 흐르는데

2010. 9. 26. 강원 태백, 경북 봉화, 태백산(1,567m)에서

팔각산 여덟 미인에 반해

굽이도는 옥계계곡
갯바위 둥그런 절벽 아래
깎이고 씻긴 세월의 풍상 너머로
하동(夏童)들의 여름이 첨벙대는데
원색의 산님들은 108배 계단에서부터 고행에 나선다

날카로운 돌과의 입맞춤
네발로 기는 것은 기본이요
나무줄기 멱살을 잡으며 기댈 것은 오직 로프와 철봉
그리고 팔각산의 영험한 신령의 믿음일러라

키도 몸집도 크지 않아
섣불리 보았다면 혼쭐이 날것이네만
올라보면 아는 것을,
1, 2봉을 올라 조망을 보고
올려보는 암봉 노송들의 비경에 쾌재를 부르고
3, 4, 5, 6봉을 올라서니 미모는 절로 가인이요
7봉은 미모가 출중해 접근이 어려워라
어렵사리 올라보니 예가 바로 선경이로구나

아!

굽어보는 뒷모습이 이리도 비색이요 저리도 절색이니
봉우리마다 매달린 산객들의 모습은
또 다른 풍경으로 다가오고
팔봉 산정을 오르니
동해바다 영덕 강구항,
대게의 손짓이 보이는 듯하구나

하산 길,
노송들의 군락지로 발길이 닿는다
몸뚱이 한편에 모두가 벗겨진 흔적들
일제강점기 송진채집 작업의 아픈 기억들일 것이리라

그 아픈 생채기 그대로 둔 채로 아물어
백 년은 가히 되었을 그때 그 기억을
저 소나무는 잊을 수 없을 것이리라

여기가 어디라고 외딴집을 만난다
울타리에 널어놓은 빨래는
원시부족의 부적처럼
내가 있음을 알리는 표시가
방어를 위한 표시가 아닐는지

독가촌의 촌로는 문지방을 베고 낮잠에 빠졌는데
혹여 신선의 꿈이라도 꾸지나 않았을까
그래 신선이 뭐 따로 있다더냐

아름다운 산성골 계곡,
열두 번은 건넜으려니
야생화는 피로를 덜어주고
청석바위 개선문을 나서 황소바위를 지나
출렁다리 다다르니
다리 아래의 옥계천 풍경이 참으로 아름답구나

길가에 복숭아는
소나기 맞은 베잠방이 아낙처럼
수줍어 수줍은 새색시 볼처럼
분홍빛 곤지에 숨죽이고
사과보다 먼저 여름을 즐기려 하는데
천둥에 개 뛰어들듯
후두둑 빗소리에 알탕을 대충대충
지나가는 소나기 한 차례에
영덕달산 빗방울 막걸리가 더 맛이 나는 것은 웬일일까

벗겨진 하늘엔 붉어서 고와라
산 노을도 하늘금도 아름답거니와
골짜기마다 흰 구름 머물러 흐르는
저, 세월
어이 붙들 수도
달리는 애마(愛馬)를 달랠 수도 없으니 어이하면 좋을꼬

2013. 7. 14. 경북 영덕, 팔각산(628m)에서

팔공산을 우러러

팔공산 관봉을 오르는 길,
눈을 감고 그리고 봉황을 본다
봉황이 난다
백두에서 태백으로 소백으로

그렇게 숨차게 날아
낙동강 금호강 만나는 곳 여기에
날개를 펴고 앉으니
오호라, 여기가 분지의 나라
불심이 가득한 달구벌

좌견 동봉 우견 서봉에 60리 날개를 펼치니
달구벌이 내 품 안이로다

눈을 들어 동쪽을 본다
관봉에 석조약사여래불 밑에는 중생이 바다를 이루고
차 안에서 피안으로 가는 불심은 가득하고
저마다의 염원을 안고 손이 발이 되도록 빌고 또 비는데
앞산 진달래 피어 아름다운 비슬산 대견사 풍경소리는
구름 위를 날아 천상의 세계로 오라는데
서봉 아래 파계사 부인사 대장경 염불소리 떠날 줄을 몰라도

눈 내리는 동화사 도량에 또다시 오동나무 꽃필 적에
나, 봉황은 훨훨 날갯짓하리라

천 년을 품었어라 하고도 삼백 년을 품었어라
극달화상 창건하신 동화사 팔공요람 팔공총림
여기 팔공산자락에 국보와 보물이 지천이요
문화가 가득, 깊다 넓다 하니
승시가 이 아니겠소

관봉 갓바위 오르는 길,
108계단에 108배를 곱해야 할까 보냐
이 길은 고행의 길 환희의 길
오르고 또 오르고 또 올라 숨을 고르니
어느새 무릎은 땅에 눈은 여래의 눈빛에 머문다

무슨 사연 무슨 염원이 있기에
저토록 무릎 대어 합장을 하고 주문하는 걸까
나와 너 우리
여기 관봉을 돌아 삿갓봉을 날아 동화사로 가자
거기에는 우리의 염원
통일을 기원하는 약사여래대불이 있지 아니한가
가자 날자 동화사로

2019. 2. 17. 대구, 팔공산(1,192m) 관봉에서

서산 팔봉산에 올라

아득한
아주 먼, 옛날
아이들이 놀다간 공기돌이
해풍(海風)은
그렇게 커다란 암봉(岩峯)으로 키웠나 보다

올망졸망 여덟 곳 암봉이 띠를 이루고
서해바다를 향해
저 아래 태안반도를 굽어보고 있구나

그리 높지도 멀지도 않은
암능의 재미는 지루함을 잊게 하고
저기 한 줌 시야에
눈 내리는 겨울바다 언저리엔
드문드문 고깃배 한가롭기만 한데

북 가로림만 갯벌에선 풍요의 소리 들리는 듯
남으로 천수만 비상(飛上)하는 가창오리 군무(群舞)는
아름다운 간월호 파수꾼 되어
임금님 수라상을 위한
굴 밭 영글게 하니

어이,
간월암 일몰광경이 아름답지 않으리오

저무는 한 해,
눈 덮인 팔봉산에 서서
밝아오는 새해 소망 이루고저
백제의 미소(微笑)가 있는 그곳으로
너와 나의
아름다운 미소를 위한 여정(旅程)으로
길손은 간다

2009. 12. 20. 충남 서산, 팔봉산(362m)에서

팔봉산에서 8형제를 만나다

홍천의 제1경은 팔봉산이라
8형제 어디서 왔는가 했더니
팔봉산의 정기 품고
해산 굴에서 왔드래요

1봉이 키는 275요
2봉이는 제일 커 327
3봉이는 325 4봉이는 320
5봉이는 310 6봉이는 288인데
7봉이도 8봉이 막내도 232이니 도토리 키 재기 싸우다가
작지만 성깔은 있어 만나기가 쉽지가 않지만
그래도 너를 보고 와야 목구멍으로 밥이 넘어간단다

정신없이 낳고 보니 한 놈은 이름도 없어 무명봉이라
8형제 아기자기 어깨동무하고 우애를 뽐내는데
제일 큰 2봉이네 집엔 이씨, 김씨, 홍씨 삼부인당(三婦人堂) 지어놓고
연년세세 부인을 달래고 풍년과 소원을 비노니 당굿이란다

작지만 아름다운 산,
아기자기 8봉의 암봉
기암괴석 노송의 어울림에

팔봉산이 수석전시장이고
어디를 보나 조망은 일품이고
400리 아홉 굽이 돌아온
홍천강의 여유를 여덟 번 즐기며
밧줄에 철판 여덟 번 오르고 여덟 번 내리니
홍천강 강물이더라

강변 절벽 길 출렁다리 건너가니
청춘에 유격훈련을 받던 기억을 깨우고
맨발에 강물을 건너가니
강수욕 즐기며 고기 잡던 여름날의 추억이 넘실댄다

벽오동 심은 뜻은 봉황을 보자 함인데
안내소에 남근석을 심은 뜻은
해산 굴을 보자 한 것을 어이해 이제야 안 것이냐
오, 미련 곰탱이

산그늘 길어지는 홍천강,
물비늘 출렁이니 쏘가리 매운탕 생각은 절로 나고
홍천 닭갈비도 물 위에 아른거려 군침만 도니
나는야 긴 여름
이제야 기분 좋은 하루가 간다

2012. 8. 26. 강원 홍천, 팔봉산(327m)에서

팔영산 구름 위에도 봄의 그림자가

소백산맥 끝자락에
8개의 암봉은 형제처럼 줄지어
기암괴석 수를 놓고 험준함을 자랑하는데
이름하여 팔영산 팔전산이라 부르더니

언제부터일까
팔봉의 그림자
멀리 중국 땅 위왕의 세숫물에 비쳐졌다 해서
팔영산이라 부른다 하니
그저 그러려니 하자

공룡의 등을 빼어 닮았는가
저마다 우람하고 빼어난 용모로 고고함으로
고흥하늘을 떠받들고 있으니
멀리서도 너의 용모에 허둥대며
매화 꽃망울 터지는 곡강마을에서
너를 향한 일편단심
불을 쫓는 불나방이 되어 날아오른다

메마른 강산폭포에서
연둣빛 대숲에서 훔쳐보는 선녀봉,

오, 가히 절세가인이로되
올려보는 전경에 환호하고
굽어보는 조망에 탄성이 절로
뒤로는 팔봉의 위용에 압도되니
이 노릇 어찌 할거나

1봉 유영봉을 시작으로
철판에 쇠줄 잡고 대롱대롱
쇠고리에 비틀어 네 발도 모자라니
이보다 더 좋은 놀이는 어디에
이보다 더 좋은 스릴은 어디에 있을까나

암봉 타기 놀이에 8봉을 오르고 내리고
내 언제 흙을 밟은 기억조차 없으니
꿈속에서 꿈을 꾸고 있는 듯싶구나

저 멀리
아름다운 섬 하나,
작아서 귀여운 어린 사슴을 닮은 섬
누가 모가지가 길어 슬픈 짐승이라 했나
난, 호수 같은 눈망울에 맺힌 눈물을 그려보고 싶고
우직한 산록의 뿔의 힘을 보고 싶고
화려한 설록의 뿔의 신성함을 믿고 싶은데

여기 나로도 우주센터에서 쏘아올린
대한민국의 희망처럼

사랑으로 보듬어주고 희망으로 키워주는
한센인의 보금자리가 이 땅 위에 있으니
아름다운 천사의 손길 머무는 이곳
고흥반도의 소록도가 손에 잡히누나

날개를 펴고 또다시 날아보자
금산해안을 따라 마복산 기암 위를 날아
고흥만 갯가 유채꽃 벌판에 앉아
살랑대는 유채꽃향기에 취함이 있다 해도
나로도 우주센터 해상경관 비경을 아니 보고 간다면
두고두고 후회막급일 것이네

점점이 떠 있는 무수한 섬,
이제라도 다도해 풍광에 넋마저 빼앗기고 난다면
참장어에 낙지 한입에
유자향주 한 모금에
매생이국 한 그릇은 또 언제 비울 것인가

산우여, 들리는가
팔영산 구름 위에 능가사 법당 안에 봄이 스며드는 소리를
산우여, 보이는가
고흥만 바다 위에 봄이 오는 그림자를

2014. 3. 2. 전남 고흥, 팔영산(609m)에서

화산섬, 한라산 오름에 오르다

백두산 천지에 해와 달을 담고
한라산 백록담에 은하수를 담아
하늘과 바다를 품었으니
민족의 영산이요
한반도의 자랑이라
백두에서 한라의 기상은 영원하리로다

한라산 상봉에 불기둥 솟던 곳
분화구는 백록담이 되고
산 아래 360여 개
불꽃 일던 자리는
부드러운 뫼 아름다운 오름 되어
인마(人馬)의 터전이 되고
삶에 애환을 묻으니
오름에서 나고 오름에 묻힌다 했던가

태고의 신비,
억겁의 세월로 빚은 탐라국의 지붕
성판악 들머리로 시간여행을 떠나자

울창한 자연림 사이로

어제 일던 바람 오늘도 여전하건만
굴거리 나뭇잎 무리지어 수군대며
보란 듯이 바람을 즐긴단다

조릿대 이파리 위에도
구상나무 초원 위에도 소리 내어 흔드나니
예가 바로 섬나라 제주
바람의 고향이려오

사라 오름의 신비를 보자
시간은 멈춘 지 이미 오래
바람만이 산정호수의 정적을 깨우는데
그윽한 호수에 눈을 씻고
망원경 속의 백록담을 훔쳐본다

진달래 대피소에 쉼표 하나 찍고
잔설에 묻힌 얼음 등로,
물소리 흐르는 계단을 밟고
구상나무숲으로 빠져 들어간다

생목과 고목의 전시장
처절한 생과 사의 몸부림의 흔적들
생태의 순환 처연한 모습에서
자연의 법칙을,
순응의 법칙을 본다

저기 하늘 아래 산정
그리던 정상이 내 앞에 있다
내딛는 발자국에 흥분과 기대
야릇한 힘이 더욱 솟아오른다
한반도 남한에서의 최고봉
이제 더는 오를 곳이 없는가

오,
마침내 한라산 정상
백록담에서 마침표를 찍는다
거대한 분화구의 위용
불을 토해내고 머문 지 2만 5천 년
사나운 바람은 그칠 줄을 모르고
발아래 세상은 봄이건만
산상의 겨울은 떠날 줄을 모른다

저, 광활한 초원
이름 모를 고산식물 즐비하고
화산의 산물 현무암이 지천인데
봄여름 가을 겨울을 하루에 볼 수 있는 곳,
여기가 바로 삼다도 제주
혼저옵서 하영봅서 쉬영갑서
제주 참말로 좋수다

2013. 3. 10. 제주, 한라산(1,950m)에서

불을 품은 함백산 설국(雪國)에서 떨다

하얀 겨울로 가는
설국행 눈꽃열차는
산을 뚫고 산허리 돌고 돌아
하늘 닿은 추전역에 주저앉아
가쁜 숨 토해내며
얼음 꽃 서리꽃 피는 동화 속으로
산님들을 쏟아내고

설국을 찾아온 원색의 산님은
두문동재 싸리재가 좁다 하고
정상을 향해 이어지니
천상으로 가는 설원이 장관이로다

두드리면 깨질 듯
하늘은 카랑카랑하고
두문동재 꼬부랑 옛길 만년설 되어
눈 밟는 소리마저 쇳소리 나건만
눈을 닮은 자작나무 숲에는
맑은 청정심 흘러가노니
나는야
하얀 껍질에 내 마음 적어

부는 바람에 산정(山頂)으로 보내놓고
또다시 오른다

빙설 위에 내리는 햇살 한 줌 눈부심에
매서운 칼바람 눈보라 이겨내며
꺾이고 부러지고
뒤틀리고 옹이로 남은 신목(神木)들

살아 천 년 죽어 천 년 썩어 천 년의 세월
인고의 세월 딛고
불처럼 붉은 주목(朱木)들의 사는 모습
인간을 향한 외침이냐
신(神)을 향한 기다림이냐

생명의 원천 물은
태백산이 내어주고
삶의 원천 불은
함백산이 품었더냐

함백(咸白) 속에 검은 진주
돌 숯이여,
용광로 달구어 솥을 만들고
아궁이 달구어 밥을 짓고
겨울을 달구어 언 몸을 녹이고
가난을 달구어 풍요를 만들어 준
너는

강원도의 힘
대한민국의 에너지

속으로 불을 품고
눈에 묻힌 너, 함백
눈꽃터널 별천지로
태고의 신비로 거듭날 때
환상의 백(白)을 다함이니
오, 함백산이어라

저 아래 천 년의 가람 적멸보궁
아름다운 정암사가 영원할진대
눈과 바람의 고향에서
바람 길로 가는 길 위에서
눈 덮인 하얀 길을 걸으며
정상 소원 탑을 향하는 마음
함백산은 아시려는지

2012. 12. 23. 강원 정선, 태백, 함백산(1,573m)에서

화악산이 황소를 닮아가려 하네

산 높고 물 맑아 산자수명
푸르러 푸르러 청정고을,
한재골 겨울은 아직도 떠날 줄을 모르고
서럽다 시샘을 하는데
물 만난 미나리 밭에는
이방인이 아침부터 취해있으니
오호라, 한재 미나리의 명성을 알 만도 하구나

남산을 등에 지고
청도의 진산 화악산을 안고 오르는 길은
처음부터 험로에 미끄러운 길,
아직 떠나지 않는 겨울,
웅크리고 앉은 겨울이기에
게으른 겨울을 밟고 가야하는 얄궂은 길이기에
질펀한 빙판길을 즐기며 올라야만 한다

소처럼 우람하고 우직하고
소처럼 끈기 있는 믿음으로
산도 사람도 황소를 닮아
할 일은 밀어붙이는 성품 있으니
화랑정신의 발원지요

새마을 운동의 발상지라
그나저나
청도 소싸움축제를 모르는 사람도 있다더냐
하모, 아는 사람은 다 안다 카이

정상에 오르니
터진 조망에 탄성이 절로
나도 몰래 표석 입맞춤에
더욱 목말라 허기진 배는
산정성찬에 행복을 채우고 나서야
발길은 경북 경남 경계선을 따라가는데
오른팔 내저으니 경남 밀양 땅이요
왼팔 휘저으니 경북 청도 땅이라
오늘도 난 희희낙락이로구나

저기 발아래 남산은 내 안에 있고
떠나온 한재 골짜기에 비닐하우스 벌판이
햇빛을 받아 호수처럼 장관인데
동으로 운문산 가지산이 유혹을 보내고
서북쪽 능선에서는 비슬산 참꽃에 개꽃을 다시 보라 하고
서남쪽 능선에서는 화왕산 억새의 노래를 다시 들으라 하니
이 노릇 어찌 하면 좋누

오, 파노라마처럼 다가오는
산 너울 거침없는 조망에
오늘도 나는 한 마리 새가 되어

푸른 하늘 창공을 날며
봄으로 봄으로 달려간다

조망바위에 올라 하늘 아래 마을을 날고
암릉의 재미도 스릴도 느껴보고
윗 화악산에 올라 아래 화악산을 바라보고
아래 화악산을 올라 철마산을 버리고 나선 길
가파른 하산 길 아픔도 배어 있었으니
타박상을 입은 동료의 고통을
함께 나누는 모습에서
진한 산우들의 우정에서
오늘따라 산우들이 더없이 아름답게만 보인다

평양리 날머리,
산수유 꽃그늘 아래 청도반시 내어놓고
청도를 파는 여인의 모자 속 얼굴에도
봄이 완연하건만
주저앉은 산우들의 쌓인 여독은
하산주 술잔에 녹는다 하지만
화악산 잔설은
언제쯤
언제쯤 녹으려나

2014. 3. 16. 경북 청도, 경남 밀양, 화악산(932m)에서

화왕산 억새꽃 구름에 누워

옥천리 길섶엔
송이버섯 자랑이라
병풍바위 노송 숲에 송이향기 맴돌고
청아한 예불 소리 산사에 아침을 열어
원효대사 설법에 관룡사 천 년이 흘러갈 제,
찰나의 산꾼은
화왕산으로 간다

아득한 옛날,
화산이 불을 뿜더니
홍의장군 의병의 횃불이
산꾼들의 의병축제 횃불로
면면히 이어지는 불의 산 호국영산이로다

동문 돌아
산성 위에 병사는 호국을 외치고
올망졸망 암릉 잡고 포복에 구르고 나니
구절초 수줍은 애교에 그만 숨을 고른다

정월보름 억새꽃 태워 소원 빌고
봄이면 붉게 타는 진달래 향연에 취하고

가을이면 십리길 억새꽃 구름에 누워 하늘을 삼킨다

새벽녘 안개 위로 흔들리는 너의 하얀 모가지는
정녕 하늘이 내린 선녀
달빛에 물들어 속삭이듯 다가와
너는 희고 고운 속살로 서걱대며
소복한 여인의 춤사위로 유혹하려 하는가
불꽃 닮은 영혼의 불꽃처럼

억새야, 차라리 꽃이 아니거든
희지나 말든지 곱지나 말든가
부드러운 미소는 화왕산의 여신인가
나는 지금 산상의 유혹에 빠져 머뭇거리는데
산 아래 가을은 벌판에 누웠으니
일망무제로다

이제,
태백산맥 언저리 팔공산맥에 겨울이 오면
추울세라 억새꽃 이불 두르고
오늘도 내일도 고운 산님 오기만을 기다리겠지
그래, 눈 오는 날
그대 고운 눈길에 묻혀
나 또 한 번
그대 품속에 안기리라

허준 주몽 왕초 대장금 영화 촬영지로

명성 자자한 곳,
자 하곡 산기슭에 단감이 성시를 이루더니
향토축제 한마당이 길손을 부른다

난, 수석, 사진전에 호사를 누리고
가난 쫓던 농경유물에서 지난 세월 목이 메더니
가녀린 야생화에 삶의 희열을
아낙네 고운 입성 하얀 손이 건네주는
오미자차 한 잔에 여독이 가시니
화왕산 하늘이 더욱 곱더이다

2011. 10. 9. 경남 창녕, 화왕산(757m)에서

황매산 철쭉꽃, 합천호에 물들면

찬란한 오월에
떠나는 길 위에는
언제나 희망의 나라를 꿈꾸며
푸른 새싹을 틔우며 걷는다

고산 철쭉의 명산
황매산 기적 길을 따라가는 마음
언제나 술 빵처럼 부풀어 오르고
걸음은 벌써 저만큼 앞서 나가니
장박리 하늘이 자꾸만 멀어진다

오를수록 붉어지는 산정화원
억새 위에 연분홍빛 융단으로
연록 위에 진분홍빛 터널로
저마다 꽃무리 꽃동네 이루고
구름을 유혹하려 산님도 붙잡으려 한다

황매산 정상에 선다
날카로운 바위를 기어올라
모두가 치열한 쟁탈전을 벌리듯 정상석을 붙잡으려
황매봉 열기가 뜨거운데,

발아래 합천호는 제멋에 겨워 도취한 듯 고요하고
좌로는 덕유산이 우로는 가야산이 하늘에 매달리고
남으로 지리산이 성큼 다가와 있는데
황매평전에 펼쳐진 진분홍빛 향연에
마냥 즐겁기만 하니
오, 바로 이 눈 맛이야

그래
합천호 물에 비친 산 그림자
매화를 닮아 황매산이라
수중매(水中梅)라고도 부른다는데
황매평전 억새밭 진분홍빛 철쭉의 그림자도
모산재 삼라만상 기암괴석에 뿌리내린
청솔의 그림자도 분명 있을 터이니
돌아서 가는 길에
합천호수 대기저수지 물속 그림자를 보고 가면 아니 되겠는가

모산재로 가는 길,
황매산을 바라보고 앉은 황매평전의 만찬
내 어이 잊을 수 있을까나
연록의 황매산 등로의 풍경
산객이 연출하는 인간과 자연의 만남
인간 띠로 엮은 행위예술처럼 아름답기까지 하고
아니 또 다른 화산이 타오르는 환상을 본다

모산재에 선다

눈앞에 펼쳐지는 풍경에 내 몸은 이내 장승처럼 굳어지고
눈을 비비고 또 비비고 눈앞에 비경에 절경에 환호한다
거대한 암봉과 암반의 질주
가야산 만물상을 닮은 기암괴석
동쪽으로 동쪽으로 도도하게 달려간다

오, 벼랑 끝 암반 위에 돛대가
황포돛단배의 돛대가 저기 왜 있는가 말이다
저 돛대가 언제부터 머물러 있는지는
내 알 바 아니로되
순결바위 앞에서는 내가 무슨 잘못을 했는지도
알량한 용기도 나지를 않으니
오호 통재라, 우짜면 좋누

나, 이제
정상주 한 잔에 취하고 꽃님에게 취했다 해도
신령스런 바위산 영암산 모산재에서
순결바위 돛대바위 올려놓은
저 힘찬 암벽의 기상 암릉의 위력과 푸른 정기
그 영험한 기운 내려받고
저 아래 영암사지에 앉아 참선에 든다면
내게도 이루지 못한 꿈이 이루어지려나

   2014. 5. 11. 경남 합천, 산청, 황매산(1,108m) 모산재(767m)에서

정유년(丁酉年) 붉은 닭은 황악산을 깨우고

새벽닭이 운다
어둠을 깨우고 아침을 부르는 소리
어제도 오늘도 또 내일도
새벽 장 닭은 그렇게 하루를 연다

까만 밤 여명 뒤에 숨어
훼치고 목을 빼고 울지 않아도 오는 아침을
새벽 장닭은 매일 그렇게 울었나 보다
세월은 그렇게 가고 또 세월은 오고 간다네

살을 에이듯 부는 바람
설원을 밭으로 삼고 서 있는 나목들의 소리
나무의 내면의 소리도 바람을 만나 우는 소리도
저 아래 세상
그곳에서 들려오는 온갖 소리를 들어보자

긴소리 짧은소리 튀는 소리 볶는 소리 우는소리 헛소리
모두가 소음 덩어리들
있는 자 기고만장 갑질에
포식자의 으르렁대는 소리
없는 자 전전긍긍 먹물 같은 가슴

숯덩이 같은 가슴에 우는
양 떼들의 고단한 삶의 소리를

비정상이 정상으로
불의가 정의로
거짓이 진실로
짝퉁이 명품으로 둔갑하는 소리를,
아집과 가식과 모순덩어리가 굴러가는 소리를

황악산 붉은 장 닭은 울어라
저, 산 아래 세상
어지럽고 사악한 영혼을 깨우고
온갖 것 추한 소음덩어리를
부리로 깨고 가슴으로 녹여다오

직지사 범종소리에 이 땅에 모든 생명이 깨어나고
모든 갈등과 절망과 분노를 넘어
화해와 용서로 사랑과 믿음으로
희망이 넘치고 정의와 진실이 살아있고
가슴이 따뜻한 세상이 오기를
이, 아침
향을 사르고 황악산 신령님께 고하나니
음향 하시옵고 빌고 또 빌고 기다려본다

그래
인생은 기다림이라고

누군가는 섬에 살면 절반이 기다림이라고 했듯이

2017. 1. 15. 경북 김천, 황악산(1,111m)에서

계곡

지리산 구룡구곡 물보라에 여름이 젖는다

어제 내린 비에
온 누리 대지는 생기가 넘치고
내송마을 하늘에 구름도 둥실
운봉 고원을 오르는
산님의 마음도 촉촉하니
울울창창 원시의 송림 가득한
어머니 품속 같은 지리(智異)는
그래서 지리(智異)의 품은 언제나 포근하다네

솔 정지 구룡치 올라 사무락 다무락 내려서니
벌써 다 내려온 것 같은 회덕마을을 뒤로하고
구룡천을 따라 구룡사 입구 구룡폭포로 또 내려간다

흐르는 물소리 반가울세라
거대한 물줄기에 귓전을 울리는 굉음
아! 저기가 구룡폭포로구나
하얀 물거품 물보라에 얼굴이 젖고
산천이 부서져 내리는 듯
아홉 마리 용은 다투듯 저리도 괴성을 질러대는가

구룡폭포에 얼이 빠지고

포말이 날리는 비폭동 아래에서
탄성에 절로 주저앉은 나그네는
고이 산채박주에 행복을 마신다

거대한 암반이 아름다운 지주대 유선대에서 신선의 향기에 취하고
챙이소 구시소에서 물살의 속삭임에 귀를 대고
용호서원 춘향의 묘를 지나면서
속세로 돌아왔음을 비로소 알았을 때
이제야 물소리 끝이려니 했는데
구룡주차장 계곡물소리가 또다시 이어지니
오, 구룡계곡 세월의 끝은 어디메뇨

2013. 8. 25. 전북 남원, 국립공원 지리산 구룡계곡에서

화림동 농월정(弄月亭)에 누워

팔정(八亭) 위에 뜬 달은 하나요,
팔담(八潭)에 비친 달은 여덟이라
농월정 반석 위에 비친 저 달도
풍류객 성화에 취했다는데
동호정 너럭바위 아래 동심(童心)은 어디 가고
솔밭 사이 야영장엔 우(牛) 삼겹 돈(豚) 삼겹에 여름이 익어만 가는구나

남덕유산 품어낸 물,
금천에서 남강으로 굽이쳐 흐르는데
화림동(花林洞) 60리 솔 향
무릉도원에 빠지는 날에는
진경산수 수묵화에 붓끝이 무디어도
시인묵객 풍류에 취해 죽부인을 괴롭힌다 해도
농월정 동호정 거연정에 달이 뜨면
여덟 번 하루가 짧기만 해도
행여 이백(李白) 선생 오신다 해도 나는 또 가리다

기암 위에 거연정(居然亭) 기암 뚫은 푸른 솔
산천도 푸르러 물빛도 옥색이려니
물에 어린 거연정은 어디에도,
어이타 탁류는 저토록 성이 났다더냐

산 높고 물 맑은 물레방아 고을
함양이라 선비의 고장
그 길을 가는 님, 모두가 선비라네

비를 몰고 가는 저 구름아
쉬엄쉬엄 가려무나
산허리 감돌아 가는 구름아
홀로 가는 구름도 붙들고 가려무나

산야(山野)는 푸르러 백로는 허공을 나는데
군자정에 눈길 주고 동호정에 쉼표 하나 찍으려니
너럭바위 물에 잠겨 솔밭도 물에 떠 있고
길섶에 돌나물 지천으로 웃고 있고
풋풋한 사과밭엔 새를 쫓는 은박지도 정겹구나

산우여,
산길에 지치고 더위에 지친 몸
한 잔 술에 세상 시름 털어내고
한여름의 멋과 풍류 오늘 하루 거(居)하다
산 너울 하늘 금 짙어지면 애마(愛馬) 타고 가자는데 웬 성화요

농월정에 주막거리
주모(酒母)도 넉넉하고 주안상 푸짐하니
자연의 선비들
풍악이 왜 아니 없으리오

떠나는 선비의 마음을 아는지
차창 밖 손을 흔드는 아지매가 고우니 마음은 더 고울세라
아, 함양
물레방아야 돌아라

2012. 7. 15. 경남 함양, 화림동 계곡에서

백운산 덕동계곡에 가면

덕동계곡에
산사(山寺)에 안개비가 내린다

잿빛 하늘 물 먹은 하늘은
산에 들에 계곡마다
푸른 물 뿌려주려
고요한 백운사 도량에도
메마른 내 가슴에도
촉촉이 안개비를 내린다

지붕 위에서 피어오르는 운무
나를 고립무원의 경지로 내몰고
나는, 길 잃은 한 마리 사슴처럼
백운사 도량만 거닐 뿐

오,
구름 위를 걷는 소풍인가
무릉도원을 걷는 몽중유산(夢中有山)인가

법당 아래 이름 모를 꽃들,
향기가 없어도 아름다움이야 어디 가리요

절 꽃이 아름다운 것은
고요하게 다투지 아니하고
이슬처럼 혼탁하지 아니하고
고고한 모태의 울림인 양
풍경소리 독경소리를 듣고 자란
내면의 아름다움을 품은 고고함이 아니런가

여기 절집을 지키는
백세의 배나무 위에도
늘어진 사과나무 향기 위에도
하얀 안개비가 내린다

2017. 7. 23. 충북 제천, 백운산 덕동계곡에서

응봉산이 빚어놓은 비경, 덕풍계곡을 향하여

심심산골 외로운 오지,
산 넘고 물 건너
여기 한반도의 허리
백두대간 흘러내린 등허리에
태곳적 신비 거기 그 자리에
숨겨진 비경 거기 그대로 있다는데
얼마나 더 돌고 돌아가야
풍곡리 마을 주막집 마구간이 나오려나

풍곡리에 하마(下馬)하여
숨 막히는 폭염을 이고지고
덕풍리 계곡에 병신년 여름을 내려놓고
속세도 잊고 져 떠나온 길이
어찌 이리도 멀고도 험하다는 말이냐

산 따라 물 따라가는 길
현기증 날 것만 같은 길이건만
산자수명 산고수장에 풍월이 절로
산자락 너와집 산촌의 풍경에서
아련한 그리움이 피어오르고
계곡에 풍덩거리는 비치볼 파라솔 풍경에서

내 고단했던 일상 쌓였던 피로가 잠시 사그라진다

오, 깎아지른 벽산 허리춤에 적송의 군락
청산이 유수로 흐른다 하니
청산이 그래서 더 아름다운 것은
금강송의 위엄이 있어서가 아닐까나

성황교 버릿교 부추밭교를 지나니
적송 솔밭그늘에 별밭야영장 솔밭야영장이
목을 빼고 피서객을 기다리고
칼둥보리교를 지나니 이내 덕풍산장안내판이 반긴다

자 이제부터 용소골로 가자
제1용소 제2용소에 암벽사면에 줄을 잡고
굽이치는 폭포 아래 검푸른 용소의 깊이를 생각하며
청정자연이 머물러 숨 쉬는 곳,
금강산 내금강이 부럽지 않은 협곡의 비경 속으로
잠시 따개비도 되어보고 바다 곰도 되어본다

하얀 바위에 누워보다 협곡에 빠져 허우적대다
입술이 파래지면 바위에 기어올라 일광욕을 즐기다
배고프면 나와 먹고 하늘 한 번 쳐다보고
제3용소를 돌아 응봉산을 오르는 꿈을 꾸어보지만
저 아래 풍곡리 주막집이 아른거려
용소골 앞에서 꿈을 접는다

산 넘어 울진 덕구에는 온천물이 펄펄 끓어오르고
여기 풍곡리 덕풍계곡에는 얼음장 물이 흐르는데
응봉산을 두고 동에서 온탕을 서에서 냉탕을
오르며 온탕 내리며 냉탕을 해본다면
여름이 시원하고 겨울이 따뜻하지 않겠는가

길고 긴 여름,
유난히도 더웠던 여름이기에
햇살 한 줌이 그리워지는 계절의 입구에 서서
나는 왜 떠나가는 여름의 눈치를 보는가

그렇거나 말거나
처서가 내일 모래인데
아직도 더위의 기세는 처서를 모른다 하더이다

2016. 8. 21. 강원 삼척, 응봉산(999m) 덕풍계곡에서

노고단은 연분홍인데, 뱀사골은 온통 연둣빛이네

오,
노고단 산상에
진달래 먼저 나와
저리 곱고 화려함으로 앉아 있으니
나는 우레와 같은 갈채를 보내노라

그리고
두 팔을 벌려
끌어안고 입맞춤하리라

어쩌자고 연분홍 진분홍 곱게 피어
산신 할매 영혼을 깨웠으면 됐지
어이 지나가는 나그네 맘도 흔들어 볼 작정이냐

파란 하늘 위에
분홍빛 화사한 얼굴로
살랑대는 미소로
나의 애간장을 태우고는
이제 뱀사골 간장소 탁용소에 빠져보고
제승대에 내려앉아 풍류를 말하라 하고
아름다운 계곡 길에 묻혀

석양빛 눈부신 햇살 아래

은빛물결 일렁이는 담(潭)과 소(沼) 계곡에 앉아

머물러 흐르는 물소리에 마음을 씻고

지저귀는 새소리에 귀를 열고

물 위에 어리는 연둣빛 나뭇잎에 누우라는 것이냐

이십 리 길고 긴 계곡,

아름다운 사색의 길 위에서

자연관찰로는 선계(仙界)로 가는 지름길인 듯,

석양을 품은 연둣빛 푸른 산이

고와도 너무 고울세라

아, 반선교를 건너가니 나도 반은 신선이 되어 있더라

2013. 5. 12. 전북 남원, 경남 함양, 산청, 전남 구례, 성삼재(1,102m),
노고단(1,507m), 반야봉(1,732m), 삼도봉(1,550m) 뱀사골에서

지리산 뱀사골에는

구름 위에 반야봉,
어이 어이 잠들다가
청산(靑山)에 물을 배어 청정수(淸淨水) 내어놓고
함박꽃잎 흐르던 물 탁용소에 머물더니
타는 입술 아쉬워라 하얀 미소 보내느냐

바람에 명선봉,
어이 어이 안기다가
청산에 혼(魂)을 배어 청정심(淸淨心) 불러놓고
라일락꽃 일렁이던 물,
병풍소에 머물더니
그 향기 아쉬워라 푸른 미소 보내느냐

달빛에 제승대,
어이 어이 취하다가
간장소에 빠져들어 일엽편주 띄워놓고
떠난 님 정(情)을 실어 반선교(半仙橋)로 보내놓고
나는야
지리(智異)의 품 안 화개재 오르면서
만추(晩秋)의 계절 불러놓고
설국(雪國)의 꿈도 꾸어본다

2012. 6. 17. 전북 남원, 지리산 뱀사골 화개재(1.360m)에서

지리산 성삼재 올라 뱀사골에 빠지던 날

밤꽃 향기 가득한 6월로
성삼재를 넘어 뱀사골로 가자

푸르른 남원 산내 들어서니
내령 부운 덕동 마을 흘러가고
차창 밖 달궁계곡 그대로가 산수화라
눈으로 밟고 가슴으로 안아주니
성삼재가 반기는구나

노고단에 오르자
둥글어 반야봉이 코앞이요
멀리 동으로 천황봉이 구름을 이고
남으로 화엄계곡 섬진강이 희미한데
잠시 아픈 역사 서러웠던 계절
저 하늘에 날리고
임걸령 지나오니 반야봉 노루목에서
쉬어 가자 한다

삼도봉에 오르자
여기가 전북 경남 전남의 도민이
서로 마주보며 천(天)지(地)인(人) 하나 됨을 기리고

삼각봉을 세웠다는데
얼마나 감격을 했음인가
수많은 산님들 어루만져
끝은 둥글고 반질반질 빛이 나는구나

보아라
여기 한 바퀴 돌았으니
삼도를 단번에 밟은 셈이니
이것이 축지법이 아니더냐

화개재 당도하니
여기는 산상(山上)의 화개장터
경상도 소금 지고 올라와 전라도 삼베하고 바꾸던
옛사람들의 장터란다

우리도 장을 보았으니
이제 뱀사골로 내려가자
지나는 곳곳마다 곰 출현 소식
등골이 오싹하고 오금이 저려오고
고사목 넘고 넘어 나무뿌리 건너가며
긴긴 시린 계곡 찬기에 젖을 제,
소금짐 물에 빠져
오, 소(沼)는 간장이 되었더라

기암절벽 아름다운 계곡
다리와 폭포는 몇이며

소(沼)와 담(潭)은 세어본들 무엇하랴

간장소 그늘 속에 함박꽃잎
싸리꽃 송골송골 너무 귀여워
자작나무 껍질에 사랑을 새겨
사랑하는 그대에게
내 마음 일엽편주 반선교로 보내놓고
나도 따라 탁용소를 걷는다

산우여,
오늘 지리(智異)의 품 안에서 행복했다면
내일은 만추(晚秋)의 계절 불러놓고
모래는 설국(雪國)의 꿈을 꾸어보면 아니 되겠는가

2012. 6. 17. 전북 남원, 경남 함양, 전남 구례, 성삼재(1,102m), 노고단
(1,507m), 반야봉(1,732m), 삼도봉(1,550m) 뱀사골에서

불영계곡에 삶의 애환이 흐르는데

태백산맥 끝자리
돌고 도는 고개는 웬 구비냐

가도 가도 산,
하늘은 네 평 돈짝만 하고
물도 깊어 가는 길 서러운데
우리 님 소금 지고 오른 길 서러운데
소금 지고 오른 세월
방물 지고 내린 세월이 그 얼마
그 흔적은 어드메뇨

베적삼 적시고
흘러내린 땀방울은 계류가 되고
설움 씻고 한숨 닦아 무명수건 헤진 사연
불영 계곡 물속 너는
너만은 알겠지

천축산 불영사,
천 년의 세월이 만든 아름다운 불영사
여승의 마음처럼 여인의 향기를 품은
그, 계곡 물속에 비친 부처님을 따라

계곡을 걷자 그리고 협곡에 빠져보자

기암괴석은 하늘에 걸리고
지나온 길도 불영정도 선유정도 하늘에 있으니
천길 낭떠러지 온통으로 협곡 아래에
내가 한 점으로 있도다

애절한 삶이 녹아 흐른 물줄기를 거슬러
남대천 연어의 귀소본능처럼
아름다운 밀어 삶의 의미를 되새기며
징검다리 건너 자갈길 바위를 타고 갈대숲을 헤치고 걷는다
올망졸망 콩돌을 만나 손을 비비고
형형색색의 바위돌에 올라 만세를 부르고
급류에 씻기고 패인 자국에
서로 다른 성질과의 동거에 자연의 위대함
자연이 곧 스승이라는 것을
자연은 또다시 나를 일깨워준다

세월에 바랬을까
백석과 현란한 무늬석들의 향연
자연의 예술작품 신들의 정원이 여기에
불영계곡에 가을이 오면
나는 서러워서 울 것이네

깎아지른 협곡에 푸른 물
그 속에 비쳐진 찬란한 빛과 향기

흰돌과 만물상의 그림자를 잡고
나는 서러워서 우네

붉어서 더 아름다운 단풍
자연의 오케스트라의 대향연속으로의 여행
나는 이 심산 협곡에 앉아 노래를 부르리라

아름다운 강산
임의 등불을 부르리라

오지 않는 임을 향해

2017. 6. 25. 경북 울진, 불영계곡에서

대야산 선유계곡 용추로 달맞이 가자

산이 높아 물이 길어 산고수장(山高水長)
백두대간 험산준령 명산명수를 찾아서
대야산 선유계곡을 찾아가자

아름다운 선유(仙遊)계곡 변함없고
신비의 용추(龍湫)계곡 여전한지
문경팔경 숨어있는 비경 속으로
한국의 비경을 찾아 추억산행을 떠나가 보자

깎아지른 암봉 기암괴석 노송의 그림자를
선유동천 암반 위에 사랑의 하트로 패인 소(沼)
맑은 옥계수 용추의 푸른 물을 보고자
승천하는 용트림에 떨어진 용의 비늘 흔적을 보고자 함인데
오, 산수는 거기 그 자리에 그대로 푸른 청춘인데
나만은 빛바랜 청춘이 되어 장승을 닮아가네

먼 옛날 고운 선생 자적하신 여기
세상천지 풍류가 시인묵객 불러들여 놀던 바위
여기 술상바위가 있는 연유를 이제야 알 것 같으니
그래 나도 암벽 아래 행장을 풀고 앉아
머리 위에 떠있을 달을 그려보자

휘영청 중천에 뜬 달도 하얀 달이요
하얀 암반 위에 비친 달도 하얀 달이요
푸른 용추에 빠진 달도 하얀 달이로되
월영대에 비친 저 달만은
풍류에 취해 시류에 취해 흔들리고 있으니
선녀가 놀다간 저 용추에
신선이 놀다간 저 암반 위에
풍류가 흘러간 저 선유동천에
산고수장 최치원 선생 글씨가 새겨진 암벽의 세월은
얼마나 흘러갔을까

이제
빛바랜 시간 가루 되어 날리고
검게 그을렸을 시간 속절없이 타들어 갈지라도
산우여 듣는가
저 높은 암벽 위에 걸린 청솔의 기상으로
선유동천의 푸른 가슴으로
용추계곡의 푸른 물처럼 맑고 깨끗하게 살다 보면
그것이 바로 우리가 바라던 세상
진정 자연을 닮은 자연인이 아니겠는가

가자, 선유동천 나들길을 따라
가파른 피아골을 오르고
대야산 정상에서 속리산 천왕봉을 향해 호연지기를 외쳐보고
산상만찬에 푸른 행복을 마시고
어제의 시름 오늘의 헛된 꿈 날려 보내고

텅 빈 마음으로 내려가자꾸나

그래 비우고 살자
비워야 채울 수 있으니까

길이 아니면 가지를 말고
말이 아니면 타내지 말라 했던가
가는 사람 잡지 말고
오는 사람 막지 말라 이르러
중이 절이 싫다고
절을 떠나라 할 수야 있나

인생 만나면 곧 헤어짐이 필연이고
스스로 떠날 때를 알고
이 길이 아니면 또 다른 길로
나는 야 오늘
그 길을 찾아가련다

2014. 6. 8. 경북 문경, 대야산(932m)에서

노인봉이 품은 소금강계곡을 가다

아주 옛날,
오대산 비로봉을 떠난 노인은
진고개를 넘어 여기 노인봉에 당도하여
두 팔을 벌리고
좌로는 백마봉 우로는 황병산 매봉 천마봉을 끌어안고
사문다지계곡 선녀탕계곡 구룡폭포계곡 은선폭포계곡에
낙영폭 광폭 삼폭 구룡폭 세심폭 대왕폭 무릉계에
백마폭 천폭 이련폭 용수폭 비봉폭에 물 흐르게 하고
선녀탕 연화담 십자소 소와 담 만들어
백운대 만물상 삼선암 식당암 일월암 금강문 취선암
숨이 차도록 빚어놓았네

시화연풍 아니어도
무릉도원에 시인묵객 물처럼 흐르고
연년세세 변화무쌍 만물상에
풍류객도 구름인 양 머무를 적에
율곡 선생 불러들여 유유자적 세월을 노래하고
진경산수 절경에 젖고 비경에 또 취하고
이제 선계(仙界)로 가려 하는가

금강사에 머물러 참선에 들던 자리

구름 속으로 노인도 사라질 제
오,
부르다 지친 메아리
소금강계곡을 깨우는 소리에 깨어보니 꿈이더라

이제 그 꿈속에 청학동,
진고개 산마루에 애마를 두고
노인봉에 올라 소금강계곡을 날자

진 고개에서부터 홍산에 가슴도 홍심인데
넓은 초원 구릉지 벌판 위에
어디선가 양 떼가 몰려올 것만 같은 예감
차마고도 마방의 길이 아닌
부드러운 벌판 위에 원색의 행렬
그 가는 행렬이 대초원을 흐르는 듯
느리게 가는 기차 같고
가는 행렬도 만산홍엽을 닮은 단풍이더라

노인봉 정상석을 에워싼 산객
그야말로 인산인해
가파른 하산길에 너울대는 단풍에 물들고
낙영폭포에 물소리에 오색물결 일렁이는 옥수에 눈을 두고
소금강도 식후경
폭포수 만찬에 오감에 육감을 만족하게 하니
두어라 더 두어라
그냥 거기 나를 내버려 두어라

오, 시리도록 푸른 물
어리도록 불타는 산 오색의 산경에 눈물이 배어나오려나
기암괴석 층암절벽
내려보고 올려보고 돌아보고
보고 또 보아도 어리둥절 만물상에
기인의 코와 귀 옆모습을 닮더니
시시각각으로 변하는 빛과 어둠의 경계 비경에 넋이 나가고
구룡폭포에서 온갖 것 시름 쏟아내나니
저 옥수에 어찌 발을 담글 수가
저 산천에 어찌 내 몸에 묻은 오염을 날릴 수가 있으리오

삼선암 위용을 비켜 돌아
식당암에 넓은 여유와 풍광에 젖어보고
금강사의 그윽한 자태 포근함이 엄습해 오건만
연화담의 칠 선녀가 기다리고
십자소에 들어 무릉도원에 머무를 시간이 없으니
갈 길이 천리
저, 지는 해 누가 잠시라도 붙들 수 없을까

어젯밤 꿈속에서 본 그곳
여기가 그곳
천하절경 명승 제1호 청학동 소금강이라 하더이다

2014. 10. 12. 강원 강릉, 오대산국립공원 노인봉(1,338m) 소금강에서

막장봉에 닿으니 시묘살이계곡으로 가란다

염천하 푸른 산천은
여름이 출렁출렁
청산에 꽃나비 절로 날고
유수에 물고기 절로 노니는데
창공에 새는 어이 노래가 없을까 보냐

내 마음 덩달아 술렁술렁
여름을 타는 것이
오호라
너도 별수 없는 생물
네가 언제 주야장철
타지 않는 시절이 있었더냐

제수리재 내려서서 하늘을 보고
막장봉이 어디냐고 이정표를 붙잡으니
가다 보면 유명한 이빨바위가 있다네

내 이빨과 비교를 해보고
투구봉에 오르면 투구를 쓰고 장수가 되어보고
여성바위에서 여성을 만나거든
보아도 아니 본 듯 눈 씻고 돌아서
천지에 올라 용상에 앉아 임금도 되어보고
달팽이도 만져보고

코끼리도 만져보고
쭈그리고 잠든 뿔 없는 야크를 깨워보고
댐을 건너 통천문을 나서면
기암괴봉 거기가 끝장이라네

오, 거기가 여기
막장 봉이란 걸 밟고 서니
소나기 맞은 여름날의 꿈은 아니로구나

발아래 장성봉을 두고
한 바퀴 눈으로 돈다
희양산 대야산 칠보산이 한 눈인데
이제 돌아서 시묘살이 계곡으로 내려가
칠년대한 가뭄에 물 만난 고기처럼
한바탕 놀자꾸나

쌍곡폭포 아래,
옥빛 소(沼) 푸른 담(潭)에 선녀와 나무꾼은
분별없이 엉키어 흐르는데
티베트 메리설산 녹은 물은 아닐진대
시원도 잠시
애끓는 시묘살이 아픔처럼
뼛속까지 시리고 아리니
인간사 변덕이 죽 끓듯
여름도 잠시 얼음장 겨울이 돈다

2013. 7. 14. 충북 괴산, 속리산국립공원 막장봉(868m)에서

칠보산 쌍곡구곡에 들자 하니

산이 많아 산 청정
골이 깊어 수 청정
쌍곡구곡에 심신을 내려놓고
시원한 계곡 들머리로 들자 하니
떡 바위가 반기며 떡부터 먹고 오르라 한다

바람은 살랑살랑,
나뭇잎 사이로 쏟아지는 아침 햇살에
물살도 춤을 추고 옥수는 청정수로 구르고
미끄러지며 흐르는 와폭에
물소리 새소리에 내 마음도 편안할 사,
매미소리까지 더하니 청정에 청정을 더하는구나

정상을 오르니
에루와 좋구나, 좋다
하늘은 푸르고 뭉게구름 두둥실
군자산 덕가산이 눈 아래요 보배산이 코앞이라
청석골 각연사의 모습이 훤하니
천지가 내 손안에 있구나

기암절벽 암반 위에 능선 여기저기 노송의 자태에서

뒤틀린 세월의 고목에서 청산의 아름다움으로 남고
퇴계 선생 송강 선생의 머문 자리도 아마도 여기일 것이리라

버선코 바위 거북바위는 어찌도 그리도 닮았는지
수직계단 내려갈 때 오금이 저려도
능선의 비경에 더는 무심무시로구나
쌍곡계곡에 발을 담구고 있노라니
보석이 따로 있다더냐
가재 한 마리가 물속을 노닌다

살구나무골 조릿대 숲을 지나 징검다리 건너갈 때
순이 생각은 왜 나는 걸까
강선대엔 선녀들이 물속을 유영을 하니
전설이 눈앞의 선녀인데
나무꾼은 많은데 벗어놓은 옷은 없으니
아뿔싸,
벌써 누군가 훔쳐갔을지도 모른다

쌍곡폭포 아래 하동(夏童)들의 막바지 여름이 출렁이고
날머리 주차장엔 타고 온 말들로 북적이고
주막에서는 빈대떡에 고기 굽는 냄새에
행여 칠보산이 그을릴세라 쌍곡계곡 물소리가 더욱 청정으로 흐른다

떠나는 길마다 대학 찰옥수수 내어놓고
밭마다 청결고추 주렁주렁 익어가는 산골에
고추를 모르고서 괴산을 말하지 말라 하고

옥수수를 모르고서 괴산을 말하지 말라 하니
산 청정 수 청정
청정고을 괴산이라네

      2012. 8. 26. 충북 괴산, 속리산국립공원 칠보산(779m)에서

도장산이 감춰둔 비경, 쌍용계곡에서 살자

백두대간자락
숨은 명산 있다기에
산길 돌고 물길 돌아
내서리 문경 땅 내려서니

용추교 들머리로 산정(山頂)에서 기(氣)를 충전하고
심원사(深源寺)에 들어 세상 번뇌 망상 탐욕도 날리고
세심(洗心)을 한 후에야
쌍용계곡에 풍덩 빠져 육신에 거죽을 씻어내고
심원폭에 쌍용폭에 가는 여름 밀거니 잡거니 하다가
아침에 들던 자리 그 자리에 있어만 준다면
애마(愛馬)는 아침 먹은 곳으로 보내준다더라

그래 산우여,
도장산이 감춰둔 오지의 비경을 찾아
아름다운 쌍용계곡으로 가자

사우정(四友亭) 풍류 흘렀는가
바람이 맑아 달이 밝으니 청풍명월이라
옥수(玉水)는 용추에 청룡이 살고 황룡이 살았다는 쌍용계곡에

두루뭉실 하얀 암반 하얀 기암의 전시장을 적시고
물결은 쪽빛 소에 머물다가
돌고 돌아 흐르니 회란(廻瀾)이라 하는데
하늘도 쪽빛 초록의 세상 짙푸른 향기에
오, 청산은 절로 유수는 나절로

계곡을 거슬러 층암절벽 청솔의 기개를
눈으로 담고 가슴으로 끌어안고 오르니
암릉지대 만나 암봉에 입맞춤 피할 수 없어도
노란 원추리 꽃송이에 눈길 주고
하얀 개미취 꽃들에게 손길 주고
화려한 버섯의 향기에 코가 물러도
앙증맞은 보랏빛 초롱꽃 잔대의 종소리를 들으니
내 어찌 오르지 않을 수 있으랴

헬기장에 착지하여 사방을 경계하고
도장산 정상에 올라 정상석을 끌어안는다
서로는 속리산 문장대가 한눈이고
북으로 대야산 희양산이 가물대고
발아래 산동내의 풍경이 그림처럼 다가오는데
언제나 산정의 성찬은 정상주(頂上酒) 한잔으로
세상의 피로를 한 번에 날리는,
세월의 무게를 덜어주는 명주(名酒)가 아니던가

계곡을 끼고 앉은 심원사의 자태

유서 깊은 세월 그 모습은 어디 가고
그리 멀지 않은 연륜의 시간도 빛은 바래있으나
작은 일주문도 간단해 더 소박해 겸손해 보이는 것 어쩌랴

규모에서 형식에서 화려함에서 자유로울 수 있다고
꾸밈이 없어서 위압적이지 않아서
그야 드나드는 사람 마음에 달려있지 않느냐 반문한다

경내 돌계단에 귀뚜라미 나와 가을을 기다리고
아기 도마뱀은 돌담장에서 시간 위로 기어가고
스님은 산객을 응시하며 산사를 지키고 있는데
층암절벽 이룬 심원폭포가 시원시원해서 좋고
쌍용폭포 암벽 주변의 풍경이 더없이 아름다우니
오, 이 아니 즐거울 수가

그 옛날 택리지(擇里志)에
청화산 속리산 사이에 경치 좋고
사람 살기 좋은 복지(福地)가 있다고 했는데
결코 빈말은 아니로구나

다음에 도장산을 가려거든
수깔 몽둥이 싸들고 3일을 살다가
석 달을 살다가 아예 3년은 살자
아니 30년은 또 어떠하랴

탐욕을 버리고 비우니

다시 욕심을 채우려 하는가

여름날의 꿈은 꿈이 아니라면서

2014. 8. 17. 경북 문경, 도장산(828m) 쌍용계곡에서

석룡산 조무락골 여름이 좋다

하늘이 세 평이면
땅은 두 평
첩첩산중 오간 데 어디이고
오고 갈 곳은 어드메뇨

가평천 따라 난 길,
가는 길 어깨에 이산이 닿고
가는 길 머리 위에 저산이 닿는데
앞산이 옆산 되고
뒷산이 또 앞산은 아니었을까

이 산 저 산 길 따라
명지산 연인산 화악산 가는 길
75번국도 따라
산속으로 산속으로 끼어들어
멈춘 곳은 삼팔교
피서객 산객을 쏟아내는 차량들에서
삼팔교 주변은 어제부터 시끄러웠을 터

시원한 물소리 새소리에 귀가 즐겁고
밤꽃 향기에 코도 싱그러운데

조무락골 계곡풍경에 눈 또한 즐거우니
발길은 산골 물 건너는 재미에 가볍기만 하고
오, 이제 남은 것은
정상주(頂上酒) 한 잔에 산정성찬(山頂盛饌)에
입이 즐거울 일만 남지를 않았는가

아니다
땀 흘리고 내려와
알탕에 하산주(下山酒) 대포 한 잔이 또 있지를 아니한가

새들도 경치에 반해 춤을 추고 즐겼다는 계곡
조무락(鳥舞樂)골을 더듬고 능선을 기어오른다
하늘 가린 낙엽송 그늘에 숨었다가
잣나무 숲의 사열을 받으며
육산의 고운 살결을 비비며 오른다

전망바위에 올라서니
구름에 가린 화악산이 어렴풋하고
조무락골에서 피어오르는 안개는 신비로 다가오는데
바위에 걸린 청솔은 절로 고고함을 어이 잊고 산다더냐

송골송골 흐르는 땀
바람 골에 앉아 날리고 오르니 정상인데
때운 흔적이 안쓰러운데
또 다른 정상석은 누울 자리를 보려는지
동강 난 정상석을 붙들고 애원을 한다

성찬 후에 하산 길,
참았던 장맛비가 하산을 서두르게 하는데
복호등 폭포를 아니 보고 간다면 섭하지라
뛰어가 얼굴을 보고
물소리 새소리 빗소리 3중주 화음에
용수동에서 펼치는 뒤풀이 소리 더하니
어찌 푸른 잣송이가 알알이 여물지 않으리까

이제 푸른 용수동을 떼어놓고
가평천 유원지 골골마다 따라 나온
방갈로 주막집 민박집 풍경에 눈이 시릴 쯤
차창에는 빗물도 울고
구름을 이고 진 저 산천도 산수화도
절로 멀어져 가는구나

2013. 7. 7. 경기 가평, 석룡산(1,147m)에서

지리산 칠선계곡 사랑에 빠져

염천하(炎天下),
푸른 산천은 온통 여름이 출렁출렁
청산에 꽃나비 풀풀 날고
유수에 물고기 절로 노니는데
창공에 새는 어이 노래가 없을까 보냐

내 마음 덩달아 술렁술렁 여름을 타는 것이
오호라, 너도 별수 없는 생물
하지만 네가 언제 사시사철
타지 않는 시절이 있었더냐

추성동 들머리계곡,
계곡은 한사코 명품 노송을 붙들고
저리도 빼어남을 자랑하고 있으니
탄성은 저절로
마음은 벌써 선녀와 옥녀뿐
말에서 내려 하늘을 본다

이정표는 있어도 본숭만숭
앞서가는 사람 붙들고
선녀가 어디 옥녀가 어디 있느냐고

애써 태연한 척 헛기침 콩콩대며
걸음은 황새걸음에 눈은 외눈박이 물고기처럼
상류로 상류로 거슬러 오른다

처음부터 가파른 길은
아마도 미녀를 만나기 위한
첫 번째 관문인 듯
이것이 첫 시련인지도 모른다

두지동에 올라서니
입성고운 주모(酒母)는
치마에 불이라도 났는가
호리병 안고 나무꾼도 안고 있으니
어화, 좋고
출렁다리 아래 계곡의 풍경도 출렁이니
에루화, 좋고 좋구나

가는 길목에 상사화,
목 빼고 기다림에 지쳐 풀 죽어 우는 소리 들었는가
물소리 새소리
여름이 익어가는 소리
저 소리는 어찌하고
여인의 숨어있는 성(性)
내면의 아름다움이야
옥빛에 감물 출렁이는
저 희고 고운 선녀는 어이하고

옥구슬 굴러 청록에 수(繡)놓았을
저 요염한 옥녀는 또 어이 달랠 수 있으랴
아마도 옥녀가 옹녀가 아니겠는가

아,
7폭포 33개소의 소(沼)와 담(潭) 있다니
지리산의 위대함을 알려거든
칠선계곡으로 천황봉을 오르라는 말에서
내 작은 입으로 더는 어찌 절경을 말하고
내 작은 가슴으로 더는 어찌 채울 수 있단 말이냐

지리산 10경에
함양 8경 중 5경은 칠선시류라
험난하면서 아름다운 경관
최후의 원시림 차곡차곡
자연이 자연을 품었으니
오, 태고의 원시림 거기 그대로
사람들은 여기를 두고 국립공원 제1호
나는 오늘 여기에
여름도 두고 마음도 두고 간다만
선녀와 옥녀만은 꼭 데리고 가련다

　　　　　　　2013. 8. 18. 경남 함양, 국립공원 지리산 칠선계곡에서

덕유산 칠연계곡에 가면

덕(德)으로 만인(萬人)을 너그러이 품어주니
그 이름도 아름다운 덕유산이라네
백련사 발원한 물 구천동(九千洞)을 흘러가고
칠연폭포 발원한 물 칠연계곡 머물다가
아름다운 비단 강 금강(錦江)으로 흐른다네

소백산은 남으로 달리다 지리산을 이어주며
함양 거창 무주 장수를 품에 넣고
영호남 사이에 앉으니 덕유산이요
춘하추동 사계절 언제나 변함없이 포근하게 맞아준다네

봄이면 하늘정원 철쭉에 빠지고
여름이면 구천동 팔십 리 계곡에 인어(人漁)가 되고
가을이면 불붙는 단풍에 헤매다가
겨울이면 향적봉 설화에 탄성을 지르다 입이 얼지라도
무주 리조트 덕유대 야영장에 천막을 세우면
눈썰매장의 불빛향연 속으로
불야성에 밤을 잊고 산다는데,
밤하늘 반딧불이 쫓아가던 고향산천 그립다 했더니
반딧불이 보려거든
여기 남대천 지남공원으로 오라 하네

산우여,

자연의 나라 무주(茂朱)에서

동엽령 아래 칠연계곡에 빠져

적송(赤松)향기 가득한 용추폭포에 발길 묶고

칠연의 총에서 150인 의병(義兵)의 충절 가슴에 담고

칠 단의 칠연폭포에 타는 여름을 즐기면 그만인 것을

그토록 칠연계곡 좋아라고

해 지는 줄 몰라 하면

머루주(酒) 한 잔에 어죽에 산채 비빔밥은 언제 먹어보고

별이 쏟아지는 집은 어이 두고

구천동 33경은 또 언제 보려 하느냐

2012. 8. 5. 전북 무주, 덕유산(1,614m) 칠연계곡에서

지리산 한신계곡의 여름

더위가 좋아
더위가 싫어 더위를 피해 온 것인가,
백무동 입구에서부터 등로가 혼잡하다

마상에서 내리자마자
이동 철책 우리에서 풀어준 양 떼의 무리처럼
폭포를 향해 계곡을 향해 달려드는 산님들
신이 났소이다

첫 들머리 폭포소리에 환호성을 지르고
가네소 폭포 아래 바위 위에 주저앉고
한신 폭포소리에 놀라 물속을 맴돌아도
더위는 아직도 물러갈 때가 아니란다

여기저기 쏟아져 나오는
크고 작은 물소리가 지리산을 깨우고
한신계곡 한신폭포 소리에 하나 되어
굉음을 내며 여름을 쫓아내려 하지만
때가 되면 모두가 변하는 것

산우여,

물길을 막지 않는다면
발길을 막지 않는다면
거기서 나고 자란 고목의 소리
자연에서 나고 자연으로 돌아가려는 고목의 소리를 듣자

지리산 칠선봉 촛대봉 아래
하늘을 우러러 구름을 기다리며
한신계곡 암벽에 바위틈에 뿌리를 내리고
물소리 새소리 바람소리 벗을 삼고
한 점 숲의 일부로 살아온 세월이 다해
이제 쉬고 눕고 싶어 여기 있노니

내가 태어난 곳도 여기
내 돌아갈 곳도 여기이니
내가 살아온 고마움에
내 흙이 되고 거름이 되려
이 한 덩치로 내려놓았으니
나를 그대로 그 자리에 내버려두려무나

온갖 풍상 이기고 살아온 생명의 향기
수많은 세월의 무게 이기지 못해
빛바랜 향기로 남아
선 채로 누운 채로 거기 그 자리에 있는 고목
무언의 외침의 소리를 듣자

자연은 본래의 자리

그 자리에 있을 때

비로소 자연이라 안 합디까

2017. 7. 16. 경남 함양, 지리산 한신계곡에서

화양구곡에 여름이 젖는다

화양구곡,
금사담(金沙潭) 앞 넓은 암반 위에
또 층암절벽 암반 위에
송림 속에 묻힌 암서제(巖棲齊)

신이 내린 선물인가
하늘이 내린 보물인가
눈을 비비고 보아도 명승
숨을 죽이고 보아도 비경
단아함이 겸손이요 고즈넉함이 몽환적이요
있는 자리 그대로가
오, 자연에 묻혀 자연이 되었구나

금빛모래 위
흐르는 청류는 세상을 모르고
우암 선생 제자들 글 읽는 소리는
세상을 깨우려는 듯,
삼백 년이 지나갔어도
아직도 화양구곡에 맴도는데
시간은 그 자리에 머물러 세월이 무색하니
오, 세월이 무심하도다

제자 효종임금의 죽음을 애통해하며
무릎 꿇고 울부짖던 읍궁암도
그때를 아는지 모르는지
그 자리를 지키고 있는데
가는 곳마다 우암 선생 영혼이 깃들고
그 흔적 아홉 골짜기를 메우고 흘러가니
가히 명승 화양구곡이로세

경천벽이 하늘을 떠받드니
구름도 머물고 하동도 머무는 운영담에서
금빛모래 일렁이는 금사담에서
읍궁암 바라보며 암서제에 앉아 지필묵 꺼내 놓고
능운대 첨성대 학소대에 올라
와룡암을 바라보다 지치거든
여기 파천에 발을 담구고 큰대자로 누워 하늘을 보자

둘러보아도 걸어보아도
지칠 것 같은 넓은 계곡
바닥이 온통 층암 암반인데
물에 씻겨 세월에 씻겨
백설기 떡 위에 콩이 있던 자국처럼
움푹움푹 패인 암반 위의 자국들이
물이 흘러 여울이 지면
아마도 용의비늘처럼 보이리라

아, 나는 이제 돌아가네

일각문에 암서제의 풍광은

어지러운 내 영혼 속으로

한 폭의 산수화로 담아내고

아름다운 파천의 계곡은

내 좁은 가슴속을 넓게 메우면서

차창으로 흐르는 빗줄기에 감사하며

나는 아침 먹은 곳으로 돌아가네

2017. 7. 2. 충북 괴산, 화양구곡에서

섬, 바다

거문도, 백도가 그리울 때

어느 날 문득
섬섬옥수 바다가 그리울 때면 떠나자

쪽빛물결 출렁이는 거문도 백도로 향해
거기 거문도에서 여장을 풀고
가벼운 걸음으로 역사공원길을 배우고
그리고 백도유람선에 올라
절해고도 다도해 끝자락에 서있는 수문장
상백도 하백도를 온몸으로 끌어안고
눈물로 위로해주자

시시각각 변화무쌍
천태만상 위풍당당한 얼굴로
그 용맹스런 장수의 모습을
눈물이 마르도록 위로해주고
녹산 등대에서 해넘이 일몰에 취해보고
등대의 악단 위문잔치에 여흥을 즐기고
다음 날,
불탄봉에 올라타서 거문도 등대로 달리자

동백꽃 터널이 열 번이면 하늘도 바다도 열 번이라

촛대바위 신선바위 선바위를 눈에 넣고
기암절벽 아래 떠나는 고기 배 위에도
아마도 동백이 한 줌은 될 터
하늘에 달린 동백이 한 말이면 떨어진 동백도 한 말이니
가히 불탄봉도 동백섬이어라

목넘이 지대에서 지구의 신비를 배우고
거문도등대를 어루만지며 돌아서는 나그네는
간밤에 주류여행 시원한 미역국에 녹이고
오늘에 등반여정의 여독을
두툼한 갈치조림 한상에
시원한 돌돔쑥국에 빠져
나는야 아직도 헤맨다

2023. 3. 18~19. 전남 여수, 거문도에서

금오도 비렁길 위를 걷다

이 강산
금실 은실로 섬섬옥수로 수(繡)를 놓고
이 바다 저 섬
쪽물 꽃물로 정성으로 물들여 놓고
돌아보니 아름다운 금수강산 되어 뿌렸네

물이 고와 여수요
포구마다 비경이니 미항(美港)이라
자라를 닮아서 금오도냐
숲이 많아 검게 보여 금오도냐

신기선착장에
달려온 애마(愛馬)를 배에 싣고
나 또한 배만 믿고 가는 신세
급하다고 해서 나설 일 아니고
배가 서럽다 뛰어내릴 일 아니니
생긴 대로 살고 형편대로 살자
이럴 때만이라도 느려 터질 때로 살자

바닷바람에 펄럭이는 선상 태극기 위로
던져 준 먹이에 길들여진 갈매기를 향해

멀어져 가는 육지 달려오는 섬들의 풍광을 잡고
여천항에 애마도 나도 땅을 밟으니
여기가 그리던 임금님의 섬 금오도가 아니던가

방풍나물 펼쳐놓고
봄을 파는 아낙네의 미소
바다를 파는 아낙네의 거친 손
금오도를 팔고 있는 아낙네의 얼굴이 먼저 와닿는다

세월의 무게에 눌린 자국에서
내 마음 회한을 타고 울고픈 심정을
저기 뱃전을 맴도는 갈매기가 대신해 주려 하지만
애써 동백꽃에 서러움 달래보고
매화 꽃향기에 도화(桃花)의 사랑에 포로가 된 채
지천으로 펼쳐진 방풍나물 밭을 달려간다

아름다운 함구미 마을
기암절벽 벼랑길을 여기서는 비렁길,
이름도 고운 비렁길이라 부르니 더욱 정겨울세라
걸어 걸어서 돌담길 논두렁 밭두렁 벼랑길을 걸어서 가보자

기암절벽 미역널방의 풍경에
갈대밭 출렁이는 바닷가의 낭만에
외로운 소나무의 바다를 향한 그리움에
돌담 속 초분에서 삶과 죽음의 의미에
수직절벽 신선대에서 은빛 바다의 침묵에

굴등 전망대에서 촛대바위 전망대에서
난 그만,
직포의 고요에 시선이 머물러 취하고 만다

대숲을 지나 동백 숲 터널을 지나고
직포 방풍마을의 바다 냄새가 코끝에 무디어질 때
200년 소나무 앞에서 마음을 다잡고
요술처럼 굽어진 소나무에 경외감을 보내고
바다를 끼고 돌아온 비렁길의 여정이 노곤해질 때
일몰의 아름다움을 생각하고
땅거미 내리면
밤이 더욱 아름다운 포구에 주저앉아 생각하자

그대가 보고파
그대가 그리운 날엔 또 한 번 오리라
까만 밤 하얀 달의 그림자를
고요한 밤바다에 쏟아지는 푸른 별의 의미를
난 그대에게 일러주리라

이제 황어의 귀환시간,
오던 길 돌아서 어머니가 반겨주는 내 둥지로 가자
금오도의 사랑 이야기 한 아름 안고서

                    2014. 3. 9. 전남 여수, 금오도 비렁길 위에서

슬도에서 대왕암에서 천 년의 소리를 듣는가

방어진 슬도,
비릿한 바다냄새에
금방 코끝이 풋풋해진다

수평선 위에 배들의 도열
어디론가 떠나야하는 운명에
무언으로 출렁이는 고동소리는
잔잔한 그리움을 불러오고
그 울림에 내 작은 가슴속에 접어둔
또 다른 행복을 깨운다

움푹움푹 패인 바위 구멍 속
심술궂은 아이들의 손가락 장난일까
푸른 동해의 파도가 후비고 간 자국일까
파도가 지나간 흔적 속에 남은 소리의 향기
파도가 비파를 타는 섬, 슬도

섬을 잇는 다리 방파제위에는
해풍에 내몰린 해초의 간지러운 소리
물속을 뚫고 올라와 거친 숨 몰아 내뱉는 해녀의 숨비소리,
해안둘레길 아래

파도에 그을린 까만 몽돌의 속삭임까지
아름다운 소리 그 소리의 향기가 너무 좋다

송림 아래 그늘,
앉아보니 대왕암이 눈앞이라
풍경이 절경이니 산우가 있어 더 좋고
몽돌 위에 펼쳐진 밥상이 더없이 좋으니
오, 그래 이것이 힐링이라는 것이다

푸른 동해 위에 솟은 대왕암
기암괴석 붉은 바위들의 함성 너머에
문무대왕의 구국의 소리
천 년의 소리가 들려오는 듯하다

삼국통일 대업을 이루고도
사후에 호국대룡이 되어
이 바다 이 땅을 지키겠노라 피를 토하듯
구국의 소리 그 외침에 물들어
모두가 상기된 붉은 바위들의 결연한 표정들

저 바위 위에 달라붙은 갈매기는
그때를 아는지 모르는지
달콤한 휴식에 빠져 미동도 없으니
아마도 이 대왕암을 지키고 있는 파수꾼인지도 모른다

솔 향 가득한 대왕암공원

오래된 기억 너머
시간이 멈춘 시공 위를 걷는 기분
미지의 세계 새로운 경험처럼

광장 옆 대룡의 공간,
여기 문무대왕의 화신 대룡(大龍)이 머물러
이 공원 이 나라를 지키고 있는 한
이 파란 하늘에 구름이 두둥실
이 푸른 바다에 돌고래의 유영은
언제나 변함이 없을 터,
갈매기의 휴식 같은 천 년을 넘어
또 천 년을 이어 갈지어다

. 2017. 6. 18. 울산, 대왕암에서

통영의 봄 바다에

비 개인 통영의 봄 바다에
갈매기 날고
갯벌에 아낙네의 호미질은 분주한데
항구에 거북선은 한가로이 떠있구나

"내 고향 남쪽 바다 그 파란 물, 눈에 보이네
꿈엔들 잊으리오- 그 잔잔한 고향 바다"

바다 건너 봄을 부르는
진주 오케스트라 악단은 포구를 깨우고
고향 떠난 나그네
향수와 그리움에 서러움을 주고
남망산 조각공원에서 만난 사람
산중한담(山中閑談) 살가움에 고향을 잊게 하네

물먹은 동백은 피어 홍매를 그리고
산수유 꽃망울에 목련이 다투듯 시샘을 하는데,
나 여기
물 따라 바람 따라 계절에 묻혀
봄이 오는 길목 낭만의 도시에서
음악이 흐르고 시(詩)가 피어나는

이곳 바다의 땅 통영 미항(美港)에서
갯것들 설렁설렁 버무려
봄 냄새에 취하고
여름엔 치악(稚岳)의 심산유곡에 들어
숯 검댕이 얼굴로 감자를 굽고
가을엔 설악(雪嶽)에 물들어 빨간 코 되어
겨울엔 설국(雪國)으로 떠난다면
나는, 나는 행복하리라

오늘도 미륵산 암벽 천년 송(松)은
해무(海霧)에 서린 한려수도를 바라보며 환상에 젖는데
나는야
구름 속에 캐빈에 앉아 잠시 꿈을 꾸고 있었나 보다
아! 일장춘몽(一場春夢)이로다
산우여,
어서, 포구 선술집 술 한 잔에 정신 차리고 아침 먹은 곳으로 가자꾸나

2011. 3. 20. 경남 통영, 미륵산(461m) 남망산 조각공원에서

아름다운 백령도에서 아픔을 품다

서해의 최북단,
아름다운 비경을 간직한 바다의 땅
거기 백령도가 있다네

인천 연안부두 갈매기는
어서 오라 반색을 하고
여객선은 500리 바닷길 멀다 않고 고동을 울린다

사곶 해안 십리길 모래밭은
천혜의 해수욕장이고 있는 그대로가 비행장인데
심청각에서 바라보는 연봉바위에서도
여기 콩돌해안 형형색색 콩돌의 속삭임이 있네

모두가 아름답다 말하지만
아름다워 더욱 목이 메이노니
만고의 효녀 심청이의 전설이 있고
6.25 전쟁의 참화 속에
516명의 반공유격대의 숭고한 넋이 있고
천안함 폭침 2주기를 맞는 아린 마음속에는
아직도 냉전의 응어리가 가시지 않고 있음을 아느냐고

오, 오지 않는 님이여,
꿈도 인생도 모든 것 앗아가 버린
46용사 꽃봉오리 지던 날,
하늘도 바다도 땅도 통곡했었다오

저 피고 지는 꽃들도 다시 피건만
그대들의 모습은 위령탑 아래에서만이 볼 수 있다니
진정 아니 오시려거든
이 땅에 영원한 수호신 되어
시들지 않는 꽃
꺼지지 않는 불꽃
불사조로 돌아와 주오

소리쳐 부르면 닿을 듯
저 장산곶 북녘 땅 바라보며
꿈에도 못 잊을 두고 온 고향 그리며
한 맺힌 애환을 달래고 돌아서는 실향민
눈물은 또 얼마나 뿌렸으리
이제는 눈물도 마른 지 오래라고,
저 콩돌해안의 콩돌은 속삭이네

서해의 해금강,
두무진 선대암의 비경
오, 명승이로다

신선대 형제바위 장군바위 위용에 놀라고

하늘을 향해 포효하는 사자의 모습도
바다에 빠져 바닷물을 다 마시려는 듯,
코끼리바위의 형상은 어찌도 그리도 닮았더냐
일광욕 즐기는 물범은 귀엽기만 하고
용트림바위에 가마우지는 마냥 한가롭기만 하구나

까나리 액젓을 사오리까
굴, 해삼, 꽃게를 사오리까
낚시 하나면
광어 농어 우럭 놀래미의 입맛을 본다는데,
담수호로 가자
거기엔 손으로 휘저으면 무엇인들 걸리지 않겠는가
그리고 노란 유채꽃단지에서
파란 하늘 푸른 바다를 배경으로
김치를 외치며
내가 왔음을 알려야 하지 않겠는가

오늘 밤은 꿈을 꾸리라
아름다운 청정지역
역사와 효심의 고장 안보의 고장에서
평화롭고 풍요로운 고장
활기찬 환상의 섬
아름다운 백령도의 꿈을 꾸리라

2012. 4. 28.-29. 인천, 백령도에서

영덕 블루로드 길 위에서 묻다

해야, 솟아라
영덕 하늘에 바다에

해야, 비추어 다오
내가 가는 길에도 죽도산에도
산길 위에 바닷길 위에도

해맞이공원 풍차를 등지고 해파랑 길에 선다
이 길은 오래전부터
낮에는 독수리 밤에는 올빼미 눈으로
이 땅 이 바다를 지키려 초병이 걷던 길

바위길 지나면 흙길 바위길 지나면 모래 길
데크 위를 걷다가 바위를 잡고 오르고 내리고
갈대숲이 손짓하는 환상의 바닷길 숲길을 간다

좌로는 산과 숲
우로는 망망대해
이 산 저 숲 저 푸른 동해바다를 품으며
곧은길도 부드럽게 굽은 길도 여유롭게
걷자, 저 하늘 위 바다 위까지

철썩 쏴아~ 쏴아~

파도가 밀려와 바위에 부딪쳐 울부짖는 소리

하얀 물보라 튕기며 아픈 듯 물거품을 게워내고

힘겨워 스르르 사라지고 또 밀려오고

그 수많은 시간의 반복 운동의 에너지는 어디에서 오는가

좌로는 산새수리

우로는 파도소리 갯냄새에 내 가슴 흠뻑 젖어들 때

거리마다 마을마다 꽃피고 새가 노래하고

산들바람 바닷바람에 훈풍이 새로우니

내 마음도 덩달아 싱숭생숭

저 바닷속

봄을 줍는 상춘객의 가슴은

저 들판에 봄을 캐는 처자의 가슴은 오죽하랴 묻노니

풍차야 돌아라

대탄항 부두에 석리마을 경정마을 대게원조마을

오보해수욕장 경정해수욕장 백사장에도

대게의 꿈 싣고 떠난 만선의 어부의 얼굴에도

평화와 행복의 간지럼을 피우며 돌고 돌아라

저 하늘이 무너지고 땅이 꺼지고

저 동해의 물이 마를 때까지

바위 위에 세워진 해안초소

저 초병이 있었기에

잠든 나를 지켜주었고

잠든 이 땅을 지켜주었으니
저 해안초소가 영원히 사라지는 날은
해파랑 길 영덕블루로드 길 위에서 묻노니
지나온 이 길이
내게는 어떤 길이냐고 또 내게 묻는다

2017. 4. 2. 경북 영덕, 영덕블루로드길 B코스에서

환상의 섬, 사량도 지리산을 가다

바다의 땅 통영에
환상이 선 사량도가 기기 있어
삼천포항을 출발하는 여객선에 몸을 싣는다

하얀 물보라를 일으키며 떠나는 일엽편주
세종1호는 떠나온 지 40분 만에 내지항에 닻을 내리고
차량과 산님을 토해내지만
내 마음은 벌써 지리산 옥녀봉 옥녀에게 있으니
발길이 분주하구나

사량도 윗섬 중앙을 가로질러
지리산 달 바위 가마봉 옥녀봉으로 이어지는 오늘의 여정
내 눈은 벌써 내지항 수호신 노거수에 머물고
화사한 진달래꽃 파릇한 새싹의 향연에 안절부절
가파른 능선 칼바위 절벽을 지나 첫 봉우리에 선다

아, 바위틈에 피어난 진달래꽃 너머로 보이는 세상
여기가 바다가 있고 산이 있는 환상의 섬
좌로는 들머리 내지항 우로는 돈지항의 풍경
이따금 바다를 질주하는 하얀 물보라가
시간이 흘러감을 느낄 뿐

항구의 마을은 언제나 평화롭고 여유가 넘친다

오르락내리락 설악의 공룡능선을 빼어 닮은 암릉미
지리산 정상에 올라 바다 건너 지리산 천왕봉을 바라보지만
운무가 웬 심술
이제 달 바위를 향해 가자

좌우가 천길 낭떠러지기
외줄 난간을 부여잡고 아래는 보지도 말고
눈높이로 앞만 보고 가야만 하는 칼 능선
걷다가 기어도 보고 일어서니 여기가 둥글둥글 달 바위
이내 가마 봉으로 가는 길,
사면에 등로에 켜켜이 쌓인 태초의 세월의 흔적들
바닷속에 잠자던 억겁의 세월을 일으켜 세워놓은 형상들
자연의 위대함 자연예술의 진수 조각품을 뒤로하고
가마 봉에 닿으니
아, 옥녀봉으로 가는 하늘다리와
멀리 하도와 칠현 산을 연결하는 사량대교가 한 폭의 그림 풍경화로구
나

기암괴석 칼날능선에 청솔의 기개
출렁이는 하늘다리 건너에 옥녀가 있는 옥녀봉이라
진달래 곱게 무리지어 피어난 사이로 보이는
좌우 발밑의 풍경에 취해 옥녀가 잠들었을 돌무덤의 사연
나무계단 철계단이 수직으로 내리고 오르고
옥녀봉으로 가는 길의 출렁다리는

직녀를 만나러 오작교를 건너는 견우가 아닌 정우의 마음일터

그래도 예전보다야 수월하니
눈으로 담고 가슴으로 담아내고
사랑에 홀려 옥녀에게 홀린 여정을 끝으로
대항 날머리 선술집에 앉아
출렁이는 지리산의 옥녀봉 하늘다리의 풍경을 바라보며
도다리 쑥국에 하산주 한 잔으로 여독을 털고
내지항에서 삼천포행 막배를 기다리는 마음 그냥 마냥 좋았어요

오늘의 섬 산행,
바다의 땅, 환상의 섬
사량도를 품고 떠나며

2017. 3. 26. 경남 통영, 사량도 지리산에서

앵무산에 올라 순천만을 향해 날자

설한풍 밀치고
내려온 길이 남도 순천
왔는지 가려는지 해창리 들머리엔
파란 밭 여기저기 겨울이 찔끔 자라고 있는데
오르는 길목 약수터 버리고
낙엽을 밟고 올라보니
이내 남도의 풍경이 한눈이더라

포근한 등로 곳곳 의자도 여기저기 많은데
오를수록 더 많이 보이는 풍광 너머
동으로 광양만을 뜨겁게 녹이듯
하얀 연기 가래떡처럼 뽑아내고
서로는 끝 모를 순천만 벌판의 고요가
갈대숲 평화가 가슴에 와닿는다

아, 가슴이 후련하다
어제 무거웠던 몸 피곤했던 마음
저 벌판 위에 날리고
순천만을 향해 날아가자

농게가 짓다만 집에

칠게가 놀다간 갯 마당에
잿빛 그리움 안고 떠난 바다
아주 먼 태곳적 시간이 흐른 갯벌
정적이 고인 아름다운 벌판 위를 날자

그리고
칠면초 유다이 고운
깃털처럼 부드러운 갈대숲을 찾아
저 철새처럼 날아
춤추는 갈대의 사열을 받으며
화려한 봄날 아름다운 세상을 위해
꿈을 품으러 가자

2014. 12. 7. 전남 순천, 앵무산(344m) 순천만 갈대숲에서

2011 신묘년, 노을 속으로 지다

포근한 어머니 품속에서
등 뒤로 어깨 위로 오르다가
수평선 보이는 태안 해안 국립공원
설레임 안고 겨울 바닷가에 왔네

아, 세상은 넓다
가슴이 확 트인다
어디가 하늘이고 어디가 바다인지
끝 모를 공간이어라

파도는 포말을 이루고
고운 모래 위에 부드러움을 주고 사라지는데
할미 할아비 바위에 걸터앉은 소나무는
눈물이 나도록 아름답고
갯바위에 주저앉은 낚시꾼의 하늘엔
이름 모를 바닷새 날고
비상(飛上)을 꿈꾸는 펭귄처럼,
아, 나도 한 번 날고 싶어라

꽃지 둘레길 위에서 자연의 축복을
노을 길 위에서 타는 노을에 인생을 물들이며

안면송 탐방로 미인 홍송(紅松) 향기에
수목원 정자에서 굽어보는 풍광에 취하고
편안히 잠들 수 있는 곳,
여기,
지상 낙원 바다낙원 안면도(安眠島)라 하네

구름 뚫고 쏟아지는 태양빛의 아름다움
포구에 정박한 고깃배는
분주했던 시절 잊고 한가롭기만 하고
짭쪼롬 바다내음 코끝에 넣고
아낙네는 바닷속 일터로 나가는데
갯벌에는 갯물 캐는 이방인이 뛴다
이 모두가 그림이고 풍경이 되네

자연 산우(山友)들,
왼손에 장갑을 끼고 오른손에 칼을 들고
굴 굽는 화덕에서 뒷풀이 일전을 벌리더니
진 것은 아닐진대
이내 비틀거린다

오, 천북항에 지는 해야
금빛노을 불붙는 하늘 황홀하고
출렁이는 노을 부드러워
바다에 눕고 싶은데
어이하여 바닷속으로 숨으려 하느냐

순경(順境)보다는 역경(逆境)
아직도 만선가를 부르지 못한 그리움은
파도처럼 부서지고
세월의 설운 흔적만 남긴 채,
지나간 세월 되새김질한다

나 이제,
신묘년 이별여행 끝에서
철 지난 겨울 바닷가에
아쉬운 여정 내려놓고
소년은 어머니 품속으로 또다시 달려간다

2011. 12. 18. 충남 태안, 태안해안국립공원에서

봄이 오는 용두산, 저도 비치로드를 가다

싱글벙글 꽃마차에
이슬비가 대수인가
부풀어 오른 가슴
꽃비 내려 젖은 가슴
봄을 찾아 떠나가는 봄 처녀 가슴에도
사랑 찾아 떠나가는 새색시 가슴에도
아마도 이런
이런 마음이려나

비 온 뒤에 산천초목
파릇파릇 새순 나와 반겨주고
영춘가 노랫소리 들려오니
어화둥둥 봄날일세

저도 연륙교를 지나
시원하게 펼쳐지는 포구에는
하포리 풍경이 한눈인데
비치로드 닿는 골짜기마다
졸졸졸 생명의 소리
봄이 구르는 소리
봄의 소리를 듣는다

해안절경에 취했음이냐
안개 뒤로 숨은 듯 내민 듯
섬들의 비경에 눈 맞아
발길이 따로 논 것이더냐

아뿔싸,
외마디소리 첨벙 소리에
돌아보니 동행 산우,
물을 먹고 있는 한 마리 까투리처럼
옹달샘 웅덩이에 코를 박고 있는 모습

오,
동행 산우이기에 너도 나도 파안대소
터럭 하나 훼손되지 않음에
또 박장대소로 축배를 나누니
용두산 신령님에게 감사를 드린다는
그 고운 마음에 하루해 파트너의 마음에도
아름다운 봄날이 피어난다

바다구경 길,
물 빠진 갯돌에 앉아 즐기는 오찬은 진수성찬
미나리 상추보쌈에 고기 한입 넣고
이슬을 털어 넣으니
오,
이보다 더 좋을 수는 없으리라

떠있는 섬들이 내 안에
갈매기 한 쌍도 내 안에
바닷물마저도 내 한 뼘 안에 있으니
나 이렇게 행복해도 되나

봄이 오는 용두산
호수를 닮은 바다 위에
콰이강의 다리 연륙교의 아름다움은
내, 오래도록 기억에 묻어두고 싶구나

2015. 4. 5. 경남 창원, 저도 비치로드 용두산(202m)에서

천사가 빚은 아름다운 섬, 슬로시티 증도

웬만하면,
시계를 풀고 시간을 놓고
1004의 섬 신안으로
슬로시티 증도로 가자

해가 뜨면 자리에서 일어나
해가 지면 자리에 돌아가 눕고
달을 보고 별을 보며
바다의 물때를 그려보며
때 되면 자고
때 되면 밥 먹고
시간을 모르고 시간을 버리고 살자

바다가 나가면 갯벌로 나가고
바다가 들어오면 태평염전으로 돌아오고
바다가 내어준 만큼만 거두며 살면 되는 것을,
어디 해가 사라지고 달이라도 떨어진다더냐

짱뚱어다리,
넓은 갯벌에 짱뚱어가 뛰고
구멍 숭숭 숨소리가 빼꼼 대도

칠게 농게의 젓가락질 소리에
게거품이 요란해도
갈대숲 함초마다 영양을 담아주는 증도는 보물섬이라는데,
천 년의 숲 우거진 송림을 따라
우전해수욕장으로 가자

짚풀 파라솔 아래
눈부신 햇살 모래사장이 아름다운 곳에서 누워보고
만들 해역의 600년 숨겨진 보물선 이야기 건져내고
보물그릇 개밥그릇 요강으로 쓰던 어제의 흔적을 찾아서

짱뚱어탕 한 사발에 배를 두드리고
트레져 아일랜드에 기대어 시간을 마시고
엘도라도 리조트에 숨어 거친 일상을 벗어던지고
느린 우체통에서 10년 후에 배달되는 편지를 쓰자

오, 느림의 미학(美學)
멈춰진 풍경, 느려 터지거라,
웬만하면

2013. 5. 5. 전남 신안, 증도슬로시티 산정봉(124m)에서

나비야 청산도로 가자

하늘도 푸르고
바다도 산도 푸르러
어디 하나 푸르지 않은 곳 없으니
이름도 청산도(靑山島)라 하더이다

가는 곳마다 시가 되고 보는 것마다 그림이 되고
걸으면 덩실덩실 어깨춤이 절로,
앉으면 판소리 아리랑 한 자락에 인생이 녹아나고
누우면 태곳적 고향으로 달려가는,
이곳이 진정 지상낙원이려니
소쿠리 안에 담은 청산도
돌아서 가는 길에 통째로 들고 가리다

저, 청보리의 겨울 이야기를 들어보자
익어가는 보리누름 그 벌판의 소리를 들어보자
유채꽃 샛노란 사랑의 기억을 들어보자
뽀얀 논둑 길 정겨운 길 위에서
남도 갯길 진한 삶의 이야기를
범바위 이야기도 들어보자

오늘도 도청항 배들은 그리움을 실어 나르고
떠있는 양식장에는 기다림의 미학을 키우는데

나 이제부터 달팽이처럼 느리게 가고
나무늘보처럼 느림의 미학을 안고
느리게 느려터지도록 사는 법을 배우리라

더디 가는 시간,
저곳에도 시간이 가려나
청산별곡 노래나 불러보자

"살어리 살어리랏다
청산(靑山)애 살러리랏다
멀위랑 다래랑 먹고
청산(靑山)에 살어리랏다"

초가의 향기 송아지 우는 언덕에
꼴짐 지고 가는 농부의 저녁 풍경이 그리워서
매봉산에서 대봉산에서 범길에서 타는 노을이 그리워서
소반 위에 갯냄새 담아내고 웃는 아낙네가 그리워서
원두막 그늘의 반나절 유혹을 들어도 모른 채,
느리게 느리게 살다가 느려 터지면
그때서야 저 고인돌의 사연
저 초분(草墳)의 사연을 들어보면 아니 되겠는가

시간이 멈춘 포구의 고요,
신흥리 앞바다의 평화가 가득한 풍경
해송에게 갈매기에게도 물어보자
해풍은 어디에서 오느냐고

물속에 잠긴 범바위의 세월은 얼마냐고
무인도 두레이 섬의 외로움까지 사랑하고 싶다

저 돌담의 수고,
구들장논의 아린 기억이
이제는 아련한 전설로 남아
뭍사람들의 추억의 안식처가 되었으니
슬로길에서 가신 님의 시구가 또다시 떠오른다

"나비야 청산가자
호랑나비야 너도 함께 가자
가다가 저물거든 꽃에 들어가 자고 가자
꽃에서 푸대접하거든 잎에서라도 자고 가자꾸나"

돌아서 가는 길,
봄의 왈츠 촬영 셋트장에서
서편제 명작의 길 위에서
빨간 나비 너울대는 양귀비 꽃 들판에 서서
사랑하는 임에게 편지를 쓴다

여기 느리게 가는 우체통에
빨간 우체통에 넣을
아주 먼 훗날에 도달해도 좋을 편지를 쓴다

그대의 영혼까지 사랑한다고

2014. 5. 4. 전남 완도, 청산도 대봉산(379m)에서

금오산 향일암에 그리움을 두고

아름다운 바다 위에
금빛 거북 누닐더니
그리움 애써 감추려다 말고
바닷속 고향으로 잠수를 하려 하는가

금오산 산정 거북등을 타고 앉아
해무에 서린 바다를 굽어보고
진달래 꽃술에 취하고
동백꽃 향기에 취하고도
산해절승 비경에 대취했음에도
어이해 그리움은 밀물처럼 밀려오는가

꽃 속에 묻히고 기암에 기댄 채,
새로운 내일
새로운 일출을 기다리는
너 향일암의 고고한 자태야말로
오, 선경의 세계가 여기일진대
오매불망 님을 향한 그리움에
거북은 법당 밖 난간 위에 앉아
다도해를 응시하며
오늘도 명상에 잠기어 있도다

물이 고와 여수(麗水),
어디 물만이 아름답다더냐
바다를 향한 산천이 절로 고와
떠오르는 일출의 아름다움에
향일암의 세월은 그리움만 남는가 보냐

관음전으로 가는 길,
감로수 한 모금에 몸과 마음 내면을 씻고
미로 같은 석문 터널을 비집고
잠시 속세의 번뇌 탐욕을 벗고
구도자의 길 해탈의 세계로 걷는다

기암괴석 동백 숲에
해수관세음보살상 아래
천진난만한 동자의 모습이 귀엽기도 하련만
원효대사 수도했던 반석 위에는
안내문만이 세월을 말해주는데
노란생강나무 꽃송이가 반색을 하고
새빨간 동백꽃에 진홍빛 진달래가 유혹을 하고
하얀 목련이 폭죽을 준비하고
길섶에는 개나리꽃이 반발하여 좋으니
아!
때는 바야흐로 봄이로다

라이스 테라스는 아니어도
산중턱 다랭이 밭 정겹고

논두렁 태우는 촌로의 풍경에서
겨울이 타는 냄새가 난다

돌산 갓김치 한입 향기에
막걸리 한 사발이 절로
어디로 넘어갔는지도
나도 모를 일이로다

금오산 향일암에 그리움 두고
떠나는 나그네,
굴전마을 굴 밭의 풍경은
빛바랜 수묵화처럼 흐르고
달리는 유리창에는 봄비가 사선으로 구른다

2013. 3. 17. 전남 여수, 금오산(323m)에서

황금산에 노을이 지면

쪽빛하늘 검푸른 바다에
구름은 수평선에 머물고
적벽(赤壁) 위에 걸터앉은 해송은
보란 듯 고고함에 취했으니
오, 자연의 축복 아름다움이여

파도는 하얀 물거품을 남기며
기암괴석 절벽으로 숨어들어
피카소의 작품처럼 난해한 얼룩무늬
생각하는 머리바위
반쯤은 누운 바위 만들어
억겁의 시간 켜켜이 쌓인 세월로 가는구나

파도가 일구어 놓은 해식굴에
코끼리는 고향을 향한 그리움으로
바닷길에 멈춘 채 망부석이 되고
책방의 책들은 떠돌다 쓰러진 채
바다에 맡기고 하염없이 젖는구나

두르르르륵~ 쏴아~
돌과 모래를 밀고 당기고

그렇게 파도는 세월을 씻더니
황금색 비취색 아름다운 몽돌을 내어놓고
바위 위에도 석화를 피워내니
바다도 가을이 오는가 보다

해안가 숲과 산목(山木)에서
정상의 사당(祠堂)에서
서해의 안녕과 풍어를 비는 마음 서려있고
초소와 참호에는 조국을 지키려는 어린 병사의 마음이 묻어있고
저 바다 위에 떠있는 백도(白島)
평화를 지키려는 배처럼
소금을 먹은 듯 눈부시게 아름답기만 하고
붉은 노을에 적벽은 더욱 붉게 물드는데
이 내 마음 그대 마음 언제나 붉어지려는가

                    2012. 10. 8. 충남 서산, 황금산(156m)에서

기타

자, 떠나자. 천반산 구량천으로

자, 떠나자
천반산 구량천으로

산이 깊어 물이 길어 장수(長水)라 했는데
산정이 소반 같아서
천반 같은 명당이 있어서 천반산이라 했는가

장전마을 들머리로 정상을 밟고
말 바위 송판서굴 뜀바위를 지나
죽도(竹刀) 유원지에 발자국 남기고
성산리 천반산 휴양림에 주저앉아
여름도 달래고 시름도 누일 겸
막초에 박주 한 잔
뒤풀이 한판 벌려보자는데
이유 같은 이유는 읍지라

울창한 숲을 헤치고 산정에 선다
동으로 덕유산이 자랑이요
저 멀리 하늘에 걸린 마이산은
오, 신의 작품이려
보이는 원경 너무도 아름다운데

북으로 펼쳐진 용담호가 평화를 담아내고
오늘도 풍요를 흘려보내노니

섬진강 발원지도 지척이요
금강 발원지 뜸봉샘도 지척이니
금강의 제1지천 구량천은
장수 천천으로 흘러
진안 용담호에 숨 고르고 쉬어 흘러가니
여기가 금강 상류라 하더이다

산상에 할미 대에 선다
산석(山石) 일곱 개 나란히
도란도란 이야기꽃이라도
어디 7인의 할미가 콩밭이라도 매고 있는 걸까

험준한 절벽 사이 장군바위,
육지 속의 섬 죽도의 풍경이 이리 아름답고
병풍바위의 모습이 저리 절경인데
용담댐 이루었으니 이제야 비로소 섬이로되
옛 선인들의 선견지명에
또다시 무릎을 치누나

오, 아름다운 비단 강
금강은 금수강산 일궈내며
찬란한 백제문화의 꽃을 피우고
태평성대를 향해 오늘도 내일도 흘러가리니

산우여,
오늘 하루만이라도
청정고을 무진장(무주, 진안, 장수) 구룡천에서
산채박주에 하루를 유(遊)하고 가자는데
또 다른 이유 같은 이유는 읍지라

아름다운 샛강,
기암절벽 그늘 물가에는
엉덩이 하늘로 머리는 물속에 처박은 오리처럼
다슬기 잡는 풍경이 한가롭기만 한데
한 줄기 소나기에 마음도 푸근할세라
지나가는 여우비에
가마솥 육계가 익어가고
성산리 골짜기에 여름도 익어 가는데
나그네에 길들여진 흰둥이는
왔음 둥 갔음 둥 관심도 없더라

2013. 7. 21. 전북 장수, 진안, 천반산(647m)에서

나의 뿌리(뿌리공원)를 찾아서

나는 누구인가,
하늘에서 떨어진 것도
땅에서 솟은 것도 아니건만
나무라면 뿌리가 있고
물이라면 샘이 있을 터

나는 어디에서 왔으며
286성 속에 나의 뿌리는 나의 조상은 누구일까
오, 궁금하거든 여기에 오라 했거늘

저마다 성씨조형물이 한자리에 있는
아름다운 조각공원에서
조상들의 족보가 박물관에 한눈이요
걸으면 충효사상이 저절로 배어나오는 나만의 좌표
주인정신이 살아나고 충효와 뿌리를 찾을 수 있는
여기 만성산(萬姓山) 아래
천혜의 자연경관이 빼어난 뿌리공원을 찾아가자

만성교 아래에는
백로의 날갯짓에서 순백의 자유가 춤을 추고
바위에 붙은 남생이에서 엎드린 평화를 보고 있노라면

귀여운 수달이 곤한 잠에 빠졌는지 볼 수가 없어도 좋다

꿀맛 같은 휴식에
이 아름다운 여유
빨간 장미꽃 한 아름에
오월의 신부처럼 가슴이 뛰는 것은
만성보 위에도 있네

오리배가 한가로이 맴돌고
푸른 잔디광장에는 아이들이 뛰노는 메아리에
이팝나무 꽃잎 눈처럼 흩날리고
절벽에 걸린 찔레꽃 유혹을 외면하려 해도
아카시아 향기가 온몸으로 배어든다

아, 오늘은 행복한 날
싱그러운 오월의 낭만이 있는 뿌리공원에서
조상의 음덕을 기리고 가족을 알고 족보를 볼 수 있는 여기가
충효정신 함양의 요람이라는 것을

2013. 5. 26. 대전, 만성산(266m)자락 뿌리공원에서

뗏목을 띄워라 부남강 푸른 물에

뗏목을 띄워라 부남강 푸른 물에
어기여 디여 차~ 뱃노래도 흥겹구나

추억을 깨워라 금강 벼룩길 위에서
나 각시바위 돌고 돌아 사랑이 떠오를 때
사랑노래 부르리라 야 이 호~ 야, 야 이 호~

뗏목을 띄워라 봉길강 푸른 들에
어기여 디여 차~ 뱃사공도 즐겁구나

낭만을 불러라 강선대 여울물에서
나 푸른 산천 돌고 돌아 사랑이 익어 갈 때
사랑노래 부르리라 야 이 호~ 야, 야 이 호~

노를 저어라 구천동 물길 머무는 그곳으로
응혜야 응혜야~ 콧노래도 신이 나게
사랑을 찾아라 별이 사라지기 전에
나 반딧불이 쫓아가다 사랑이 멀어질 때도
사랑노래 부르리라 야 이 호~ 야, 야 이 호~

나 반딧불이 쫓아가다 사랑이 멀어질 때도
사랑노래 부르리라 야 이 호~ 야, 야 이 호~

2014. 7. 13. 전북 무주, 부남강변에서

영동선 백두대간 협곡, 낙동강 세 평 하늘길은

영동선 가는 길,
분천역에서 양원역 승부역 삼십 리는
오지 중에 오지라
한때 양지에서 음지로
이제는 4계절 관광지가 되었으니
오호라 인간사 새옹지마
세상은 변하는 것,
분천 산타마을 몽골텐트촌에 풍차가 돈다

썰매를 끄는 산타와 루돌프 이글루와 눈썰매장
각양각색 소품 조형물들이 행사장을 장식하며
눈의 나라 산타마을을 이루었다네

다녀와서 보자꾸나 하고
낙동정맥 트레일 길에 나선다
철길 따라 하늘 보고 물길 따라 산을 보고
강을 건너 강 길이냐 물을 건너 물길이냐
하하 호호 덩실덩실 산을 넘고 물을 건너
갈대숲에 오솔길에 여기는 체르마트 길

자갈길 모래 길에 벼랑길 바위 길에

눈길이 빙판길이 되어도
낙동강 거슬러 굽이도는 협곡열차는
어깨 위로 머리 위를 지나가는 여기는 낙동강 비경 길

꽁꽁 언 강심에 동심은 어디에
매서운 칼바람이 불어도
하하 호호 덩실덩실, 가도 가도 첩첩산중
협곡 아래 벼랑 위에 수놓은 송림은
아마도 하늘은 세 평인 줄만 알까 보냐

이 산 저 산 산속으로 돌고 날며
물길 위로 하늘 길을 향해 달리는 철마는
오늘도 행복을 실어 나르는 행복열차
머나먼 고향으로 가는 향수열차

그래서 승부역에는 승부 세 평 하늘 아래
낙동강 세 평 하늘 길을 알리는
시문이 있다네

"하늘은 세 평이요
꽃밭도 세 평이나
영동의 심장이요
수송의 동맥이다"

2018. 2. 4. 경북 봉화, 낙동강 비경 길에서

대만에 비에 젖고 닭 술잔에 금문고량주에 취하다

아시아나 큰새는,
대만행 하늘길 1,461km를,
영하 50도 기온을 뚫고
비행고도 11,582m 상공에서
비행속도 850km를 질주하며
인천공항을 이륙한 지 2시간 30분 만에
대만 도원국제공항에 닿는다

입경수속을 마치자
잘생긴 총각가이드 양웅보(양따궈)가 우리 일행을 반갑게 맞으며
이내 대만의 고찰 용산사로 안내를 하는데
합장으로 대만 땅에 인사를 대신하고
찬란한 중국의 역사와 숨결이 녹아있는 고궁박물관을 찾는다

세계 4대박물관인 국립고궁박물관의 규모도 놀랍기도 하지만
69만 6,112점의 유물을 다 보려면 8년이 걸린다니
오, 그저 놀랍기만 하구나

명나라 시대에 만들어진 닭 술잔 하나에 380억
취옥백채(옥배추) 유물 앞에서 넋이야 있고 없고
돼지가 진주애기를 듣는 기분이랄까

스린 야시장에서 멧돼지 꼬치구이에 입맛을 다시고
살살, 세계, 오케이로 통하는 발 마사지에 피로를 풀고
부신호텔에서 여장을 푼다

다음 날 아침,
송산역에서 화련으로 출발하는 열차에 오른다
태평양 바다가 넘실대는 파도를 배경으로 모두 다 환호성을 외치고
기념품을 파는 원주민 아미족은 한국말도 제법이라
오, 이 아니 반가울 수가 있으랴

금문고량주 58도에 취한 채로 쇼핑에 나서고
공예품을 만드는 채석장으로 유명한 태노각 협곡에 닿으니
포말을 일으키며 흐르는 잿빛석회수는
천길 만길 겹겹으로 둘러친 협곡 사이를 흘러
드넓은 태평양 바다로 흘러간다는데,
하늘에서 내리고 바위틈에서 흘러내리는 물은
모두가 폭포로 변하는 장관에서 탄성이 절로

운무에 서린 장춘사,
양쪽으로 흘러내리는 폭포의 위용과 어울림
아, 전설 속 선계의 세계인가
동화의 세계를 본 듯 내 몸속으로 스며드니
전설의 고향처럼 영원히 남으리다

다음 날 아침,
타이완 옛 정취를 느낄 수 있는 곳

쏟아지는 빗속을 뚫고 노란 비옷을 입고
가이드 양따귀를 따라가는 모습은
영락없는 어미오리를 쫓아가는 새끼 오리 신세,
지우펀 산동네 골목을 끄억끄억 돌아 나온다

엿물에 땅콩을 넣어 얼린 듯,
대패질 몇 번에 대팻밥처럼 일어나는 부스러기를
준비한 만두피 같은 것에 아이스크림과 함께 올려 먹는
땅콩 아이스크림 맛을 보려 줄을 서고
오카리나 피리소리에 들떠있는 관광객은 어디나 인산인해

자, 이제 바다가 아름다운 야류로 가자
수억 년 세월과 바람과 파도에 침식된 산호조각물
국립 야류 풍경구 지질공원에서
기암괴석의 사암과 용암을 만나러 가자

한결같이 기기묘묘한 바위들은
움푹움푹 패인자국에 구멍 숭숭한 채,
여왕머리 버섯모양 구름모양
천태만상이로니
오, 그 모습 눈으로 담고 가슴에 담으려
돌아갈 시간이 촌각이라 발이 분주하구나

다금바리 한 접시에 매운탕은 그럭저럭
새콤달콤 깍두기 맛은 제법인데,
브라보 소리에 놀란 관광객은 무서워 자리를 뜬다

웅장한 중정기념관에서 장개석총통의 위용을 만나고
젊음의 거리 서문정 거리에서
망고 빙수에 펑리스 파인애플 과자에 혀가 놀라더니
101빌딩 전망대 야경에 눈멀고
기념사진 한 장을 위해 애교를 부리고
돌아오는 길 아침,
대만 정품관에서 옥 배춧잎 앞에서 미소를 보내고
다투어 선물을 고르는 사람도 인산인해,
어디를 가나 대한민국 사람으로 넘쳐나니
오, 쾌재인가 통재인가

돌아가는 하늘길,
도원국제공항까지 나온 양따궈,
돌아가는 백운, 청운 회원을 위해 손을 흔든다

양따궈, 수고했어요
감사합니다, 다음에 제주도에서 만나요
양따궈 쉰퀄라,
세 세, 짜이지 엔 제주도

2016. 10. 13.-10. 16. 대만(화련, 야류, 지우펀)에서

홍콩에서 심천에서 마카오를 넘나들며

구름 위에 하늘에서 밥을 먹고
배 위에서 기차에서 버스에서 피크트램에서 간식을 먹어도
산 섫고 물 섫고 부딪치면 겁나더라

물어오면 겁나고 물러가면 아쉽고
머리 빠진 한마디에 꽁지 빠진 한마디에
눈만 껌뻑껌뻑,
꿈벅대기는 피차 마찬가지

손짓 몸짓 분위기로 어림잡고
다른 것 가져오면 노우
비슷하면 오케이
답답한 것도 피장파장

기름진 음식 산해진미 먹어봐도
김치찌개 생각나고
시내 관광 돌고 돌아
그래도 묵었던 호텔 다시 돌아오니 반갑더라

앞으로 나란히
초등학생 도로 되어

1조 6명 6조 4명 빨라서 좋다만은
지나가는 낯선 손님 힐끔힐끔 재미있어하더라도
그게 무슨 대수인가

그래 여행은 즐거운 것,
그래 몰라 실수는 애교라지만
그래 건망증은 웃음을 만들지만
그래도 여권만은 챙기고
그래도 건강만은 챙겨 오서이다

한두 가지 에피소드 없으면 무슨 재미,
여권을 두고 온 일행으로 모두가 걱정이 태산일 때,
출발 직전 대전에서 공항까지 총알로 달려온 여권으로
합류한 일행에 박수가 저절로
끈질기게 챙겨오던 선물봉투
인천공항에 두고 온 쿠키로 돌아오는 차 안에서 파안대소

땅이 좁아 산으로 올라온 빌딩숲,
거리거리마다 천지가 가느다란 빌딩숲
스탠리마켓 리펄스베이를 관광길에 만나고
산통을 들고 점괘를 보고
피크트램을 타고 홍콩의 야경에 눈이 멀고
나이트투어에 마담투소를 즐기고

기차를 타고 심천으로 달려가니
심천 소인국 민속촌에서

중국의 유명한 관광지를 축소한 모형들 속에
벌리는 쇼 1부 2부 공연에
거대한 중국의 저력에 감탄하고
발 마사지에 여독을 잠시 풀어도 보고

페리를 타고 마카오로 이동하여
세나도 광장 성 바울성당,
세인트폴 유적지 유서 깊은 대성당의 웅장함에 놀라고
마카오 타워 58층에 올라 눈 아래 마카오를 구경하고
깜짝 분수쇼를 감상하고
베네시안 인공하늘에 운하 옆에서 여유도 잠시
카지노 놀음에 빠질까 봐
홍콩으로 돌아와 아이쇼핑은 공짜

중국 인기 배우의 손도장에 손을 대어보고
점심은 김치찌개 쌀밥에 입맛을 달래고
귀국을 서두르니,
다리도 아프고 허리도 아프니
구경 한번 잘했네

                                    2014. 10. 16.-19. 홍콩, 심천, 마카오에서

단상

산속 풍경 1

이끼 낀 계곡
저편,
물안개 피어오르고

층층나무 숲 사이
일렁이는 여울엔,
소금쟁이 졸고 있네

돌돌돌
바위틈 가르며 구르는 물소리에 취한
저, 다람쥐
곡예는 언제 하려 그리도 분장만 하고 있나

지줄지줄,
나뭇가지 흔들며 세레나데 연주에 빠진
저, 파랑새
졸고 있는 소금쟁이는
언제,
언제 깨우려는가

2007. 어느 여름

옛 성전리의 가을

푸르러 더욱 시린 하늘
춤추는 화사한 햇살
창 너머 세월은,
만산홍엽

포도 위를 딩구는 저 가을 군상들은
구르고 머물러 그렇게 가을은 쌓이네
내 마음 캔버스 위엔 벌써 단풍잎 나부끼고
내 머릿속 오선지엔 어느새 이 계절을 노래하고 있네
아! 화려한 이 계절의 향연

비단을 둘러 아름다운 금수봉 머리에 이고
서쪽 성 지키며 저기 우뚝 선 빈계산은 오색에 옷을 입었구나
계룡산 영산 품 감돌아 옥녀봉 향해 입 벌린 저기 저 흑룡은
별빛 영롱한 별 밭 고을 성전리(星田里)를 수호하고
북쪽 성 지키는 저기 저, 청룡은 건너편 백호의 기상을 보며
고고한 저, 鶴의 자태에 취해 엎드려 바라보고
한밭의 지성을 잉태하는가

수통골 화산천 흘러 건천을 지나
갑천을 만나 금강에 이르게 하는 이곳에,

아!
정기 어린 이곳 사무실 뜰에도 확 트인 창문에도
불타는 잎새 불러 가을이 머물고 놀고 있네

희야,
수통골 아늑한 돌멩이 계곡에 묻혀
단풍잎 비 흩날리는 아름다운 이 계절에
산채 박주 꺼내놓고
이내 작은 가슴에 작은 음악회 열어 함께 노래하자꾸나

어느새 화사한 햇살 석양에 숨어들고
자광사 저녁 종소리 별 밭골에 흩어지면
깊어가는 가을은 긴 그림자 드리우고
가을은 저만치 저무네, 저물어 가네, 가네

2008. 11. 11. 대전 유성,
옛 성전리(星田里: 별 밭 고을)는 지금에 학하동 일원을 말함

山 색시

산모롱이 휘~
돌아 돌아
흘러온 물은,
청솔가지에 걸린 달 머금고
여유를 부리고

홰치는 부엉이 머리 위로
긴, 목 늘이고 날아온
기러기는,
하얀 달빛 호수에 수(繡)를 놓는구나

사립문 열어
행여 오실 님 기다리는
산 색시는,
오늘도 수줍은 볼
분(粉)에 가리고
사랑 향해 뛰는 가슴
부풀어 오르면
문설주 기대어 푸른 별을 헤어보네

어느덧

먼 산 부엉이 떠나가고
삽살개 재롱 시들해질 때면,
고운 님 미운 님 되어
그리움은 저만치
강물 되어 바다가 되네

2008. 12. 28. 戊子年 끝에서

원두막에서

賢談은,
원두막 지어놓고
술 한잔하자더니
얼쑤,
뱃노래 나온다

오호라,
콩밭이랑 구구대던 비둘기는 어디로 갔는가
여기 콩밭이 한창인데

후드득후드득
소나기 지나간 원두막 지붕 위엔
호박꽃 마디마다
세월이 익어가고

내 마음 그대 마음
온통 여름인데
뻐꾹새 놀던 자리
비둘기가 웬일인가

허허,

賢談, 大榮,
바로,
내일이
입추(立秋)라네

2009. 8. 6. 대전 유성, 학하동 원두막에서

가을과 어머니

단풍잎 나부끼는 석양의 산모퉁이에
똬리 끈 입에 문
어머니 모습 보일 때면,
빨려가듯 뛰어들어 아양 떨다
광주리 속이 궁금해
칭얼대던 철부지 시절
그때 가을은 행복했습니다

울 너머 잔칫집 사랑채 과방에서
지짐이 부치는
어머니 모습 보일 때면,
눈 맞추려 대문 앞 소란 피다
알밤 맞고 떡 문 강아지 되어
우쭐대던 어린 시절
그때 가을도 행복했습니다

햇살고운 푸른 날
방 문짝 떼어내어
더러워진 문풍지 뜯어내는 어머니

갈대 비 풀 묻혀 창호지에 바르고

이 빠져 꿰맨 바가지에
물 한 모금 물고 푸우푸우
물 품어 뿌리면

코스모스 꽃잎 뜯어 붙이고
그을린 부뚜막 아궁이
황토 매질 끝내고
환하게 웃으시던
그때,
그때 고향의 가을이 아름다웠습니다

2010. 시월이 끝나는 밤에

꽃바람

산에 들에 매화만발
구름일 듯 출렁일 제,
안절부절 우리 임은
매화 꽃 밥 내 던지고
어이 가나 했더니

두루춘풍 기생 찾아
두견화 화전에
두견주에 빠져
벚꽃놀이 밤새는 줄 모르더니

오호라,
꿈속에 무릉도원
홍도 백도 사랑에 빠져
세월 썩는 줄 모르네

소는 누가 키울 거야,
이 화상, 오기만 해 봐라

2011. 4. 5.

하얀 목련이 필 때

푸른 별님 그리워
푸른 꿈꾸더니
하얀 달님 그리다
하얀 달 삼켰는지
푸른 듯 하얗게 피었네

수줍은 소녀의 풋 가슴속에
여리고 설레는 여심(女心)처럼
부풀어 터지는 화려한 유혹 속에
순백의 속살 청순한 너의 모습 보노라면

장미꽃 한 아름에
눈부신 웨딩드레스 펄럭이며
행복한 미소로
사랑 찾아 떠나는 4월의 신부처럼 아름답구나

환한 얼굴 고운 자태에서
아름다운 향기로 단아한 기품에서
너는 진정 꽃의 여왕이어라

어둡고 사악한 곳

너의 환한 미소로
어지럽고 더러운 곳
너의 순결한 향기로 씻어주오

하얀 달빛 쏟아지는 창가에 서서
빨간 그리움에
나는 너를 사랑한다고
사랑한다고 말하리라

2011. 4. 11. 봄날에

초록 논, 넓은 뜰에

초록 논, 넓은 뜰에
백로가 너울대고
황로는 긴 목 빼고
우두커니 바라만 보고
빨간 허수아비는
폭염에 지쳐
눈뜨고 졸고 있구나

여울목에 물방개는 세월을 헤엄치고
콩만 한 밤송이는 여름을 즐기는데
초록바람 지나가는 넓은 뜰엔
온통 여름이 출렁일 제

논두렁콩은
콩콩 튀며
가을로
가을로 달려간다

2011. 8. 5. 대전 유성, 학하동 벌판에서

내 작은 욕망 하나에

내 작은 욕망 하나에
정의도 진실도 저리 가라

가짜가 진짜인 척
허상이 실상인 척
악화가 양화를 구축하고 불의에 온통 거짓투성이
비교하면 짝퉁이니
모두가 모순덩어리

내 작은 욕망 하나에
상식도 경우도 비켜서라

깨끗한 척 청렴한 척
고고한 척 숭고한 척
성인인 척 군자인 척
모르면서 아는 척 허세에 허풍쟁이
들춰보면 냄새 나니
모두가 위선 덩어리

내 작은 욕망 하나에
신의도 성실도 나 몰라라

어제 지킨 약속
자고 나면 물거품이요
어제 본 아름다움이
오늘은 추한 몰골이니
소인배가 대인인 척 기고만장
졸부가 거부인 척 위세 등등 안하무인
모두가 중증에 척병덩어리

내 기분만이 있고 남은 모른다
내 인격만이 있고 더는 모른다
못난 놈이 잘난 척은 용기와 희망을 준다더라
하지만
더는 날뛰지 마라

앞에서 웃고 뒤에서 험담하고
위선과 허세
세상사 돌아가는 꼬라지

허, 허,
저, 큰 암 덩어리를 어찌할 거나

그래도 이 세상은
착한 이가 더 많아 살 만한 세상인 것을,
따뜻한 차 한 잔에 겨울도 그리움도 녹여보자

그러나 오늘은,

아무 생각 없이
그냥 훌쩍 어디론가 떠나고 싶다

세월을 끌고 느리게 가는 기차
눈 덮인 산허리 겨울바다가 보이는
세월의 모퉁이를 돌아가는 기차를 타고 싶다

2013. 12. 19. 계사년 끝에서

자연, 느리게 보아야 보인다

자연은
천천히
느리게 보아야,
더 많은 것을 보여주고
가까이 갈수록 속살을 드러내 주고
알수록 더욱 신비감을 더해주고
머물수록 자연을 닮은 자연인이 되라 한다

자연은
손 내밀어 어루만지면 다정하고
귀를 열면 아름다운 소리 들려주고
사랑한다, 마음 주면 메아리로 화답하고
그 품에 안기면 안식과 평화를 준다

자연은
내가 유정하면 자연도 유정하고
내가 무심하면 자연도 무심하고
내 마음이 맑으면 자연은 더욱 맑고
걷어차면 내 발만이 아프고
무례하면 재앙으로 돌아온다

오,
자연은
내게 스승이고 철학이요
법이요 진리라는 것
깨달음의 원천인데
나는
아직도 속물
아직도 철부지

2013. 12. 22. 계룡산 장군봉에서

임이 오시려나 보다

창밖에 눈이 내리면
온다던 미운 님 생각에
오늘도 회색빛 하늘을 쳐다보네

하얀 눈 이고 지고 사랑도 품에 넣고
설레임도 한 아름 들고서 오시려나
하얀 눈에 그을리고
하얀 밤에 녹아내린
너,
너의 얼굴 아름다워

창밖에 눈이 그치면
간다는 고운 님 생각에
오늘도 청잣빛 하늘을 쳐다보네

사랑도 이고 지고 그리움도 품에 넣고
아쉬움도 한 아름 들고서 가시려나
달빛에 그을리고
별빛에 녹아내린
너,
너의 모습 더욱 아름다워

2013. 12. 30. 계사년(癸巳年) 사랑도 가고

춘삼월 호시절에

춘삼월 호시절에 사랑을 심으면
얼싸둥둥 일심동체
미운 정 고운 정 들더니

구시월 세단풍에 사랑을 심으니
어화둥둥 동상이몽
아린 정 설운 정만 남더라

2015. 8. 16. 여름의 끝자락에서

이팝나무에 눈이 내리면

살랑살랑
연둣빛 바람에
너는 하얀 네 잎 물고
갸름한 얼굴 부끄러워
씨방만은 수줍게 붉더니

나풀나풀
연둣빛 치마에
너는 세 줄기 하얀 네 잎 물고
가냘픈 몸매에
여린 손 흔들며
아카시아 하얀 향기 따라
푸른 오월로
오월로 가려 하느냐

백로
너마저 훨훨
날아와
물젖은 수채화 속으로 온다면

유성의 밤은

가로등 불빛에 젖어
너는
하얀 천사가 되고 마는

차라리 눈을 덮고 있는
가련한 공주가 되리

2012. 5. 9.-13. 대전, 유성 온천축제에

춘설

노란 산수유
달래고 돌아서니
어느새
하얀 눈 모자
솜사탕 입에 문
분홍빛 진달래가
오라 하네

입가엔
화사한 미소(微笑)
수줍어
수줍어 말없는
진달래가 오라 하네

차마,
혼자 보기가
혼자 보기가 싫어
임을
임을 부를까

2007. 봄, 대전, 계족산(429m)에서

안면송

하늘
높은 줄
모르는 것도,
미색을
다투는 것도,
향기를
다투는 것도 아니었네

그저
해풍에
눈비만 맞았을 뿐

그저
세월에
기대어 서 있었을 뿐

2017. 9. 24. 충남 태안, 안면도 자연휴양림에서

200 大 名山
계곡. 섬. 바다

ⓒ 이창우, 2024

초판 1쇄 발행 2024년 6월 3일

지은이   이창우
펴낸이   이기봉
편집   좋은땅 편집팀
펴낸곳   도서출판 좋은땅
주소   서울특별시 마포구 양화로12길 26 지월드빌딩 (서교동 395-7)
전화   02)374-8616~7
팩스   02)374-8614
이메일   gworldbook@naver.com
홈페이지   www.g-world.co.kr

ISBN   979-11-388-3185-7 (03810)